ハヤカワ・ミステリ文庫

〈HM㉜-6〉

ルパン対ホームズ

モーリス・ルブラン

平岡　敦訳

早川書房

7625

ARSÈNE LUPIN CONTRE HERLOCK SHOLMÈS

by

Maurice Leblanc

1908

マルセル・ルルーに
友情のしるしとして
M・L

目次

ルパン対ホームズ

登 場 人 物

アルセーヌ・ルパン
ジェルボワ……………………………数学教師
シュザンヌ……………………………ジェルボワの娘
ドティナン……………………………弁護士
ドートレック…………………………男爵
シスター・オーギュスト……………ドートレック男爵の看護係
アントワネット・ブレア……………ドートレック男爵の付き添い係
エルシュマン…………………………金鉱王
クロゾン伯爵夫人……………………アメリカの大富豪
ド・レアル夫人………………………伯爵夫人の友人
ブライヒェン…………………………オーストリア領事
リュシアン・デタンジュ……………建築家
クロティルド…………………………デタンジュの娘
ヴィクトール・ダンブルヴァル……男爵
シュザンヌ……………………………ダンブルヴァル男爵夫人
アリス・ドマン………………………ダンブルヴァル家の家庭教師
ブレッソン……………………………謎の男
ガニマール……………………………主任警部
フォランファン………………………巡査長
デュドゥイ……………………………警察部の部長
シャーロック・ホームズ……………名探偵
ワトスン………………………………ホームズの友人で助手

第一話　金髪の女

1　二三組 - 五一四番

去年の十二月八日、ヴェルサイユ高校で数学教師をしているジェルボワ氏は、古道具屋の店先に山積みされたガラクタのなかに、マホガニーの小さなライティングデスクを見つけた。引き出しがたくさんあるところが気に入った。

《これこそシュザンヌの誕生日プレゼントにぴったりの品だぞ》と彼は思った。

ジェルボワ氏はささやかな収入のなかで精いっぱい娘を喜ばせたいと思っていたので、値切ったすえに六十五フランを支払った。

彼が届け先の自宅住所を告げていると、上品な身なりをした若い男が近づいてきた。男はさっきから、何やらあちこち探しまわっていたのだが、このライティングデスクに目をとめてたずねた。

「おいくらですか？」

「もう売れてしまったんですよ」と店主が答えた。

「ああ……こちらの方にですね」

ジェルボワ氏は一礼すると、店をあとにした。ほかにも欲しがっている客がいたかと思うと、うまく手に入れた喜びもひとしおだった。

ところが通りを十歩も歩かないうちに、さきほどの若い男が追いかけてきて帽子を脱ぐと、とても丁寧な口調でこう言った。

「申しわけありません……ひとつ不躾《ぶしつけ》な質問をしてもよろしいでしょうか……あのライティングデスクは、特にお探しの品だったのですか？」

「いいえ。物理学の実験に使うのに、中古の秤《はかり》でもないかと見ていただけで」

「それなら、どうしてもあれでなくてもいいのでは？」

「あれがいいんです」

「年代ものだから？」

「使いやすそうだからです」

「だったら、同じように使いやすくて、もっと状態のいいものと取り替えていただけませんか？」

「状態はあれで充分です。取り替える必要などありません」

「しかし……」

ジェルボワ氏は気が短くて怒りっぽかったので、ぶっきらぼうに答えた。

「いいかげんにしてください。しつこいですよ」

相手は前に立ちはだかった。

「あなたがおいくらで買われたのかは知りませんが……倍の金額を出しましょう」

「だめです」

「三倍では？」

「何と言われようが」と数学教師はいらだたしげに声を荒らげた。「あれはわたしのものなんだから、売る気はありません」

男はしばらくジェルボワ氏を見つめていたが、やがて黙って踵《きびす》を返すと、すたすたと去っていった。そのときの表情ときたら、けっして忘れられそうもなかった。

一時間後、ヴィロフレ通りの小さな家にライティングデスクが届くと、ジェルボワ氏は娘を呼んだ。

「シュザンヌ、おまえにプレゼントだ。ちょうどいいと思うんだが」

シュザンヌは明るくて潑剌《はつらつ》とした、美しい娘だった。彼女は豪華な贈り物でももらったかのように、大喜びで父親の首に抱きつき、キスをした。

その晩さっそく、女中のオルタンスに手伝ってもらい部屋に運びこむと、引き出しをきれいに拭き、書類やレターケース、郵便物、絵葉書のコレクション、いとこのフィリップを想ってそっと大事にとってある記念の品々をしまった。

翌朝、七時半、ジェルボワ氏は仕事に出かけた。十時になると、シュザンヌはいつものように校門の前で父親を待った。鉄柵のむかいの歩道に、娘のしとやかであどけない姿を見つけるのが、ジェルボワ氏の大きな楽しみだった。

そして二人はいっしょに帰宅した。

「ライティングデスクはどうだい？」

「とってもすばらしいわ。オルタンスといっしょに、銅の部分を磨いたのよ。そうしたら、まるで金みたいにぴかぴかになって」

「じゃあ、満足したんだね？」

「満足したかですって！　今までどうやってあの机なしでいられたんだろうって、不思議に思うくらいだわ」

家の前庭を抜けながら、ジェルボワ氏はこう提案した。

「昼食の前に、ちょっと見ていこうかな」

「ええ、ぜひそうしましょう」

シュザンヌが先に立って二階にあがった。部屋の戸口まで行くと、彼女は驚愕の叫び声をあげた。

「ど、どうしたんだ？」ジェルボワ氏は口ごもるようにたずねた。

そして娘のあとから部屋に入ると、なんとライティングデスクが消えていた。

……予審判事が何より驚いたのは、犯行の手口があっけにとられるほど単純なことだった。シュザンヌが家を留守にし、女中が買い物に出ているあいだに、名札をつけた運送業者が――近所の人たちが名札を見ていた――庭先に荷馬車をとめ、呼び鈴を二度鳴らした。隣人たちは女中が外出中だと知らなかったので、何の疑いも持たなかった。こうして偽の運送業者は、悠々と仕事にかかったのだった。

次のことも、特筆すべきだろう。洋服ダンスをこじあけたようすも、置時計を動かした形跡もまったくなかった。しかもシュザンヌがライティングデスクの大理石板に置きっぱなしにした財布は、なかの金貨ごとそのまま隣のテーブルに移されていた。盗みの目的ははっきりしているが、それだけにいっそう不可解だった。これほどの危険を冒してまで、どうしてあんな取るに足らない品を盗み出したのだろう？

ジェルボワ氏から得られた唯一の手がかりは、前日の出来事だった。

「わたしが譲るのを断わると、その若い男はくやしげな表情をありありとさせました。やけに凄みを利かせながら立ち去ったように感じたものですよ」

ずいぶん漠然とした話だ。古道具屋の店主にも訊問したが、二人の客のことはどちらもよく知らないという。件《くだん》のライティングデスクはシュヴルーズで遺品整理があったときに四十フランで買い入れたもので、転売価格は適正なものだった。捜査は続けられたものの、これ以上は何もわからなかった。

けれどもジェルボワ氏は、大損害をこうむったと思っていた。きっと引き出しが二重底になっていて、そこに何かお宝が隠されていたに違いない。あの男は隠し場所のことを知っていた。だからこそあんなふうにしつこく、譲ってくれと持ちかけたのだ。

「くよくよしないで、お父様。そんな宝物をわたしたちが持っていてもしかたないわ」とシュザンヌは繰り返した。

「何を言っとる。たっぷりと持参金があれば、おまえはもっといい結婚相手を見つけられるじゃないか」

するとシュザンヌは、悲しげにため息をついた。結婚したい相手は、いとこのフィリップただひとりだったから。けれども彼は、父親の望むような花婿候補ではなかった。ヴェルサイユの小さな家で続く父娘の生活には、後悔と失意が影を落とし、昔のようなのんきで明るい雰囲気は失われてしまった。

こうして二カ月がすぎたころ、突然、いくつもの大事件が次々と起こり、思いがけない幸運と惨事が続いた……

二月一日の五時半、帰宅したばかりのジェルボワ氏は夕刊を手に腰をおろすと、眼鏡をかけて読み始めた。政治には興味がない。ページをめくったとたん、ひとつの記事が彼の注意を引きつけた。

第三回新聞協会宝くじ
百万フラン当たり番号は二三組 - 五一四番……

ジェルボワ氏の手から新聞がすべり落ちた。目の前の壁がぐらぐらと揺れ、心臓が止まりそうだ。二三組 - 五一四番は、わたしの番号じゃないか！　ジェルボワ氏はその宝くじ券を、たまたま友人から買ったのだった。まさかそんな幸運が舞いこんでくるとは期待しておらず、ちょっとした人助けのつもりだったのに、それが見事、当たってしまったのだ。

ジェルボワ氏はあわてて手帳をひらいた。見返しのページに念のため、二三組 - 五一四番とメモしておいたのだ。でも、宝くじ券はどこにあるだろう？

彼はレターケースを捜しに、書斎に駆けつけた。たしかそこに、大事な宝くじ券をしまっておいたはずだ。けれども部屋に入るなり、はたと立ちどまった。心臓がしめつけられ、ふたたび目の前が揺れ出した。レターケースがなくなっている。もっと恐ろしいことに、彼は突然気づいた。そういえば、何週間も前からなかったではないか。この数週間、生徒の宿題を添削しているあいだ、目の前にはもうレターケースはなかった。

砂利を踏みしめる足音が庭から聞こえ……彼は大声で呼んだ。

「シュザンヌ、シュザンヌ」

娘は買い物から戻ったところだった。彼女は大急ぎで二階にあがった。父親は締めつけられたような声で、口ごもりながら言った。

「シュザンヌ……ケースを……レターケースを知らないか？」

「レターケース？」

「ルーヴルのだ……ほら、いつかの木曜日に持ってきて……この机の端に置いておいたやつだ」

「あれなら、ほら、お父様……いっしょに片づけたじゃないの……」

「いつ？」

「だから……前日の晩よ。あんなことがあった……」

「どこに？　どこに片づけたんだ……いいから早く答えて……」

「どこって……ライティングデスクのなかよ」

「盗まれたライティングデスクの？」

「そうよ」

「盗まれたライティングデスクのなかだと！」

ジェルボワ氏はぞっとしたように、声をひそめてこの言葉を繰り返した。それから娘の手を取り、さらに声をひそめた。

「あのなかには、百万フランが入っていたんだぞ……」

「なんですって！　どうして言ってくれなかったの？」シュザンヌは小さな声で、すなおにたずね返した。

「ああ、百万」とジェルボワ氏は続けた。「新聞協会宝くじの当たり券が入っていたんだ」

あまりの不運に打ちのめされ、父娘は長いあいだじっと黙りこんでいた。二人とも、あえてその沈黙を破ることができなかった。

とうとう、シュザンヌが口をひらいた。

「でも、お父様、賞金は払ってもらえるわよ」

「どうして？　証拠はどうするんだ？」

「じゃあ、証拠が要るの？」

「あたりまえじゃないか」

「証拠は何もないってこと？」

「いや、ひとつある」

「だったら大丈夫でしょ？」

「それもライティングデスクのなかだ」

「なくなったライティングデスクの？」

「そのとおり。だから賞金は、別のやつにとられてしまう」

「そんな、あんまりだわ。異議申し立てはできないの、お父様？」

「はたしてうまくいくことやら。あの男はなかなか手ごわいからな。一筋縄ではいかない相手だ……ほら、おぼえているだろう……ライティングデスクの一件だって……」

ジェルボワ氏は気力を奮いおこして立ちあがると、足を踏み鳴らした。

「いやいや、この百万フランをやつにとられてなるものか。絶対に渡さんぞ。だいいち、いくら抜け目なかろうと、やつだって手の出しようがないはずだ。金を受け取りに来れば、つかまってしまうのだから。ああ、今に見ていろ、コソ泥め」

「なにかいい考えがあるの、お父様？」

「ともかくわれわれの権利を守るんだ。どんなことがあろうと、徹底的に。最後はきっとわれわれが勝つ……百万フランは誰にもわたさん。わたしのものだ」

そして数分後、彼は次のような電報を送った。

パリ、カピュシーヌ通り、不動産銀行頭取殿。わたしは二三組－五一四番宝くじ券の

所有者です。わたし以外の者による賞金支払い要求に対しては、あらゆる法的手段をもって異議を申し立てます。　ジェルボワ

それとほとんど時を同じくして、不動産銀行にもう一通別の電報が届いた。

二三組－五一四番宝くじ券はわたしが持っている。　アルセーヌ・ルパン

アルセーヌ・ルパンの生涯を彩る数限りない冒険のうち、どれかひとつでも語ろうとするたび、わたしははたと困ってしまう。もっともありふれた冒険でさえも、これからわたしの本を読もうとする読者にはあまねく知れわたっているような気がするからだ。いみじくも《国民的怪盗》と称される男のなすことは、事実ことごとく大評判を呼んできた。彼のなし遂げた偉業の数々はひとつ残らず調べつくされ、ありとあらゆる角度から微に入り細を穿《うが》って論じられた。よほどの英雄譚でもなければ、そこまでしないだろうというほどに。

例えば《金髪の女》をめぐる奇怪な物語を知らない者がいるだろうか？　リポーターたちは次のような見出しをでかでかと掲げ、その興味深いエピソードを伝えたのだった。二三組－五一四番宝くじ券……アンリ＝マルタン大通りの犯罪……青いダイヤモンド……イ

ギリス人名探偵シャーロック・ホームズが乗り出してきたときは、大騒ぎになったものだ。二大巨人の戦いをあとづける意外な出来事が起きるたび、人々はどれほど熱狂したことか。そして新聞の売り子たちが「ルパン逮捕」と声を限りに叫んだ日、大通りの沸きかえりようといったらなかった。

しかしわたしにも出番はある。いまだ知られていない新事実を、ここに明かそうではないか。謎解きの鍵を提供しよう。これらの怪事件は、今なお闇に包まれている。その闇を晴らすのだ。繰り返し読まれた新聞記事、古いインタビュー記事を援用することもあろうが、わたしはそれを取捨選択し、ただひとつの真実を示すために用いよう。協力者、それはアルセーヌ・ルパン自身である。彼はわたしに、いつも変わらぬ厚意を示してくれた。さらにはホームズが信頼をよせる友人、あの好人物のワトスンも、今回は力を貸してくれるはずだ。

二通の電報が公にされたとき、どれほど人々が大笑いしたかは記憶に新しいだろう。アルセーヌ・ルパンという名前が出たからには、何か思いがけない事件が起こるに違いない。見物客《ギャラリー》を楽しませる出来事が約束されたも同然だ。こうして全世界の人々が、見物席につくのである。

さっそく不動産銀行が調べたところ、二三組-五一四番宝くじ券はクレディ・リヨネ銀行ヴェルサイユ支店を通し、砲兵隊のベシー少佐に売られたことが判明した。ところが少佐は落馬事故により、すでに死亡していた。同僚たちの証言によると、彼は宝くじ券を友人に譲ったと、生前話していたという。

「その友人というのがわたしなんです」ジェルボワ氏は声を強めた。

「証明できますか？」と不動産銀行頭取は言い返した。

「証明できるかですと？　簡単なことです。わたしと少佐が長年のつきあいで、アルム広場のカフェでよく会っていたのは、誰に聞いてもらってもわかります。あるとき彼がお金に困っていたので、二十フランで宝くじ券を買ってあげたのもその店でです」

「そのようすを見ていた証人はいますか？」

「いいえ」

「それなら、あなたの主張を裏づける証拠は？」

「彼が書いた手紙があります」

「手紙？」

「宝くじ券にピンでとめてあった手紙です」

「見せてください」

「いや、それも盗まれたライティングデスクのなかに入れておいたので」

「だったら、見つけ出していただかないと」

アルセーヌ・ルパンはその手紙について声明を出した。《エコー・ド・フランス》紙

（というのはルパンの公式機関紙役を担っていて、彼はその新聞社の大株主のひとりらしいのだが）に掲載された記事のなかで、ルパンはベシー少佐が自分にあてて個人的に書いた手紙を、顧問弁護士のドティナン氏に預けると公表したのだった。

それを聞いて、みんな沸きかえった。アルセーヌ・ルパンが弁護士を雇っているだなんて！　世の法律を順守するアルセーヌ・ルパンは、弁護士会のメンバーを代理人に指名しているのだ。

こうして新聞記者たちが、ドティナン弁護士のもとに殺到した。彼は急進党の有力代議士でもあり、人柄はいたって篤実。いささか懐疑的で、逆説を弄するきらいはあるものの、根は繊細な心の持ち主である。

ドティナン弁護士はアルセーヌ・ルパンと対面する喜びをいまだ味わったことはないが――それは残念至極だが――今ちょうど、指示を受け取ったところだった。彼は顧問弁護士に選ばれたのをとても名誉に思っていたので、顧客の権利はなんとしてでも守るつもりでいた。彼は新たに作成された書類をひらき、少佐の手紙を堂々と開示した。たしかに宝くじ券を譲る旨《むね》がはっきり記されているけれど、相手の名前は書かれていない。わが親愛なる友へ……となっているだけだ。

「《わが親愛なる友》、というのはわたしのことなのです」とルパンは、少佐の手紙に付したメモのなかで主張していた。「この手紙はわたしの手にありました。それがなによりの証拠です」と。

すると新聞記者の大群は、すぐさまジェルボワ氏のところへ駆けつけた。しかし数学教師は、こう繰り返すばかりだった。

「《わが親愛なる友》とは、わたしにほかなりません。ルパンは宝くじ券といっしょに、少佐の手紙も盗んだんです」

「それを証明していただきたい」とルパンは新聞記者たちに反論した。

「だってライティングデスクを盗んだのは、やつじゃないですか」ジェルボワ氏は同じ新聞記者たちを前に、声を大にして訴えた。

けれどもルパンは、またしてもこう言い返すのだった。

「それも証明していただきたい」

二三組-五一四番宝くじ券の所有者だと主張する二人のあいだを、新聞記者たちが行ったり来たりする。この公開一騎打ちは、なんとも奇抜で、わくわくするような見ものだった。哀れなジェルボワ氏が逆上する前で、アルセーヌ・ルパンは落ち着き払っている。

いやはや気の毒に、新聞紙上はジェルボワ氏の泣き言であふれ返った。彼は痛ましいほど率直に、わが身の不幸を訴えるのだった。

「聞いてください、皆さん。あの悪党めがわたしから盗み取ったのは、娘シュザンヌの持参金なんです。わたしひとりのことなら、どうでもいい。でも、あれはシュザンヌのためなんです。いいですか、百万といえば、十万フランの十倍だ。ああ、あのライティングデスクにそんなお宝が入っているとわかっていたら」

敵方だってライティングデスクを持ち去るとき、なかに宝くじ券があるとは知らなかったのだし、ましてやそれが大金を引き当てるなんて誰にもわからなかったと、いくら諭しても無駄だった。ジェルボワ氏はこう嘆くばかりだ。

「そんなことを言ったって、やつは知ってたんだ……さもなきゃどうしてあんな古ぼけた机を、苦労して盗んだりしたんですか？」

「理由はわかりませんがね。たった二十フランの価値しかない紙切れを、手に入れるためでないことだけはたしかです」

「いや、百万ですとも。やつは知っていた……やつはなんだってお見とおしなんだ……あんたはわかっていないんです、あの極悪人のことを……そりゃそうでしょうとも、百万フランを奪われたのは自分じゃないんだから」

そのまま行けばこんなやりとりが、いつまでも続いただろう。ところが十二日後、ジェルボワ氏はアルセーヌ・ルパンから、《親展》と書かれた手紙を受け取った。彼は不安でいっぱいになりながら、それを読んだ。

拝啓

見物人たちは、われわれをだしにして楽しんでいるようです。ここはひとつ、冷静になろうではありませんか。わたしのほうは、きっぱり心を決めています。

状況ははっきりしています。わたしは当たり券を持っているけれど、賞金を受け取る権利がない。あなたには賞金を受け取る権利があるけれど、肝心の当たり券が手もとにない。われわれ二人そろわなくては、何も得られないということです。

しかるに、あなたはご自分の権利を譲る気はないし、わたしもわが権利をお譲りするつもりはない。

では、どうしたらいいのでしょう?

思うに方法はただひとつ、折半することです。あなたに五十万フラン、わたしに五十万フランなら公平ですよね。これぞソロモンの名裁き。われわれ双方が求める正義も、充分に満たされるというものです。

公正かつ早急な解決が、今や求められています。ですからこの提案を、あなたがこと細かに検討している余裕はありません。目下の状況からして、どうしても呑んでいただかねばならない必要事項なのです。三日間のうちに、お考えください。金曜日の朝、《エコー・ド・フランス》にわたしのイニシャル宛の三行広告を載せ、提案どおりの契約を無条件で受け入れる旨、それとなくわかるようにご返答いただけるものと期待しています。そうすれば、あなたはただちに当たり券を手に入れ、賞金を受け取ることができるでしょう。もちろん、のちほどわたしが指定する方法で、五十万フランをお戻し願うことになりますが。

たとえあなたが拒絶されても、結果は同じになるよう策は講じてあります。そんなふうに意地を張ったところで面倒が増えるばかりか、追加費用として二万五千フランをお申し受けすることになりますので念のため。

敬具

アルセーヌ・ルパン

ジェルボワ氏は憤慨のあまり、その手紙を人に見せて書き写させるという大失敗をやらかしてしまった。怒りで頭に血をのぼらせ、やることなすこと的外《まとはず》れだ。

「冗談じゃない！　やつには一銭もやるものか」と彼は、集まった新聞記者たちを前に熱弁を振るった。「もともとわたしのものなのに、それを山分けしようだって？　とんでもない。嫌なら当たり券を破ればいい。やれるものならやってみろ！」

「五十万フランだって、まったく手に入らないよりいいじゃないですか」

「そういう問題じゃない。これはわたしの権利なんだ。その権利を、裁判所ではっきり認めさせるつもりです」

「アルセーヌ・ルパンに戦いを挑むのですか？　そいつは面白い」

「いいや、相手は不動産銀行です。むこうはわたしに、百万フランを払う義務がある」

「でも、当たり券を出さなくては。少なくとも、あなたがそれを譲り受けたという証拠が必要ですよ」

「証拠ならある。あのライティングデスクを盗んだと、ルパンがみずから認めているじゃないか」

「アルセーヌ・ルパンの言葉だけで、裁判に勝てると？」

「それがなんだっていうんだ。わたしはやるだけです」

見物人たちは大いに盛りあがり、賭けまで始まるほどだった。ルパンはジェルボワ氏を打ち負かすだろうと予想する者もあれば、いくら脅したところで成果はないと言う者もいた。そして誰もが、一抹の不安をおぼえた。敵対する二人のあいだで、力の差は歴然としていたから。片や激しく攻めまくり、片や追いつめられた獣のようにおびえている。

金曜日になると人々は奪い合うようにして《エコー・ド・フランス》紙を買うと、第五面の三行広告欄に目を走らせた。けれどもアルセーヌ・ルパンに宛てたと思しき三行広告はひとつもなかった。ジェルボワ氏はルパンの指示に沈黙で答えたのだ。これは宣戦布告に等しかった。

その晩、ジェルボワ氏の娘シュザンヌが誘拐されたと新聞各紙が報じた。

アルセーヌ・ルパン・ショーとでも呼ぶべき出来事のなかで、とりわけわたしたちを喜ばせたのは、警察が演じたなんとも滑稽な役割である。警察は終始一貫、無視され続けた。ルパンは口出しもすれば手紙や声明文も書き、指図したり強迫したり実力行使に出たりと、わがもの顔でふるまった。まるで警察部の部長も警視も平《ヒラ》の警官たちも存在しないかのように。彼の目的を妨げる者は、この世にひとりもいないかのように。警察なんて何もできない、誰にも邪魔立てはさせないとばかりに。

それでも警察は奮闘した。ルパンが相手となると階級の上下を問わず、みな火がついたように怒りをたぎらせた。やつは敵だ。おまえたちを軽んじ愚弄し挑発し、さらには無視するような敵なのだと。

それほどの敵をむこうにまわし、いったい何ができるだろう？　女中の証言によると、シュザンヌは十時二十分前に家を出た。十時五分、父親のジェルボワ氏が勤め先の高校から戻ろうとしたとき、いつもは歩道で待っている娘の姿はなかった。つまりシュザンヌが家から高校へ行くまで、少なくとも高校の近くへ行くまでの二十分ほどのあいだに、すべては起きたことになる。

家から三百歩ほどのところでシュザンヌとすれ違ったと、二人の隣人が証言した。大通り沿いを歩く若い女を見かけたという婦人もいた。女の外見はシュザンヌと一致した。でも、その後の足どりは？　それはまったく不明だった。

　八方手を尽くして捜索が行なわれた。駅や入市税関の職員にも聞きこみをしたけれど、その日、若い女の誘拐に結びつきそうなことには何も気づかなかったという。ところがヴィル＝ダヴレーの雑貨屋の店主が、パリからやって来た箱型自動車に給油をしたと申し出た。運転席には男が腰かけ、後部座席には金髪の女がのっていた。目のさめるような金髪だったというのが、店主の言だった。一時間後、同じ自動車がヴェルサイユから戻ってきた。渋滞でスピードをゆるめたので、雑貨屋の店主は車のなかをのぞくことができた。先ほどちらりと見た金髪の女の隣に、もうひとり別の女がすわっていた。ショールとベールで顔を隠していたけれど、シュザンヌ・ジェルボワに間違いないだろう。

　だとすると誘拐はひと目の多い中心街の通りで、白昼堂々と行なわれたことになる。いったいどうやって？　どのあたりで？　叫び声を聞いた者も、怪しい出来事を目撃した者もいなかったのに。

　雑貨屋の店主は車の特徴をおぼえていた。プジョン社製の二十四馬力リムジン車で、色は濃いブルー。念のため、レンタカー会社《グラン・ガラージュ》の女社長ボブ＝ワルトゥール夫人に確認してみた。彼女は自動車による誘拐事件にも詳しかった。するとたしかに金曜日の朝から一日、プジョンのリムジンを金髪の女に貸し出したという。金髪の女はそれきり姿を見せなかった。

「でも、運転手は？」

「エルネストという名前の男で、ちょうど前の日に雇ったんです。確かな身元証明書がありましたから」

「今、こちらにいますか？」

「いいえ。車を返したあと、戻ってきません」

「経歴を調べられますか？」

「推薦者に問い合わせればわかるでしょう。これがその人たちの名前です」

警察はひとりひとり訪ねたが、エルネストという男を知る者は誰もいなかった。

ひとつ手がかりを追って闇を抜け出すと、また別の闇、別の謎に突きあたる。つまりはそんなことの繰り返しだった。

ジェルボワ氏は争う気力を失くしていた。こんな悲惨な闘いには、もう耐えられない。娘がいなくなってからというもの、悔恨の念にさいなまれ、悲嘆に暮れていた彼は、とうとう敵に屈した。

《エコー・ド・フランス》紙に三行広告が載って、ジェルボワ氏の全面降伏を告げると、観衆たちは口々に論じ合った。

戦いはわずか四日で終わり、ルパンの大勝利となった。

二日後、ジェルボワ氏は不動産銀行の中庭を抜けた。頭取室に通されると、彼は二三組-五一四番宝くじ券を差し出した。頭取はびっくりした。

「なんと、当たり券じゃないですか。返してもらったんですか？」

「なくしたと思っていたのが、見つかったのです」とジェルボワ氏は答えた。

「でも、前にはたしか……あれは……」

「ただの噂、作り話ですよ」

「何か証拠になる書類も必要になりますが」

「少佐の手紙でよろしいですか？」

「もちろん」

「それならここにあります」

「けっこう。ではそれを、しばらくお預かりさせてください。確認に二週間ほどかかりますから。お支払の準備ができしだいご連絡しますから、また当行にいらしてください。それまでこの件については誰にも話さず、すべて内密にすませるのがよろしいかと」

「わたしもそのつもりです」

ジェルボワ氏はいっさい口外せず、頭取もまた同じだった。しかしいくら堅く口を閉ざしても、漏れてしまう秘密というものがある。こうして、たちまちのうちに噂は広まった。なんとアルセーヌ・ルパンはジェルボワ氏に、二三組-五一四番宝くじ券を返したそうじゃないか！　このニュースは驚愕とともに迎えられた。取っておきの切り札である貴重な当たり券をテーブルに投げ出すなんて、なるほど見事なフェアプレイぶりだ。宝くじ券を返したのは、もちろん充分な勝算があってのことだろう。それ相応の見返りは、手に入るはずだと。でも、もしジェルボワ氏の娘が逃げ出したら？　人質を奪い返されてしまったら？

警察は敵の弱点を感知して、捜査にいっそう熱を入れた。ルパンはみずから武装解除し、自縄自縛に陥ってしまった。あんなに欲しがっていた百万フランだって、まったく手に入らないだろう……こうしてもの笑いの声は、反対陣営へと移り始めた。

でも、まずはシュザンヌを取り返さねば。しかし人質はいっこうに見つからず、自力で逃げ出してくるのも期待できなかった。

なるほど、一本取られてしまった。アルセーヌ・ルパンは初戦を制したというわけだ。でもまだ、いちばんの関門が残っていた。ジェルボワ嬢はたしかにやつの手中にある。それは認めよう。やつは五十万フランと引きかえでなければ、彼女を返さないだろう。でも、その交換は、どこでどうやって行なうつもりだろう？　人質と身代金を交換するためには、場所と時間を定めねばならない。もしかしたらジェルボワ氏は警察に通報し、お金は払わずに娘を取り返そうとするかもしれないではないか。

新聞記者たちはジェルボワ氏にインタビューをした。しかし彼は打ちひしがれ、多くを語ろうとしなかった。何も話すことはない、待つだけだと。

「お嬢さんのことは？」

「捜索は続いています」

「ルパンから手紙が届いたんですよね？」

「いいや」

「本当に？」

「いいや」

「じゃあ、届いたじゃないですか。どんな指示があったんです？」

「話すことは何もありません」

するとこんどはドティナン弁護士のもとに、新聞記者たちが集まった。しかし弁護士も口が堅かった。

「ルパン氏はわたしの依頼人ですからね」と彼は、ことさらもったいぶった口調で答えた。「皆さんもおわかりでしょうが、発言には慎重のうえにも慎重を期さねばならないのですよ」

いっこうに埒《らち》があかず、見物席はいらだった。もちろん、秘密裏に作戦が練られていることだろう。ルパンは着々と計画を進めている。いっぽう警察はジェルボワ氏の周辺に、日夜監視の目を光らせた。さすれば、考えられる結末は三つだけ。逮捕か、勝利か、それともルパンの思惑は、ぶざまに頓挫して終わるのか。

しかし観客たちの好奇心がすべて満たされることは、ついになかった。事件の全貌は、これから述べる物語のなかで初めて明かされるのである。

三月十二日火曜日、ジェルボワ氏はごくありふれた一通の封筒を受け取った。なかには不動産銀行からの通知が入っていた。

木曜日の一時、彼はパリ行きの列車にのった。そして二時、千フラン札千枚を手渡された。

ジェルボワ氏が震える手で一枚一枚数えているあいだ——このお金はシュザンヌの身代金なのだろうか？——正面玄関の少し先にとめられた車のなかで、二人の男が話し合っていた。ひとりは白髪まじりの髪をし、身なりや物腰こそ冴えない勤め人のようだが、精悍な顔つきをしている。彼こそ老ガニマール、ルパンの宿敵ガニマール主任警部その人だった。話している相手はフォランファン巡査長だ。

「そろそろだろう……五分もしないうちに、あいつが出てくる。準備はいいな？」

「大丈夫です」

「何名集めてある？」

「八名です。うち二名は自転車で待機しています」

「わたしはひとりで三人前だからな、人数は充分だが、用心に越したことはない。ジェルボワには絶対に逃げられないようにしなければ……さもないと、万事休すだ。あいつはルパンと決めた待ち合わせ場所に行き、五十万フランと引きかえに娘を取り戻して、一件落着になってしまう」

「でもあのじいさん、どうしてわれわれに協力を求めないんでしょう？　そのほうが簡単なのに。警察がのり出せば、まるまる百万フランを手にできますよ」

「ああ、でもジェルボワは恐れているんだ。娘を取り返せないかもしれない。二兎を追うものは一兎も得ずってね」

「もう一兎は？」

「やつさ」

ガニマールはこの言葉を重々しい口調で、少し恐ろしそうに言った。まるでなにかこの世ならぬものについて語るように、その爪がすぐそこまで迫っているのを感じているかのように。

「考えてみれば、おかしな話ですよね」フォランファン巡査長はいみじくも言った。「本人が望んでもいないのに、われわれがあのじいさんを保護しなければならないなんて」

「ルパンが相手だと、世のなかひっくり返ってしまうのさ」

一分がすぎた。

「気をつけろ」とガニマールが言った。

ジェルボワ氏が出てきた。カピュシーヌ通りの端で左に曲がり、大通りに入ると、商店街に沿ってショーウインドをのぞきながらゆっくりと遠ざかっていく。

「あいつめ、やけに落ち着いているな」とガニマールは言った。「ポケットに百万フランも入っていたら、あんなに悠然としてられないものだが」

「どうしようっていうんでしょう？」

「何もしないさ……心配はいらん。だが警戒はしておこう。相手はルパンだからな」

やがてジェルボワ氏は売店へむかった。そして新聞を何紙か選び、釣銭を受け取ってページをひらくと、小股で歩きながら読み始めた。ところが突然、彼は歩道の脇にとまっていた車に飛び乗った。エンジンはかけっぱなしだったのだろう、車は急発進してマドレーヌ寺院の前を通りすぎ、姿を消した。

「やられた！」とガニマールは叫んだ。「またしても、やつの手口だ」

警部が飛び出すと、ほかの警官たちもいっせいにマドレーヌ寺院のむこうへと走り出した。

けれどもガニマールは、すぐに笑い出した。マルゼルブ大通りにさしかかったところで、車は故障し、止まってしまったからだ。ジェルボワ氏がおりるのが見えた。

「急げ、フォランファン……運転手は……例のエルネストかもしれない」

フォランファンが運転手を訊問したところ、それはガストンという名の、タクシー会社の社員だった。十分ほど前、ひとりの男に呼びとめられ、売店の前で待機するようたのまれたのだという。エンジンはかけたままにし、もうひとり別の男が来たらすぐに乗せるようにと。

「乗ってきた男は、どこへ行けと？」

「番地は言いませんでした……ただ『マルゼルブ大通り……それからメッシーヌ大通りへ……チップははずむよ』とだけ」

そのあいだにもジェルボワ氏はぐずぐずすることなく、通りがかった辻馬車に飛び乗った。

「地下鉄のコンコルド駅へ」

彼はパレ＝ロワイヤル広場で地下鉄をおり、また別の辻馬車に乗りこんで、ブルス広場へむかった。それからまた地下鉄でヴィリエ大通りまで行き、三台目の辻馬車に乗った。

「クラペロン通り二十五番へ」

クラペロン通り二十五番は、バティニョル大通りと接する角の建物だった。ジェルボワ氏は二階にあがると、呼び鈴を押した。すぐにドアがひらき、男が顔を出した。

「ドティナン弁護士のお宅ですか？」

「わたしがドティナンです。ジェルボワさんですね？」

「お待ちしていました。さあ、どうぞ」

「ええ、そうです」

ジェルボワ氏が弁護士事務所に入ったとき、時計は三時をさしていた。さっそく彼はこう言った。

「彼が指定した時間です。まだ来ていませんか？」

「まだですね」

ジェルボワ氏は腰をおろして額をぬぐうと、まるで時間がわからないかのようにじっと懐中時計を見つめ、心配そうに繰り返した。

「来るでしょうか？」

弁護士は答えた。

「わたしのほうこそ、ぜひとも知りたいところです。こんなにも待ち遠しい思いは、初めてですよ。いずれにせよ、もし来るとすれば、大変な危険を冒すことになる。この建物は二週間前から厳重に監視されていますからね……わたしにまで、見張りがついているくらいで」

「わたしなんか、もっとです。だからあとを追ってきた警官を、うまくまくことができたかどうか」

「そうなると……」

「でも、わたしのせいじゃないでしょうに」と数学教師は大声で叫んだ。「何も責められることなどありません。わたしは約束どおり、彼の命令に従ったまでです。そうですとも、彼に言われたままを忠実に実行した。彼が決めた時間に賞金を受け取り、彼が定めたとおりのやり方でここまでやって来ました。娘が誘拐されたのも、もとはといえばわたしのせいだ。そう思うからこそ、誠心誠意約束を守ったんです。今度は彼に守ってもらわないと」

それから彼は、不安そうな声で続けた。

「本当に娘を連れてくるでしょうか？」

「そう願いたいですね」

「でも……彼に会っているんでしょう？」

「とんでもない。ただ手紙でたのまれただけです。あなたがたお二人をここに迎え入れるように……召使いは三時前に外出させ、あなたが着いてから彼が立ち去るまでのあいだ、家には誰も入れないようにとね。もしこの要請が受け入れられなければ、《エコー・ド・フランス》紙に三行広告を出すようにとのことでした。でもアルセーヌ・ルパンのお役に立てるのは、とても嬉しいですからね。すべて承諾したんです」

ジェルボワ氏はうめくように言った。

「ああ、いったいどんな結果になるんだろう？」

彼はポケットから紙幣を取り出してテーブルに並べると、それをぴったり半分ずつに分けた。沈黙が続いた。ジェルボワ氏はときおり耳を澄ました……呼び鈴が鳴らなかっただろうか？

刻一刻と、彼の不安はいや増した。ドティナン弁護士も、ほとんど胸苦しいまでの思いだった。

とうとう弁護士は平静を保ちきれなくなり、いきなり立ちあがった。

「来そうにないな……どうします？　そりゃまあ彼だって、無理だと思っているはずだ。わたしたちのことは、信用しているでしょう。彼を裏切るなんてありえない、正直者ですからね。でも、危険はここだけとは限らないし」

ジェルボワ氏は打ちひしがれ、両手を札束に置いてつぶやいた。

「ああ、来てくれ。シュザンヌを取り返せるなら、これを全部やってもいいから」

するとドアがあいた。

「半分でけっこうですよ、ジェルボワさん」

見ると戸口に人影がある。上品な身なりの青年だ。ヴェルサイユの古道具屋の近くで、声をかけてきた男だと、ジェルボワ氏はすぐにわかった。彼は男に駆け寄った。

「シュザンヌは？　娘はどこなんだ？」

アルセーヌ・ルパンはそっとドアを閉めると、おもむろに手袋を脱ぎ、弁護士にむかって言った。

「先生、このたびはわたしの権利保護にご同意いただき、感謝の言葉もありません。ご恩は忘れませんよ」

するとドティナン弁護士は小声で言った。

「でも、呼び鈴を鳴らしませんでしたよね……ドアがあく音も聞こえなかったし……」

「呼び鈴やドアっていうのは、音が聞こえなくても用が足すようにできているんです。ともかくわたしは今、ここにいる。大事なのはそこですよ」

「娘は？　シュザンヌはどうしたんだ？」とジェルボワ氏は繰り返した。

「まあまあ、そう慌てなくても。ご安心ください。すぐにお嬢さんを抱きしめることができますから」

それからルパンは部屋をひと巡りすると、臣下を褒めたたえる大貴族のような口調で言った。

「ジェルボワさん、先ほどは実に見事でしたよ。自動車が馬鹿げた故障さえしなければ、予定どおりエトワール広場で会えたんですがね。そうすれば、こうやってドティナン弁護士のお宅にお邪魔しなくてもすんだのに……まあ、しかたないでしょう」

彼は二つの札束に気づいて叫んだ。

「すばらしい！　百万フランですね……では時間を無駄にせぬよう、いただくとしましょうか？」

「でも」とドティナン弁護士が言って、テーブルの前に進み出た。「ジェルボワ嬢がまだいらしてませんが」

「それで？」

「それでって、ジェルボワ嬢がいなくては取引きになりません」

「ははあ、なるほど。アルセーヌ・ルパンは、あまり信用ならないってわけですか。五十万フランをポケットに収めて、人質は返さないかもしれないと。いやはや、先生、このわたしを見損なっては困ります。そりゃまあ運命の悪戯《いたずら》で、少々……特別な仕事はしていますがね。だからって、誠意まで疑われるのは心外だ……これでも細かな心づかいにあふれた男なんですよ、このわたしは。もしご心配でしたら、先生、窓をあけて助けを呼んだらどうです？　通りには警官が一ダースもいますから」

「本当ですか？」

ルパンはカーテンをあけた。

「ジェルボワさんにガニマールをまくのは無理でしょう……ほらね、ちゃんと来てますよ」

「まさか」とジェルボワ氏は叫んだ。「でも、わたしは誓って……」

「裏切ったりしなかったと？　それはわかってます。でもあいつら、抜け目がないですから。おや、フォランファンもいるぞ……グレオームも……ディユジーも……わが仲間たちが勢ぞろいだ」

ドティナン弁護士は呆気にとられて、ルパンを見つめた。なんという落ち着きようだ！　まるで子供が遊びに興じるみたいに、楽しそうに笑っている。身の危険など、少しも感じていないのだろう。

ルパンの気楽そうなようすに、弁護士はほっとひと息ついた。警官の姿を見たよりも、このほうがずっと安心できる。彼は札束が積んであるテーブルから離れた。

 ルパンは札束を順番に手に取ると、それぞれから二十五枚ずつ抜き出した。そしてその五十枚を、ドティナン弁護士に差し出した。

「これはジェルボワさんとわたしからの謝礼金です。いろいろとお世話になりましたからね」

「お世話なんてほどではありません」とドティナン弁護士は答えた。

「おや、ずいぶんとご迷惑をおかけしたじゃないですか」

「自分から喜んでしたことですよ」

「つまりアルセーヌ・ルパンからは、何も受け取りたくないというわけですね、先生」彼はため息まじりに言った。「悪評が立つっていうのは、そういうことなんだ」

そして五万フランを、ジェルボワ氏に差し出した。

「では、われわれのよき出会いを記念して、これをお渡ししましょう。わたしからお嬢さんへの結婚祝いです」

ジェルボワ氏はさっと紙幣を受け取ったものの、こう言い返した。

「娘はまだ結婚などしないが」

「あなたがうんと言わなければ、結婚なさらないでしょう。しかし、どうしてもいっしょになりたい相手がいるんです」

「なんでそんなことを知っているんだ？」

「若い娘というのは、父親の許しがなくても夢見るものですからね。さいわいそこにアルセーヌ・ルパンという守り神がいて、愛らしい心の秘密をライティングデスクの奥に見つけるというわけです」

「それじゃあライティングデスクのなかには、ほかにもなにか入っていたんですか？」とドティナン弁護士がたずねた。「そもそもどうしてあの机に目をつけたのか、ぜひともお聞かせ願いたいですね」

「由緒ある品だからですよ、先生。ジェルボワさんはああ言っていましたがね、宝物なんて何ひとつ入っていませんでした。宝くじ券のことは、知りませんでしたし。でもわたしは、長年あのライティングデスクを探していたんです。イチイとマホガニー材製で、アカンサス葉飾りがついた机。あれはナポレオンの愛人マリ・ワレウスカが人目を忍んで暮らしていた、ブーローニュの小さな家から見つかったものでして。引き出しのひとつには、《フランス皇帝ナポレオン一世に捧ぐ。忠実なる家臣マンシオン》と記され、そのうえには《マリに》とナイフで刻まれています。その後ナポレオンは皇后ジョゼフィーヌのために、これとそっくりの机を作らせました。だからマルメゾンのジョゼフィーヌ邸に展示されているライティングデスク（原注　現在は家具博物館に所蔵されている）は、わたしのコレクションに加わった品の不完全な模造品というわけです」

するとジェルボワ氏がうめくように言った。

「なんと！　古道具屋で買ったとき、そうとわかっていたならば、すぐにお譲りしたのに」

「そしてあなたのほうは、二三組‐五一四番宝くじ券を無事ひとり占めできたというわけだ」とルパンは笑いながら言った。

「きみは娘を誘拐などせず、娘にもこんな恐ろしい思いをさせずにすんだんだ」

「こんな恐ろしい思いとは？」

「誘拐されたことだ……」

「いや、ジェルボワさん。それは誤解です。お嬢さんは誘拐されてなどいません」

「娘は誘拐されていないだって？」

「そのとおりです。誘拐というのは、力ずくでやるものですからね。ところがお嬢さんは、みずからすすんで人質になったのです」

「みずからすすんで?」とジェルボワ氏は、わけがわからないというように繰り返した。

「お嬢さんのほうから頼まんばかりでした。ジェルボワ嬢のように賢くて、おまけに心の奥底で人知れず恋の情熱をたぎらせている若い女性なら、誰だって持参金を手に入れたいと思うでしょう。だから正直な話、あなたの頑《かたく》なな態度を打ち破るには、ほかに方法がないと説得するのは簡単でしたよ」

このやりとりを愉快そうに聞いていたドティナン弁護士が、横から口をはさんだ。

「でもそう簡単に、ジェルボワ嬢とうちとけて話したりできないでしょう。見知らぬ人間が話しかけてきたら、警戒するはずですから」

「いや、わたしが話しかけたのではありません。ジェルボワ嬢とお近づきになる栄誉には、浴せませんでしたよ。交渉役は、女友達のひとりが引き受けてくれましたから」

「自動車にのっていた金髪の女ですね」とドティナン弁護士が言った。

「ご名答。高校の近くで初めて会うなり、話はすぐにまとまりました。ジェルボワ嬢とその新しい友人は、ベルギー、オランダとまわる旅に出たのです。若い女性にはとてもためになる、実に快適な旅でしたよ。詳しい話は、お嬢さん本人からお聞きください……」

そのとき、玄関の呼び鈴が鳴った。すばやく三回、少し間を置いて一回、さらにもう一回。

「ジェルボワ嬢です」とルパンは言った。「ドティナン先生、よろしければ……」

弁護士は玄関に急いだ。

若い女が二人、入ってきた。ひとりがジェルボワ氏の腕に飛びこむ。そしてもうひとりは、ルパンのほうへ歩み寄った。すらりと背の高い、青白い顔の女で、豊かな胸と目の覚めるような金髪をしている。真ん中から分けたその髪は、波打つようにふわりと左右にたれていた。黒い服を着て、アクセサリーは五重に巻いた黒玉のネックレスだけ。それでもその女は、洗練された上品さを漂わせていた。

アルセーヌ・ルパンは彼女に二言、三言、話しかけると、ジェルボワ嬢にお辞儀をした。

「ご迷惑をおかけして、申しわけありませんでした。あまりおつらい思いをなさらなければ、よかったのですが……」

「つらいだなんて、とんでもない！　かわいそうな父のことさえなかったら、とても楽しかったくらいです」

「それならよかった。さあ、もう一度お父様にキスをしておあげなさい。せっかくの機会だから、いとこさんのこともお話ししてはいかがです？」

「いとこって……何のことかしら……よくわかりませんが……」

「いえ、おわかりのはずです……いとこのフィリップさん……あなたが大事に手紙を取っておいた、あの若者のことですよ……」

シュザンヌは顔を赤らめ、どぎまぎしていたが、ルパンの忠告にしたがってまた父親の腕に飛びこんだ。

そのようすを、ルパンは感動したように見つめた。

「よいことをすれば報われる。なんてすばらしい光景なんだ！　幸せな父親、幸せな娘。彼らにこんな幸福が訪れたのも、ルパン、おまえのおかげだ。この二人は、いつかおまえに感謝するだろう……そしておまえの名を、孫子《まご》にまでうやうやしく語り継ぐことだろう……ああ、家族……うるわしき家族よ……」

彼は窓に近寄った。

「ガニマールのやつ、まだいるかな？　こんな真情あふれる名場面を、さぞかし見たがっているこことだろう……おや、姿がないぞ……誰もいない……やつも、ほかの警官たちも……まずいな、風雲急を告げるというわけか……、あいつら、表門の下に来ていてもおかしくない……管理人のところまでだって……もしかしたら、もう階段をのぼっているかも」

ジェルボワ氏は思わずぴくりと体を動かした。娘を取り戻してひと安心すると、にわかに現実感が戻ってきた。敵が逮捕されれば、あと五十万も自分のものになる。彼は無意識のうちに一歩踏み出した……するとルパンが、さりげなくその前に立った。

「どこへ行くんですか、ジェルボワさん？　わたしをやつらから守ってくれようと？　それはどうもご親切に。でも、おかまいなく。だいいちわたしよりあいつらのほうが、ずっと困惑しているんですから」

ルパンは思案しながら続けた。

「そもそもあいつら、どこまで事態を把握しているやら。あなたがここにいるのは、わかっているでしょう。それにおそらく、ジェルボワ嬢がいることも。ジェルボワ嬢が見知らぬ女とここにやって来たのを、目にしているはずですから。でも、わたしのことは？　まさかわたしがなかにいるとは思っていません。今朝、地下室から屋根裏部屋まで隈《くま》なく調べた家に、どうやって入れるというんです？　わたしがやって来たところをつかまえようと、待ちかまえているんでしょう……いやはや、あわれな連中だ……見知らぬ女はわたしが送りこんだのだと、見抜いているかもしれません。人質と身代金を交換するための使者としてね……それならそれで、彼女が出てきたら逮捕しようと……」

そのとき、呼び鈴の音が鳴り響いた。

ルパンはジェルボワ氏の動きをすばやく制し、命令口調でぴしゃりと言った。

「動かないで。お嬢さんのことを考え、おとなしくしていなさい。さもないと……ドティナン先生、あなたとは約束したとおりです」

ジェルボワ氏はその場に釘づけになった。弁護士も動こうとしない。

ルパンは悠然と帽子を取った。少し埃がついているのを見て、彼は袖口で払った。

「先生、ご用の節は遠慮なく……シュザンヌさん、お幸せに。フィリップさんによろしく」

ルパンはどっしりとした金の懐中時計をポケットから取り出した。

「ジェルボワさん、今は三時四十二分です。三時四十六分になったら、この部屋から出てもかまいません……それより一分たりとも早くてはいけませんよ」

「でも彼らは、力ずくでも入ってきますよ」とドティナン弁護士は言わずにおれなかった。

「なに、先生、法律ってものがあるじゃないですか。いくらガニマールだって、フランス市民の私邸に無理やり踏み入ることはしないでしょう。ブリッジを一勝負するくらいの時間はまだ充分ありますが、お先に失礼いたしましょう。三人ともいささか動揺気味らしいので、なるべくご迷惑は……」

ルパンは懐中時計をテーブルに置くと、居間のドアをあけ、金髪の女に声をかけた。

「さあ、用意はいいかい？」

そして彼女を先に行かせ、最後にもう一度うやうやしくジェルボワ嬢におじぎをすると、部屋を出てドアを閉めた。

やがて玄関から大声が響いた。

「こんにちは、ガニマールさん。お元気ですか？　奥さんによろしく……そのうち昼食にでも呼ばれますよ……では、また」

またしても呼び鈴が鳴りわたり、どんどんとドアをたたく音、階段の踊り場でざわめく人の声が聞こえた。

「三時四十五分だ」ジェルボワ氏がつぶやいた。

数秒後、彼は意を決したように玄関へ行ったが、そこにはもうルパンも金髪の女もいなかった。

「お父様……いけないわ……待って」とシュザンヌが叫んだ。

「待つだって？　冗談じゃない……あんな悪党の言いなりにはならんぞ……五十万フランがかかっているんだ……」

ジェルボワ氏はドアをあけた。

ガニマールが飛びこんでくる。

「あの女は……あの女はどこだ？　ルパンは？」

「さっきまでここに……いや、まだいるはずです」

ガニマールは勝利の雄叫《おたけ》びをあげた。

「それなら捕まえたも同然だ……家は包囲されているんだから」

するとドティナン弁護士が口をはさんだ。

「裏階段がありますよ」

「裏階段は中庭に通じているのだから出口はひとつ、正門だけだ。そこは十人の部下が見張っている」

「でもルパンは正門から入ってきませんでした……だったらそこから出ていかないかも……」

「じゃあ、どこから出ていくっていうんだ？」とガニマールは言い返した。「空を飛んでいくとでも？」

ガニマールがカーテンをあけると、台所に続く長い廊下が見えた。彼は廊下を駆け抜け、裏階段のドアにしっかり鍵がかかっているのをたしかめた。

そして窓から部下のひとりを呼んだ。

「出ていった者は？」

「誰もいません」

「それならやつらは、まだ建物のなかだ」とガニマールは叫んだ。「どこかの部屋に隠れているんだろう……逃げられっこないからな……ルパンめ、貴様にはさんざん馬鹿にされてきたが、今度こそ思い知らせてやる」

その晩、七時、警察部のデュドゥイ部長はなんの報告も届かないのを心配し、クラペロン通りのドティナン弁護士宅へ赴いた。彼は建物を見張っている警官たちに状況をたずね、階段をあがった。ドティナン弁護士の案内で部屋に入ると、そこにはひとりの男がいた。

いや、絨毯のうえでばたばたともがいている二本の脚と言ったほうがいいだろうか。なにしろ脚のうえに続く上半身は、暖炉の奥にはまりこんでいるのだから。

「おおい！　聞こえるか？」とくぐもった声が響いている。

するとうえのほうから、もっと遠い声が答えた。

「はあい！　聞こえます」

デュドゥイ部長は笑いながら呼びかけた。

「おい、ガニマール、なんだってまた煙突屋のまね事なんかしているんだ？」

主任警部が暖炉の奥から這い出てきた。真っ黒な顔に煤《すす》まみれの服。目だけがぎらぎらと輝いて、ガニマールだとはとてもわからない。

「やつを捜しているんです」と彼は悔しそうに答えた。

「やつというのは？」

「アルセーヌ・ルパン……アルセーヌ・ルパンと共犯者の女です」

「なるほど。つまりきみは、その二人が煙突のなかに隠れていると思っているのかね？」

ガニマールは立ちあがると、炭で真っ黒な五本の指で上司の袖口をつかみ、むっとしたように声を落として言った。

「それじゃあ、部長、どこにいるっていうんですか？　やつらはどこかに隠れているはずです。部長やわたしと同じ、生身の人間ですからね。煙みたいに消えてしまうわけありません」

「まあな。でも逃げてしまった」

「どこから？　どこから逃げたんです？　この家は包囲されています。屋根のうえにも警官がいるんですよ」

「隣の建物は？」

「連絡通路はありません」

「それじゃあ、ほかの階の部屋は？」

「すべての住人と会って話を聞きました。怪しい人物を目撃した者はいません……足音も聞いていないそうです」

「間違いなく全員にあたったのかね？」

「ええ、ひとり残らず。管理人も、彼らは信頼のおける人たちだと言っています。それでも念のため、各部屋に部下を配備してあります」

「ともかく、何としてでも捕まえねばならん」

「ええ、そうですとも。何としてでも捕まえねば。あいつら二人とも、ここにいるんですから……逃げられるはずないのですから。まあ、ご安心ください、部長。今夜中は無理でも、明日には見つけ出します……泊まりこみで……泊まりこみで捜しますよ……」

　その言葉どおり、ガニマールは弁護士宅に泊まりこんだ。翌日の晩も、翌々日の晩も。

こうして三日三晩がすぎたが、神出鬼没のルパンはもとより、これまた逃げ足の速い共犯者の女も発見することができなかった。多少なりとも捜査の進展をうながす、ほんのわずかな手がかりすら出てこない。

だからこそガニマールは、頑として最初の考えを変えなかった。

「逃げ出した形跡がない以上、まだなかにいるということだ」

もしかしたら内心、自信がなくなっていたかもしれない。けれども彼は、それを認めようとしなかった。いやいや、絶対にありえないぞ。おとぎ話に出てくる悪魔みたいに、生身の男女が消えてしまうはずないじゃないか。そう思ってガニマールは決してあきらめることなく、家探しや捜査を続けるのだった。たとえあの二人が秘密の隠れ場所に身を潜めるか、建物の石材に溶けこんでしまったとしても、いつか見つけ出せると期待しているかのように。

2 青いダイヤモンド

それから十日ほどした三月二十七日の晩、アンリ＝マルタン大通り百三十四番でのこと、第二帝政下でベルリン駐在大使をつとめたこともある老将軍ドートレック男爵は、半年前に兄から遺贈された小邸宅で、肘掛け椅子にゆったりと腰かけまどろんでいた。かたわらでは、付き添い係の若い女が本を読み聞かせている。看護係のシスター・オーギュストはあんかでベッドを暖めたり、常夜灯の準備をしたりしていた。

シスターはたまたま今夜、修道院に戻り、院長のそばでひと晩すごさねばならなかった。そこで十一時になると、付き添い係の女にこう告げた。

「アントワネットさん、わたしの仕事は終わったので、そろそろ失礼しますよ」

「どうぞ、シスター」

「料理女は暇を取っているので、今夜は屋敷に召使いとあなただけですからね」

「男爵様のことはご心配なく。言われたとおり、隣の部屋で休みますから。ドアもあけておきますし」

シスターは屋敷をあとにした。しばらくすると召使いのシャルルがやって来て、何かご用はありませんかとたずねた。男爵が目をさまし、みずから答えた。

「いつもと同じだ、シャルル。おまえの部屋のベルが故障していないか、たしかめておきなさい。ベルの音が聞こえたら、すぐ医者を呼びに行くんだぞ」

「閣下はいつも心配ばかりされてますが」

「体調が思わしくなくてな……どうにもよくない。ところでアントワネットさん、どこまで読んだかね？」

「まだベッドには行かれませんか、男爵様？」

「ああ、まだもう少し起きてよう。なに、ひとりで休めるから」

二十分後、老人がまたうとうとし始めると、アントワネットはつま先立ちでそっと離れた。

そのころシャルルは普段どおり、一階のよろい戸を注意深く閉めてまわっていた。

庭に面した台所のドアに差し錠をかけ、玄関では両びらきのドアにチェーンまでかけた。それから彼は四階の屋根裏部屋に戻り、眠りこんだ。

一時間ばかりすぎただろうか、シャルルは突然ベッドから飛び出した。ベルが鳴っている。七、八秒ものあいだ、ずっと途切れることなく……

「やれやれ」とシャルルは眠気をふり払いながら言った。「またしても男爵様の気まぐれか」

彼は急いで服を着ると階段を駆けおり、ドアの前で立ちどまった。ノックをしたが返事がないので、なかに入った。

「おや、明かりがついてない」と彼はつぶやいた。「どうして消えてしまったんだろう」

そして小声で呼びかけた。

「アントワネットさん？」

やはり返事はない。

「アントワネットさん、いないんですか？ どうしたんです？ 男爵様のお加減が悪いのですか？」

あいかわらず、あたりは静まりかえっている。シャルルはその重苦しい静寂にとうとう耐えきれなくなり、数歩前に進んだ。足が椅子にぶつかる。手でたしかめると、ひっくり返っているのだとわかった。ほかにも丸テーブルやついたてが、床に倒れているようだ。彼は心配になって壁ぎわに戻り、手さぐりで電灯のスイッチを探した。そしてようやく見つけると、スイッチを入れた。

部屋の真ん中、テーブルと鏡つき洋服ダンスのあいだに、主人のドートレック男爵がぐったりと横たわっている。

「まさか……どうしたんだ？」シャルルは口ごもるように言った。

彼はなす術《すべ》もなく、ただ目を大きく見ひらいて立ちすくんだまま、めちゃめちゃになった部屋を眺めていた。倒れた椅子。こなごなに砕けたクリスタルの大燭台。置時計は大理石の暖炉のうえに転がっている。そのようすからして、激しい格闘が繰り広げられたのは明らかだ。男爵の脇には、細身の短剣が落ちていた。柄がきらめき、刃《やいば》は血で汚れている。ベッドのマットレスには、血の跡がついたハンカチがかかっていた。

シャルルは恐怖の叫び声をあげた。すると男爵の体が最後の力をふり絞って二、三度伸び縮みを繰り返したかと思うと……そのまま動かなくなった。

彼は死体のうえに身を乗り出した。首がざっくりと切り裂かれ、傷口から流れ出した血が絨毯に黒い染みを作っている。顔にはまだすさまじい恐怖の表情が残っていた。

「殺されたんだ」彼はまたしても口ごもるように言った。「殺されたんだ」

もう一件、別の犯行が行なわれているかもしれない。シャルルはそう思って恐れおののいた。付き添い係の女が隣の部屋で休んでいたはずではないか？　男爵を殺害した犯人は、彼女も殺したのでは？

召使いは隣室のドアをそっと押しあけた。部屋は空っぽだ。アントワネットは連れ去られたのかもしれない。あるいは、犯行の前に外出したのだろう。

男爵の寝室に戻ると、ふとライティングデスクに目が留まった。こじ開けられたようすはない。

しかもテーブルのうえには、男爵が毎晩置いておく鍵の束と財布の脇に、ルイ金貨もひと山、積まれている。シャルルは財布をつかんでなかを調べた。紙幣が入っている。数えてみると、百フラン札が十三枚あった。

そうなるともう、どうにも抑えが効かなかった。何も考えないうちから、手がいつのまにかひとりでに動いていた。彼は十三枚の紙幣を抜きとり、上着のポケットにねじこんだ。階段を駆けおり、差し錠をあけ、チェーンをはずす。そして外に出ると、ドアを閉めて庭を走り抜けた。

とはいえシャルルは正直者だった。鉄格子の門を抜けたところで、彼ははたと立ちどまった。外気にあたり、雨に濡れて頭を冷やして、我に返ったのだ。なんてことをしてしまったんだろう。彼は急に恐ろしくなった。

そして通りがかった辻馬車の御者に呼びかけた。

「おい、ひとっ走り行って、警察のだんなを連れて来てくれ……大急ぎでたのむ。人が殺されたんだ」

御者は馬に鞭《むち》を入れた。シャルルは屋敷に戻ろうとして、外に締め出されたことに気づいた。さっき鉄格子の門を、自分で閉めてしまったのだ。門は外からはあかなかった。

もちろん呼び鈴を鳴らしても無駄だ。屋敷のなかには誰もいないのだから。

しかたがないので、彼はあたりをぶらぶらと歩き始めた。ミュエット側から大通りにむかって続く庭が、きれいに刈りこまれた灌木《かんぼく》ののどかな緑の縁取りを見せている。一時間ほど待ってようやくやって来た警官に、彼は事件について詳しく語り、十三枚の紙幣も無事返した。

そうこうするうちに錠前屋が呼ばれ、四苦八苦の末、庭に入る鉄格子の門と、玄関のドアをこじあけた。

警官は二階にあがると、部屋をひと目見るなり召使いに言った。

「おい、部屋はめちゃめちゃに荒らされていたはずじゃないのか？」

警官はふり返った。シャルルは呆然と戸口に立ちつくしていた。なんと家具はすべて、いつもの場所に戻っているではないか！　丸テーブルは窓のあいだに置かれ、椅子は起こされ、置時計は暖炉の真ん中にある。大燭台の破片はきれいに片づけられていた。

シャルルは驚きのあまり、ただぽかんと眺めているだけだった。

「でも死体は……男爵様は……」

「そうだ」と警官は叫んだ。「被害者はどこにいるんだ？」

彼はベッドに近寄り、かかっていた大きな毛布をのけた。するとその下には、元ベルリン駐在フランス大使の男爵ドートレック将軍が横たわっていた。死体には、レジオンドヌール勲章で飾られた将軍の外套がかけられている。

目は閉じられ、先ほどとはうって変わって穏やかな死に顔をしていた。

召使いはもごもごと言った。

「誰かがここに来たんだ」

「どこを通って？」

「それはわかりませんが、わたしがいないあいだに誰かが来たんです……だって床には鋼《はがね》の細い短刀が落ちていて……ベッドには血のついたハンカチがあったのに……すべてなくなっています……誰かが持ち去ったんです……片づけてしまったんです……」

「でも、誰が？」

「犯人ですよ」

「ドアは全部、閉まっていたんだぞ」

「だったら犯人は、屋敷のなかに留まっていたんでしょう」

「まだ潜んでいるかも知れないぞ。きみは前の歩道でずっと待っていたのだから」

召使いはしばらく考えてから、ゆっくりと言った。

「たしかに……そのとおりだ……わたしはずっと門から離れませんでした……でも……」

「それはそうと、男爵のそばに最後までいたのは誰だ？」

「付き添い係のアントワネットさんです」

「その女はどうしたんだろう？」

「ベッドを使った形跡がありませんからね、シスター・オーギュストが留守なのをいいことに、外出したんじゃないでしょうか。まあ、大いにありうることです。なにせ若くて美人ときてますから……」

「でも、どうやって出たんだ？」

「ドアからですよ」

「差し錠とチェーンをかけてあったんだろ？」

「その前に出ていったんです。わたしが戸締りをしたときには、もう屋敷にはいなかったんでしょう」

「犯行はアントワネットが出かけたあとに行なわれたと？」

「そうでしょうね」

屋根裏部屋から地下室まで、屋敷を隈なく調べたけれど、結局犯人は逃げたあとだった。いつ？　どうやって？　犯行現場に引きかえし、危険な証拠はすべて始末したほうがいいと、犯人自身あるいは共犯者が判断したのだろうか？　そうした疑問点が、司法当局に課されることとなった。

七時に検死医が到着し、八時には警察部のデュドゥイ部長もやって来た。お次は共和国検事と予審判事の番だった。私服警官や制服警官、新聞記者、ドートレック男爵の甥やそのほかの親類たちも集まり、屋敷にあふれかえるほどだった。

屋敷内の捜査が続けられ、シャルルの記憶にもとづいて死体の位置が検証された。シスター・オーギュストが戻ってくるなり訊問も行なわれたが、何の手がかりも得られなかった。たしかにシスターはアントワネット・ブレアの失踪に、ずいぶん驚いているようすだったけれど。アントワネットを雇ったのは十二日前だった。きちんとした身元証明書があったので、信用したのだという。それだけに、まかされた病人を放り出して、ひとりで夜遊びに出てしまうなど、シスターにはとても信じられなかった。

「もし外出したなら、とっくに帰っているはずだしな」と予審判事も賛意を示した。「だとすれば、またしてもあの問題に戻ってしまう。彼女はどうなったのかという問題に」

「犯人に連れ去られたんじゃないでしょうか」とシャルルが言った。

たしかにそうかもしれない。事件の状況とも符合する。

「連れ去られたって？　なるほど、それもありえそうだ」とデュドゥイ部長が言った。

「とんでもない」という声がした。「明らかな事実、捜査結果に反しています。要するに、まったくもって間違いってことですよ」

その耳ざわりでぶっきらぼうな声の主がガニマールだとわかっても、驚く者はいなかった。こんなふうにぞんざいな口のきき方をしてもしかたないと思われているのは、そもそも彼くらいなものだ。

「おや、きみか、ガニマール」とデュドゥイ部長は言った。「姿を見かけなかったが」

「二時間も前から来てましたよ」

「それじゃあ二三組‐五一四番宝くじやクラペロン通り、金髪の女とアルセーヌ・ルパンのほかにも、きみが関心を持つ事件があったってわけか」

「いやいや」老警部はにやりとした。「この事件にルパンが無関係だなんて言っちゃいませんよ……でもまあ、宝くじ事件のことはとりあえず脇に置き、今回の問題を検討するとしましょう」


ガニマールはその手法が一派をなし、その名が司法史上に残るような、偉大な能力に恵まれた警察官のひとりではない。デュパンやルコック、シャーロック・ホームズのような名探偵が有するあの天才的なひらめきも持ち合わせていない。けれども彼は観察眼や洞察力、粘り強さ、さらには直感という美質をほどよく兼ね備えていた。彼の長所は、独立不《どくりつふ》羈《き》の仕事ぶりにある。ガニマールは何ものによっても心乱され、感化されることはなかった。いや、アルセーヌ・ルパンを捕まえることだけには、異様なまでに執念を燃やしていたけれど。ともあれその朝、彼が果たした役割にはなかなかめざましいものがあり、その貢献ぶりはどんな判事でも評価するだろう。

「まずはシャルルさんにおうかがいしたいのですが」とガニマールは切り出した。「最初に見たときめちゃめちゃだった調度品は、次に部屋を訪れたとき、すべていつもの場所に片づいていた。その点は間違いありませんね？」

「そのとおりです」

「だとすれば調度品をもとに戻したのは、それがどこにあったのかをよく知っている人物にほかなりません」

この指摘に、居合わせた人々ははっとした。ガニマールは話を続けた。

「もう一点、うかがいましょう、シャルルさん……あなたは呼び鈴の音で目をさました……鳴らしたのは誰だと思いますか？」

「そりゃ、男爵様ですよ」

「なるほど。それなら、いつ鳴らしたんでしょうね？」

「取っ組み合いのあと……息絶えるまぎわでしょう」

「ありえませんよ。だってあなたが発見したとき、男爵は呼び鈴のボタンから四メートル以上も離れた床に横たわっていたんですから」

「だったら、闘っているあいだにボタンを押したのかも」

「それもありえませんね。呼び鈴の音は七、八秒間ずっと鳴り続けていたと、おっしゃったじゃないですか。そんなふうに呼び鈴を鳴らす暇など、犯人が与えると思いますか？」

「では格闘が始まる前、ちょうど襲われたときでは？」

「無理です。あなたの証言によると、呼び鈴が鳴ってから男爵の寝室に駆けこむまで、せいぜい三分ほどしかたっていません。もし男爵が先にボタンを押したのなら、そのあと格闘が始まって殺害が行なわれ、もがき苦しんでいる被害者を残して犯人が逃走したことになります。たった三分でありえることでしょうか。いや、やっぱり無理ですね」

「しかし」と予審判事が言った。「呼び鈴を押した者がいたはずだ。もし男爵でないとするなら、いったい誰だったんだろう？」

「犯人ですよ」

「何のために？」

「なぜかはわかりません。でもボタンを押したのが犯人だとするならば、呼び鈴が召使いの部屋に通じていることを知っていたわけだ。少なくともそれだけはたしかです。邸内の者以外、誰がそんなことを知っているでしょうね？」

推理の輪がぐっと絞られてきた。簡潔明瞭な論理展開で、ガニマールは問題の核心を見事に突いた。老警部が何を考えているかは明らかだった。だから予審判事がこう結論づけたのも、当然の成り行きだった。

「要するに、きみはアントワネット・ブレアを疑っているんだな？」

「疑っているどころか、彼女が犯人だと確信しています」

「共犯者という意味かね？」

「男爵ドートレック将軍殺しの実行犯です」

「まさか、そんな！　何を証拠に？」

「この髪ですよ。被害者の右手をひらいたら、見つかったんです。あんまり強く握っていたので、爪の先が髪の毛ごと肉に食いこんでいるくらいでしたよ」

ガニマールはひとつかみの髪を示した。それは金の糸のような、輝くばかりの金髪だった。

「たしかにアントワネットさんの髪だ。間違いありません」

シャルルはそうつぶやいたあと、言葉を続けた。

「そういや……もうひとつ……あの短刀……二度目に部屋に行ったときにはなくなっていたあの短刀は……アントワネットさんのものです……本のページを切るのに使っていました」

あとに続いた沈黙は、長く重苦しいものだった。若い女の犯行だとしたらいっそう恐ろしいと、誰もが感じているのだろう。やがて予審判事がロをひらいた。

「新たな証拠が見つかるまで、とりあえずアントワネット・ブレアが男爵殺しの犯人だと仮定しておこう。それにしても、彼女がどこから屋敷の出入りを繰り返したのかは、まだ説明がついていない。犯行のあといったん逃走し、シャルルさんが外に出たあと、またなかに戻って、警官が駆けつける前に再び逃げ出したわけだからな。ガニマール、この点についてきみの意見は？」

「何もありません」

「だったら？」

ガニマールは困ったような顔をしていたが、やがて意を決したかのように口をひらいた。

「ここには二三組‐五一四番宝くじ事件と同じ手口、同じ現象が見られます。人間消失の術とでも呼ぶべき現象が。今、わたしに言えるのは、それくらいですね。アントワネット・ブレアは鍵のかかったこの屋敷に、どこからともなくあらわれてはまた姿を消しました。アルセーヌ・ルパンもドティナン弁護士の家に忽然とあらわれ、金髪の女を連れて煙のように消え去ったのです」

「ということは？」

「そうなるとここで、なんとも奇妙な二つの符合について考えざるを得ません。アントワネット・ブレアがシスター・オーギュストに雇われたのは今から十二日前、つまり金髪の女がわれわれの手をすり抜けた翌日だったということ。それからもうひとつ、女の金髪もここにある髪と同じく、本物の金のように鮮やかに輝いていたということです」

「つまりきみはアントワネット・ブレアが……」

「金髪の女にほかならないと思っています」

「つまり二つの事件をたくらんだのは、ルパンということかね？」

「そうでしょうな」

するとと大声で笑う者がいた。デュドゥイ部長がおかしそうに腹をかかえている。

「ルパンだって！　またしてもルパンか。やつはいたるところ、どこにでもいるってわけだ」

「いるところにはいますよ」ガニマールはむっとしたように言った。

「しかしやつがあらわれるには、それなりの理由があるだろう」とデュドゥイ部長は言った。「だが今回の場合、その理由がよくわからんのだが。ライティングデスクはこじあけられていなかったし、財布も盗まれていなかった。テーブルのうえには金が積んであるままだったのだから」

「ええ、そのとおりです」とガニマールは大声で応じた。「しかし、かのダイヤモンドは？」

「ダイヤモンドだって？」

「青いダイヤモンドですよ。フランス国王の冠についていた、名高いダイヤモンド。A……侯爵がレオニド・L……に贈り、その死後、ドートレック男爵が買い取ったものです。熱愛していた大女優のためにね。わたしのような古くからのパリッ子には、忘れがたい思い出のひとつですよ」

「青いダイヤモンドがなくなっていれば、間違いない」と予審判事は言った。「それですべて説明がつく……でも、どこをたしかめればいいのだろう？」

「男爵様の指です」とシャルルが答えた。「青いダイヤモンドは左の指に、いつもはまっていましたから」

「左手ならもうたしかめましたよ」ガニマールは被害者に近寄りながら言った。「でも見ればわかるとおり、はまっているのはただの金の指輪です」

「手のひらの側を見てください」召使いはさらに言った。

ガニマールが握りしめた指をひろげると、内側にまわした台座が見え、そのなかに青いダイヤモンドがきらきらと輝いていた。

「なんてことだ」とガニマールは心底びっくりしたようにつぶやいた。「まったく信じられん」

「これでもう、哀れなルパンの疑いは晴れたってわけだな」デュドゥイ部長がにやにや笑いながら言った。

ガニマールはしばらく間《ま》を置き考えこんでいたが、やがて芝居がかった口調で言い返した。

「わけがわからない事態に陥ったときほど、わたしはルパンを疑うんです」

これが奇妙な殺人事件の翌日、司法当局によって行なわれた初動捜査のあらましである。

首尾一貫性のない、漠としたことばかりだが、続く予審のなかでも確固たる事実は何も出てこなかった。アントワネット・ブレアがどのようにして屋敷を出入りしたのかは、金髪の女のときと同じくまったく謎のままだった。そもそもあの謎めいた金髪の女が何者なのかも、皆目わからない。彼女はどうしてドートレック男爵を殺害しながら、フランス王家の冠にあった伝説的なダイヤモンドをその指から抜き取っていかなかったのか？

こうしてこの事件は、何より金髪の女が掻き立てる好奇心のせいで、世論を沸かせる一大犯罪となっていったのである。

ドートレック男爵の相続人たちはこの騒ぎを宣伝に利用しようと、ドルオ館で競売に出される遺品の展示会を、アンリ＝マルタン大通りの屋敷で開催した。趣味の悪い現代風の家具や、芸術的な価値のない調度品ばかりだったが……部屋の真ん中には青いダイヤモンドのついた指輪が、ガーネット色のビロードを広げた台座のうえに鎮座し、丸いガラスケースに収められてまばゆいばかりの光を放っていた。脇には二人の警官が監視にあたっている。

めったにないほど透きとおった、大きなすばらしいダイヤモンドだった。澄んだ水が空を映し出すような、えも言われぬ青さ、真っ白なシーツがかすかに帯びるような青さだ。人々は感嘆し、うっとりと見とれた……それから彼らは、犯行現場の部屋を恐る恐る訪れるのだった。死体が横たわっていた場所。血まみれの絨毯を取り除いた床。壁にはとりわけ目を凝らした。この頑丈な壁を抜けて、犯人の女は逃走したのかもしれないのだ。暖炉ががたがたと動かないか、鏡の刳形《くりがた》装飾に回転装置のバネが仕掛けられていないかもたしかめた。大きくひらいた穴、トンネルの入口、下水道や地下墓地に通じる抜け穴を思い描きながら……

そして青いダイヤモンドの競売が、いよいよドルオ館で始まった。会場はひといきれでむせかえり、競売の熱狂はとどまるところを知らなかった。

お祭り騒ぎがあれば駆けつけるパリの上流人士たちが、ずらりと顔をそろえていた。ダイヤモンドを買う気がある者も、買えると皆に思わせたい者も。相場師、芸術家、各界のご婦人方、大臣二人、イタリア人テノール歌手ひとり。亡命中の某国王など、自分の信用を高めようというのか、よくとおる声で悠然と競り値を十万フランまでつりあげたのだった。十万フラン！ それくらいなら、平気で払えると言わんばかりだ。イタリア人テノール歌手が十五万、フランス芸術家協会の女性会員が十七万五千まで競りあげた。

二十万フランになると、競り手たちも恐れをなし始めた。二十五万フランの時点で、残るは二人だけとなった。財界の大物で金鉱王のエルシュマンと、ダイヤモンドを初めとする宝石のコレクションで名高いアメリカの大富豪クロゾン伯爵夫人だ。

「二十六万……二十七万……二十七万五千……二十八万……」と競売吏は、二人の競争者を交互に見やりながら声を張りあげた。「こちらのご婦人が二十八万をおつけになりました……もうひと声、いらっしゃいませんか？」

「三十万」とエルシュマンがつぶやいた。

会場が静まりかえった。皆がクロゾン伯爵夫人を見つめている。彼女はにこやかに立っていたが、内心の動揺は隠しきれず、青ざめた顔で前の椅子の背に手をついていた。実際のところ、彼女にはよくわかっていた。会場に集まったほかの人々もわかっている。勝負の行方は疑いようもないと。何をどうしたって、金鉱王の勝ちに決まっている。五億フラン以上の財産があるのだから、どんな気まぐれも思いのままだ。それでも伯爵夫人は言った。

「三十五万」

またしてもあたりがしんとなった。今度は皆の目が金鉱王にむいた。きっとさらに競りあげるぞ。とんでもない、決定的な金額が飛び出すに違いない。

ところが競りあげは行なわれなかった。エルシュマンはただ無表情で、右手に持った紙切れにじっと目を落としている。左手には封を破った封筒が握られていた。

「三十五万」と競売吏が繰り返した。「ひとつ……ふたつ……まだ間に合いますよ……お声はありませんか？　繰り返します。ひとつ……ふたつ……」

エルシュマンは無表情のままだ。最後の静寂が会場を包むと、落札を告げる槌《つち》が振りおろされた。

「四十万」とエルシュマンが、まるで槌の音ではっとわれに返ったかのように飛びあがって叫んだ。

しかし時すでに遅し。落札はもう取り消せない。

人々が彼のまわりに集まった。どうしたんだろう？　どうしてもっと早く、声をあげなかったんだ？

エルシュマンは笑い出した。

「どうしたかって？　いや、自分でもわからないんだ。一瞬、ぼんやりしてしまって」

「そんなことあるんですか？」

「あるとも。実は手紙を渡されて」

「そんな手紙くらいで……」

「気がそがれたのかって？　ああ、そうとも。あのときはね」

ガニマールもその場にいた。指輪の競売に立ち会っていたのだ。彼は走り使いの少年のひとりに歩み寄った。

「エルシュマンさんに手紙を渡したのはきみだね？」

「はい」

「誰に渡されたんだ？」

「女の人です」

「どこにいる？」

「どこにって……ええと、あそこです……あの厚いベールをかぶっている女の人」

「出ていこうとしている女か？」

「はい」

ガニマールはドアにむかって突進した。女が階段をおりていくのが見える。彼は走った。けれども入口の近くで人波に足止めをくい、外に出たときにはもう女の姿はなかった。

ガニマールは会場に引き返した。エルシュマンに近づいて警察の者だと名のり、手紙についてたずねた。エルシュマンは手紙を主任警部に渡した。そこには金鉱王に見覚えのない筆跡で、次のような鉛筆の走り書きがあるだけだった。


あの青いダイヤモンドは不幸をもたらす。ドートレック男爵のことを忘れるな。

青いダイヤモンドをめぐる災厄は、それで終わりではなかった。ドートレック男爵殺しと、ドルオ館での一件によってすでに世に知られたダイヤモンドだが、それが半年後、再び大きな話題をまいた。その年の夏、クロゾン伯爵夫人があんなにも苦労して手に入れた貴重な指輪が、何者かによって盗まれてしまったのだ。

手に汗握るドラマティックな展開で、われわれみんなを熱狂させたあの奇怪な事件。これからその話を、お聞かせすることにしよう。わたしはようやくそこにいく筋かの光明を投げかけることを許されたのである。

八月十日の晩、ソンム湾を望むすばらしい城館の客間には、クロゾン夫妻に招かれた人々が集まり、皆で音楽に興じていた。伯爵夫人はピアノにむかい、傍らの小さなテーブルのうえには彼女の装飾品が並べられていた。そのなかには、ドートレック男爵の指輪もあった。

一時間後、伯爵はいとこのダンデル兄弟や、伯爵夫人の友人であるド・レアル夫人とともに客間をあとにした。残ったのはクロゾン伯爵夫人と、オーストリア領事のブライヒェン夫妻だけだった。

三人はしばらくおしゃべりを続けていたが、やがて伯爵夫人が客間のテーブルに置いた大きなランプを消した。ちょうどそのとき、ブライヒェン氏もピアノのうえにあった二つのランプを消したので、部屋は一瞬真っ暗になった。三人は少し狼狽《ろうばい》したものの、領事がすぐにロウソクを灯し、皆それぞれの部屋に引きあげた。けれども伯爵夫人は部屋に戻ったとたん、宝飾品のことを思い出し、小間使いに命じて取りに行かせた。小間使いは戻ってくると宝飾品を暖炉のうえに置いたが、伯爵夫人は特にあらためはしなかった。翌日、クロゾン伯爵夫人は指輪がひとつなくなっているのに気づいた。青いダイヤモンドがはまっている指輪が。

彼女は夫に知らせ、二人はすぐに結論を下した。小間使いに怪しいところはまったくない。だとすれば、犯人はブライヒェン氏に決まっている。

伯爵はアミアンの警察署長に通報した。さっそく捜査が始まり、オーストリア領事が指輪を売ったり、どこかへ送ったりできないよう、内々に綿密な警戒態勢が敷かれた。警官がぐるりと城館を取り囲み、日夜警備にあたった。

こうして何ごともなく二週間がすぎ、ブライヒェン氏がそろそろお暇《いとま》しますと言った。その日のうちに、領事に対する告訴状が出され、警察署長も公式にのり出して、荷物の検査を命じた。領事が肌身離さず鍵を持っている小さなバッグから、歯磨き粉の小瓶が見つかり、そのなかに指輪が入っていた。

ブライヒェン夫人は気を失い、夫はその場で逮捕された。

容疑者がどのように弁明をしたかは、まだ人々の記憶に新しいだろう。指輪があそこにあったのは、クロゾン伯爵の意趣返しとしか考えられない。領事はそう述べたのである。

「伯爵は粗暴な男で、夫人を虐待していました。わたしは彼女とじっくりと話し合い、離婚したほうがいいと強くすすめていたのです。それを知った伯爵はこっそり指輪を隠し、わたしが出発する前に、洗面道具のなかに忍びこませたというわけです。わたしに復讐するために」伯爵夫妻も必死に領事を訴え続けた。夫妻の主張、領事の主張、どちらもなるほど大いにありえる話だったので、人々はそれぞれ気に入ったほうを取るしかなかった。天秤をいっぽうに傾けるような、新たな事実は何も出てこなかった。一カ月にわたる捜査や推理、侃々諤々《かんかんがくがく》のかいもなく、たしかな手がかりは皆無だった。

クロゾン伯爵夫妻はこうした騒ぎに嫌気がさしてきた。彼らの告訴を裏づけ、犯行を立証するたしかな証拠も見つからないとあって、もつれた糸を解きほぐすことのできる有能な警察官をパリから派遣してくれるよう要請した。やって来たのはガニマールだった。

老警部は四日間、捜査を続けた。近所の聞きこみをし、庭を歩きまわり、女中や運転手、庭師、郵便局員にも長々と訊問した。ブライヒェン夫妻やいとこのダンデル兄弟、伯爵夫人の友人ド・レアル夫人が泊まっていた部屋も調べた。そしてある朝、ガニマールは伯爵夫妻にひと言もなく、姿を消してしまった。

ところがそれから一週間後、伯爵夫妻のもとに次のような電報が届いた。

明日、金曜日、午後五時に、ボワシー＝ダングラ通りの日本茶ティールームへ来られたし。ガニマール

そして金曜日、午後五時ぴったりに、夫妻の自動車がボワシー＝ダングラ通り九番の前にとまった。歩道で待ちかまえていた老警部は、夫妻をティールームの二階に案内した。

部屋にはすでに、二人の人物がいた。ガニマールは彼らを紹介した。

「こちらは、ヴェルサイユ高校の先生をしておられるジェルボワさんです。ほら、おぼえておられるのでは。アルセーヌ・ルパンに五十万フランを奪われた方ですよ……それから、こちらはレオンス・ドートレックさん。ドートレック男爵の甥ごさんで、包括受遺者です」

四人は席についた。数分後、五人目の人物がやって来た。警察部のデュドゥイ部長だった。

デュドゥイ部長はどうやら機嫌が悪いらしい。彼は一礼すると、こう言った。

「どういうことなんだ、ガニマール？　きみから電話があったというから駆けつけたが、何か重大事なのか？」

「とても重大なことですよ、部長。ここ数カ月、わたしが捜査に尽力した一連の事件が、あと一時間もしないうちにここで結末を迎えるでしょう。ですから部長、あなたの出席が必要不可欠だと思いまして」

「ディユジーとフォランファンもってことかね？　下の入口あたりで、二人の姿を見かけたが」

「そのとおりです、部長」

「それで、何が始まるんだ？　逮捕劇とか？　それにしても、ずいぶんと芝居がかっているな。さあ、ガニマール、話を聞こうか」

ガニマールはしばらくためらったあと、おもむろに口をひらいた。聴衆をあっと言わせようとしているのが、ありありと見てとれる。

「まずははっきり申しあげておきましょう。ブライヒェン氏は指輪の盗難とはなんの関係もありません」

「ほう」とデュドゥイ部長が声をあげた。「言うはやすしだが……聞き捨てならないぞ」

クロゾン伯爵がたずねる。

「それだけですか……さんざん苦労してわかったのは？」

「いえ、伯爵。盗難事件の翌々日、お宅に泊まっていらしたお客さんのうち三人が、たまたまクレシーの町までドライブに出かけました。二人が有名な古戦場を訪ねているあいだに、あとのひとりは郵便局に駆けつけ、規則どおりひもで縛って封印した小箱を送りました。中身は百フランの品物だと申告しています」

「だからって、何もおかしなことはないでしょう」とクロゾン伯爵は言い返した。

「でもその人物が本名ではなく、ルソー名義で小包を送っていたとしたら、そして宛名人であるパリ在住のブル氏なる人物が、小箱を受け取ったその日の晩に引っ越したとしたら、これは少しばかりおかしいとお思いになるのでは？　つまり箱の中身は、あの指輪ってわけですよ」

「もしかして、いとこのダンデル兄弟のどちらかですか？」と伯爵がたずねた。

「あの方々ではありません」

「では、ド・レアル夫人だと？」

「ええ」

するど伯爵夫人がびっくりしたように叫んだ。

「友達のド・レアル夫人が犯人だと言うんですか？」

「ひとつおうかがいしましょう」ガニマールは問い返した。「ド・レアル夫人があなたに、青いダイヤモンドを買うようすすめたんじゃないですか？」

伯爵夫人は記憶をたぐった。

「ええ……たしかに……あの指輪のことを初めて話題にしたのも、そういえば彼女だったような……」

「なるほど、それは注目に値するお答えだ。指輪について初めて話題にしたのも、それを買うようにすすめたのもド・レアル夫人だったということが、いまここで確認されたわけです」

「でも……まさかわたしの友人が……」

「ちょっと待ってください。ド・レアル夫人とはたまたま仲よくなったけれど、昔からのおつきあいではありませんよね。あなたの親友だと新聞に書いてあるものだから、容疑者からはずされてきましたが、知り合ったのは今年の冬じゃないですか。ここではっきり証明してみせましょう。彼女が語った身の上話や交友関係は、すべてでまかせだったと。あなたと会うまで、ブランシュ・ド・レアル夫人なんて人間はこの世に存在しなかったし、今もまた存在していないと」

「それで？」

「それでとは？」とガニマールは聞き返した。

「ええ、今のお話はとても興味深いですが、それが今回の盗難事件とどんな関係があるんですか？　ド・レアル夫人が指輪を盗んだなんて、何の証拠もないことですが、仮にそれが事実として、どうしてブライヒェンさんの歯磨き粉のなかに隠したんでしょう？　せっかく苦労して青いダイヤモンドを盗んだのなら、手もとに持っているはずです。この点には、どうお答えになるんですか？」

「わたしにはわかりませんが、ド・レアル夫人本人が答えてくれますよ」

「それならド・レアル夫人は実在しているのでは？」

「実在しているような……していないような。要はこういうことです。わたしは三日前、いつものように新聞を読んでいました。するとトゥルヴィルに滞在する外国人リストの先頭に、《ホテル・ボーリヴァージュ、ド・レアル夫人》とあるのに気づきました。もちろんわたしはその日のうちにトゥルヴィルに出むき、ホテル・ボーリヴァージュの支配人から話を聞きました。外見的な特徴やいくつか入手した証拠からして、そのド・レアル夫人とはたしかにわたしが捜している人物のようです。ホテルの部屋は引きはらったあとでしたが、パリの住所はコリゼ通り三番だと言い残していきました。そこでおととい、その住所を調べてみると、ド・レアルという貴族と思しき名前ではなかったものの、ただのレアル夫人なら三階に住んでいるとのことでした。ダイヤモンドの仲買人をしていて、頻繁に家を空けるそうです。わたしが訪ねた前の日も、旅行から戻ったところでした。そこで昨日、彼女の家を訪ね、偽名を使って仕事の話を持ちかけました。宝石を売りたい人たちを知っているので、紹介してもいいとね。今日、最初の商談をここで行なう約束になっているんです」

「なんですって！　それじゃあ、ここに来るんですか？」

「五時半に」

「そしてあなたはそれが……」

「それがクロゾン家の館に滞在していたド・レアル夫人だと思っているのかって？　ええ、たしかな証拠もありますからね……ほら、あれを聞いて……部下のフォランファンから合図です……」

警笛が鳴り響き、ガニマールは勢いよく立ちあがった。

「さあ、ぐずぐずしてはいられません。クロゾン夫妻は隣の部屋に行ってください。ドートレックさん、ジェルボワさん、あなたがたもです……ドアはあけておきますから、合図をしたら入ってくるようお願いします。部長はここに残って」

「もしほかの客がやって来たら？」とデュドゥイ部長は言った。

「大丈夫。この店は新しいし、店長はわたしの友人です。誰もうえにあがらせないようにしてあります……金髪の女以外はね」

「金髪の女だって？　どういうことなんだ？」

「そう、レアル夫人が金髪の女なんです、部長。アルセーヌ・ルパンの共犯者にして女友達である、あの謎の女ですよ。たしかな証拠がいくつもありますが、さらに部長の前で、被害者たちの証言を集めようと思いまして」

ガニマールは窓から身を乗り出した。

「ああ、来ました……店に入った……もう、逃げられません。フォランファンとディユジーが入口を見張っていますから……金髪の女はもう袋のネズミだ」

見ると早くも女が、部屋の前まで来ている。すらりと背の高い、青白い顔をした女で、鮮やかな金髪をしている。

ガニマールは興奮のあまり息を詰まらせ、しばらくひと言も発することができなかった。金髪の女がすぐそこ、目の前にいる。手を延ばせば、捕まえられるところに！　やったぞ、ルパンに勝った！　雪辱を果たしたんだ！　ガニマールは心躍らせると同時に、あまりにもあっけなく勝利したので、少し不安になった。ルパンお得意の奇跡で、金髪の女は手のなかをするりとすり抜けてしまうのではないか？

女はこの沈黙に驚いたように立ちすくんでいた。不安を隠しきれず、あたりをきょろきょろと眺めている。

《逃げるつもりだ！　姿を消してしまうぞ！》ガニマールははっとそう思った。

そしてすばやく、彼女とドアのあいだに入りこんだ。女はふり返り、出ていこうとした。

「だめ、だめ。どうして帰るんです？」

「どうしても何も、こんなやり方っておかしいじゃないですか。通してください……」

「お帰りになる理由などありませんよ、マダム。それどころか、ぜひ残っていただかなくては」

「でも……」

「だめです。出ていかせませんよ」

女は真っ青になって椅子にすわりこみ、口ごもるように言った。

「何がお望みなんです？」

ガニマールは勝ち誇っていた。ついに金髪の女を捕まえたんだ。彼は喜びを抑えながら、ゆっくりと言った。

「昨日お話しした友人を、紹介しましょう。宝石を買いたがっている友人です……とりわけ、ダイヤモンドをね。あなたが約束した品は手に入りましたか？」

「いえ……そんなこと言われても……おぼえていません」

「いや、おぼえているはずだ……よく考えてください……あなたのお知り合いが、うっすらと色のついたダイヤモンドを譲ってくださるはずでしたよね……『青いダイヤモンドのような』とわたしが冗談半分に言ったら、『きっとお役に立てるでしょう』とおっしゃったじゃないですか。お忘れですか？」

女は何も答えなかった。持っていた小さなハンドバッグが手からすべり落ちた。彼女はそれをさっと拾うと、胸に押しつけた。指が少し震えている。

「いやはや」とガニマールは続けた。「どうやらわたしたちのことを、信頼していないようですね、レアル夫人。それではよい見本を示しましょう。わたしが持っているものをお見せしますよ」

ガニマールは財布からたたんだ紙を取り出し、広げて見せた。そしてなかにあったひと房の髪を差し出した。

「これはドートレック男爵がむしりとったアントワネット・ブレアの髪の毛です。死体の手が、しっかりと握っていました。ジェルボワ氏のお嬢さんに会ってたしかめたところ、彼女が知っている金髪の女のものだと認めました……しかもこれは、あなたの髪とも同じ色だ……まったく同じ色です」

レアル夫人は呆気にとられたような顔でガニマールを見つめた。何の話をしているやら、本当にわからないといった様子だ。ガニマールは続けた。

「さてここに、二本の香水瓶があります。ラベルは貼ってないし、なかは空っぽですが、まだ充分香りが残っています。ジェルボワ嬢も今朝、匂いを嗅ぎ分けることができました。二週間、ともに旅行をした金髪の女の香水だと断言しています。香水瓶のうち一本は、ド・レアル夫人が滞在したクロゾン家の城館の部屋に残されていたものです。そしてもう一本は、あなたが泊まっていたホテル・ボーリヴァージュの部屋で見つけたものです」

「何のことですか？　金髪の女……クロゾン家の城館っていうのは……」

それには答えず、ガニマールはテーブルのうえに四枚の紙を並べた。

「最後にもう一点、この四枚は筆跡の見本です。一枚目はアントワネット・ブレアの筆跡、二枚目は青いダイヤモンドの競売のとき、女がエルシュマン氏に書いた手紙の筆跡、三枚目はド・レアル夫人がクロゾン家の城館に滞在中のもの、そして四枚目は……あなたの筆跡ですよ……トルヴィルのホテル・ボーリヴァージュのドアマンに、あなたが渡した名前と住所です。この四種類の筆跡を比べてみてください。すべて同一じゃないですか」

「どうかしてますよ。わけがわかりません。それが何だっていうんですか？」

「何かといえば」とガニマールは身ぶり手ぶりで声を張りあげた。「金髪の女、アルセーヌ・ルパンの共犯者はあなたにほかならないということです」

彼は隣室のドアを押しあけ、ジェルボワ氏のもとに走ると、肩をつかんでレアル夫人の前に引っぱってきた。

「ジェルボワさん、お嬢さんを誘拐したのはこの女ですね。ドティナン弁護士の家で、あなたが会ったのは」

「違いますよ」

その場にいる誰もが大きな衝撃を受け、ガニマールは思わずよろめいた。

「違うですって？　まさかそんな……そんな、よく考えてください……」

「考えましたとも……たしかにこの方も、よく似た金髪ですがね……それに顔色も、金髪の女のように青白いですが……目鼻立ちは似ても似つきません」

「信じられん……こんなミスはありえないぞ……それじゃあドートレックさん、あなたはこの女が、叔父上の付き添い係をしていたアントワネット・ブレアだとお認めになりますよね？」

「アントワネット・ブレアとは叔父の家で会ったことがありますが……この方ではありませんよ」

「それに妻の友人のド・レアル夫人でもありません」とクロゾン伯爵も断言した。

まさにとどめの一撃だった。ガニマールは茫然自失してうなだれ、じっと立ちすくんだままおどおどと目を泳がせている。策略はすべて、水泡に帰してしまった。しょせんは、砂上の楼閣だったのだ。

デュドゥイ部長が立ちあがった。

「申しわけありませんでした。遺憾ながら、なにか手違いがあったようです。どうかお忘れください。それにしても、あなたの慌てようは解せませんが……ここにいらしてからずっと、おかしな態度を取り続けて……」

「だって恐ろしかったものですから……バッグには十万フラン以上になる宝飾品が入っているんですよ。あなたのご友人のふるまいも、不安を掻き立てるものでしたし」

「よく家を留守にされるのは、どういうわけで？」

「仕事柄、当然でしょう」

デュドゥイ部長は返す言葉がなく、部下のほうをふり返った。

「おい、ガニマール、証拠固めがずさんだったようだな。それにさっきはこちらのご婦人に対し、ずいぶんと失礼な態度を取ったじゃないか。あとでわたしの部屋に来て、説明してもらうからな」

こうして会見は終わり、デュドゥイ部長が帰りじたくを始めたとき、予想外の出来事があった。レアル夫人がガニマールに近寄り、こう言ったのだ。

「今、うかがったお話によると、あなたがガニマールさんだそうで……間違いありませんか？」

「ええ」

「それなら、今朝届いたこの手紙はあなた宛でしょう。《レアル夫人気付、ジュスタン・ガニマール様》と書かれています。なにかの悪戯だろうと思っていたんですけど。あなたの本名を知らなかったものですから。差出人は誰なのかわかりませんが、その人はわたしがあなたに会うと知っていたようですね」

ジュスタン・ガニマールは嫌な予感がして、その手紙を手にするなり捨ててしまいそうになった。けれども上司の手前、思いとどまって封をあけた。彼はなかの手紙を広げると、ほとんど聞こえないような声で読みあげた。

昔々、あるところに、ルパン、ガニマールという二人の男と金髪の女がいました。腹黒いガニマールが美しい金髪の女に悪さをしようとしているので、心やさしいルパンは彼女を守ってやらねばと思いました。ルパンは金髪の女にド・レアル夫人と名のらせ、クロゾン伯爵夫人と親しくなるようにしむけました。《ド・レアル》というのは、金髪で青白い顔色をした善良な仲買人の女と同じ——というか、ほとんど同じ——名前です。《たとえガニマールの手が金髪の女に伸びても、善良な女性仲買人のほうにそらすことができれば、ぼくにとっては大助かりだ》とルパンは賢明にも思ったのです。用心の甲斐は、充分にありました。ガニマールが読んでいる新聞に出した小さな記事。本物の金髪の女がホテル・ボーリヴァージュにわざと忘れていった香水瓶。本物の金髪の女がホテルの宿帳に書いた、レアル夫人の名前と住所。細工は見事、図に当たりました。そうだろう、ガニマール？ この大作戦について、ここでつぶさに説明することにしたのは、きみみたいにユーモアの通じる男ならば、真っ先に大笑いしてくれるとわかっていたからさ。たしかになかなか刺激的で、ぼくは大いに楽しませてもらったよ。

かえすがえすもありがとう。デュドゥイ部長にもよろしく。

アルセーヌ・ルパン

「やつはすべてお見とおしだったってことか」とガニマールはうめくように言った。もちろん、笑いたい気分ではなかった。「わたしが誰にも言っていないことまで、やつにはわかっている。部長、あなたもここに呼ぶだろうと、どうしてやつにわかったんだろう？ クロゾン家の城館からも香水瓶を見つけたことを、やつはどうやって知ったんだ？ いったい、どうやって？」

ガニマールは激しい絶望感に打ちひしがれ、髪を掻きむしって地団太を踏んだ。

デュドゥイ部長は哀れをもよおした。

「まあまあ、ガニマール、あきらめろ。この次はもっとうまくやるさ」

警察部の部長はレアル夫人とともに立ち去った。

それから十分がすぎようとしていた。ガニマールはルパンの手紙を何度も読み返していた。部屋の隅ではクロゾン伯爵夫妻とドートレック氏、ジェルボワ氏が、なにやら熱心に話し合っている。やがて伯爵がガニマールに歩みより、こう切り出した。

「結局のところ、何も進展はなかったということですね」

「いやいや、金髪の女が間違いなく事件の中心人物であり、彼女を陰で操っているのがルパンだということが、捜査の結果はっきりしたじゃないですか。これだけでも、大きな一歩です」

「だからって、何の役にも立ちませんよ。疑問はますます深まっています。金髪の女は青いダイヤモンドを盗もうと男爵を殺害したのに、結局手をつけなかった。そのあとわが家から盗んでおきながら、今度は別の人間の荷物に紛れこませてしまったんですから」

「わたしにも何とも」

「無理もないでしょう。しかしそれを解明できる人が……」

「どういうことですか？」

伯爵が言いよどんでいると、伯爵夫人があとを受けてきっぱりと続けた。

「思うにルパンと戦って、叩きのめすことのできる者が、あなた以外にもひとりだけいます。ガニマールさん、あなたさえよろしければ、シャーロック・ホームズ氏の援助を仰ぎたいのですが」

ガニマールはうろたえた。

「そりゃまあ……かまいませんが……まだよく、お話が……」

「こんな謎だらけの事件には、もううんざり。早くはっきりさせたいんです。ジェルボワ氏とドートレック氏も同じお気持ちですわ。そこでかのイギリス人名探偵に依頼しようと、意見がまとまりました」

「なるほど、ごもっともです、マダム」ガニマールは潔いところを見せ、正直な気持ちを答えた。「ごもっとも。老ガニマールには、アルセーヌ・ルパンと戦う力などありません。でもシャーロック・ホームズならやり遂げられるでしょうか？　わたしだって、そう願いますよ。ホームズさんの活躍ぶりには舌を巻いていますからね。でも……あまり期待は……」

「ホームズ氏でも無理だろうと？」

「わたしの意見では。思うにシャーロック・ホームズとアルセーヌ・ルパンの一騎打ちは、初めから結果が見えています。イギリス人の負けでしょう」

「ともかく、あなたにもお力添えをいただけますね？」

「ええ、もちろん。全面的に協力しますとも」

「ホームズさんの住所はご存じですか？」

「ベイカー街二百二十一番のBです」

その晩、クロゾン伯爵夫妻はブライヒェン領事に対する告訴を取りさげた。そして、シャーロック・ホームズ宛に、連名の手紙が送られた。

3　シャーロック・ホームズ、戦闘開始
「何になさいますか？」

「適当に見つくろってくれ」食べ物のことにはあまり興味のないルパンは、そっけなくそう答えた。「適当でいいが、肉とアルコールは抜きだ」

ウェイターは横柄な態度で遠ざかった。

わたしは声をあげた。

「おや、まだ菜食主義を続けているのか？」

「ああ、今いっそうね」

「好み？　信仰？　それとも単なる習慣かい？」

「健康をおもんぱかってさ」

「禁は絶対に破らないのか？」

「そりゃ、破ることもあるさ……社交界に顔を出したときなどは……変わり者だと思われたくないからな」

わたしたち二人は、北駅の近くにあるこぢんまりとしたレストランの奥で夕食をとっているところだった。アルセーヌ・ルパンがそこに、わたしを呼び出したのだ。ときおり、朝に彼から電話があり、パリのどこかで会おうと話が決まる。そんなとき彼は、とても楽しそうだった。才気煥発はとどまるところを知らず、生きる喜びに満ちあふれている。そして思いがけない逸話や思い出、わたしの知らない冒険譚を、子供みたいに無邪気に語ってくれるのだった。

その晩ルパンは、いつにもまして陽気だった。妙にはしゃいで、笑ったりしゃべったりしている。いかにも彼らしい軽妙洒脱《しゃだつ》な皮肉も健在だ。そんなルパンを見ているのは嬉しいと、わたしも口にしないではいられなかった。

「ああ、そうとも」と彼は叫んだ。「このごろは、何もかもがすばらしく思えるんだ。ぼくのなかにみなぎる生命力は、汲めども尽きない無限の宝みたいなものさ。ぼくが心ゆくまで生きているってことは、神様だってご存じだ」

「少しむちゃのしすぎかも」

「宝は無限だって言ったじゃないか。いくらでも、湯水のように使える。この力、この若さを存分に発揮すれば、さらに若い溌剌《はつらつ》とした力が湧いてくるのさ……実にすばらしい人生じゃないか……ただ、望みさえすればいい。そうすれば、たちどころになれるんだ……名演説家にも、工場主にも、政治家にも……いやまあ、そんなものになりたいとは思わないけれど。ぼくはアルセーヌ・ルパンだ。アルセーヌ・ルパンであり続ける。ぼくみたいな運命の持ち主は、歴史上にも見つからないだろうな。ぼく以上に充実した、波瀾万丈の運命は……ナポレオンはどうかって？　なるほど、そうかもしれない……だとしたら、皇帝としての末期にあったナポレオンだな。フランスの戦場でヨーロッパ軍に叩きのめされ、戦闘のたびにこれが最後の戦いかもしれないと思っていたころのナポレオンさ」

本気なのか、はたまた冗談か？　ルパンは熱のこもった声でさらに続けた。

「いいかい、すべてはそこにあるんだ。危険！　絶え間ない危険の予感！　呼吸するみたいに、いつでも危険の匂いを嗅いでいること。わが身のまわりで息づく危険に、しっかりと目を凝らさねばならない。危険がこちらをつけ狙い、唸り声をあげて近づくのを見きわめ、嵐のさなかにあっても落ち着きはらい……身じろぎしてはならない……さもないと一巻の終わりだ……こんな感覚に匹敵するものは、たったひとつしかないだろうね。自動車レースのドライバーが感じる興奮さ。でも自動車レースは半日しか続かないが、ぼくのレースは一生続くんだ」

「今日はまた、ずいぶんと熱っぽく語るじゃないか」とわたしは言った……「そんなに高揚しているからには、なにか理由がありそうだな」

ルパンはにっこりした。

「きみもなかなかの心理学者だな。たしかに、ちょっとばかりね」

彼は冷たい水を大きなグラスに注《つ》ぎ、ごくごくと飲み干した。

「きみは今日の《ル・タン》紙を読んだかい？」

「いいや」

「シャーロック・ホームズが今日の午後、イギリス海峡を渡り、六時に到着するそうだ」

「何だって！　でも、どうして？」

「クロゾン伯爵夫妻とドートレック男爵の甥、それにジェルボワが招いたのさ。彼らは北駅で落ち合い、ガニマールのところへ行った。いまごろ六人で、話し合いの真っ最中だろうよ」

アルセーヌ・ルパンには常々、激しい好奇心を掻き立てられるが、わたしは彼が自分から話さない限り、私生活についてたずねないようにしている。それはわたしなりに定めた、越えてはならない一線だった。それにこのときはまだ、青いダイヤモンド事件で彼の名は、少なくとも公式にはあがっていなかった。だからわたしは、じっと我慢していた。

「《ル・タン》紙にはあの名警部ガニマールのインタビュー記事も載っていたよ」と彼は続けた。「それによると、ぼくの女友達だという金髪の女がドートレック男爵を殺し、クロゾン伯爵夫人から青いダイヤモンドがついた指輪を盗もうとしたというんだ。もちろんやつはこのぼくを、事件の首謀者だと非難しているがね」

わたしの体に、微《かす》かな戦慄《せんりつ》が走った。本当なのだろうか？　たしかに彼は泥棒を生業《なりわい》としている。それが事件のなりゆきから、殺人にまで至ってしまったと信じるべきなのか？わたしは彼のようすをうかがった。ゆったりと落ちつきはらい、率直そうにこちらを眺めている。

わたしは彼の手を観察した。どこまでも繊細そうな手、およそ暴力とは縁遠い、芸術家の手だった……

「ガニマールは妄想を抱いてるんだ」とわたしはつぶやいた。

するとルパンは否《いな》をとなえた。

「いや、そんなことはないさ。ガニマールはあれでなかなか鋭いところがある……それにときには洒落《しゃれ》たまねもする」

「洒落たまねだって？」

「そうとも。例えばこのインタビューなんか、見事なものだ。第一にホームズの到着を知らせてぼくに警告を発し、イギリス人ライバルの仕事をやりにくくしている。第二に自分がどこまで捜査を進めたかを明確にし、ホームズにはみずから見つけたものからしか功を立てられないようにしている。堂々たるものじゃないか」

「いずれにせよ、きみはいっぺんに二人の敵を相手にしなければならないわけだ。しかも二人とも、なかなか手ごわいぞ」

「なに、ひとりは物の数じゃない」

「で、もうひとりは？」

「ホームズかい？　はっきり言って、こいつは難物だ。だからこそ、こんなに高揚しているんじゃないか。見てのとおり、だからこそぼくはこんなに上機嫌なのさ。なんといっても、自尊心がくすぐられる。ぼくを打ち負かすには、かのイギリス人名探偵に頼るしかないとみんな思っているのだからね。それにシャーロック・ホームズと一騎討ちだなんて、ぼくみたいな根っからの闘士にはどんなに嬉しいことか。ともかくぼくは、全力をつくさねばならないだろう。あの男のことは、よく知っている。一歩も引きやしないさ」

「強敵だな」

「ああ、手ごわいとも。あれほどの名探偵は、おそらく不世出だろう。ただし彼に対し、ひとつ有利な点がある。攻めるのはむこうで、守るのはこっちだってことさ。役割はぼくのほうがたやすいし、それに……」

　彼は微かに笑みを浮かべ、言葉を続けた。

「それにこっちは彼の戦法を知っているが、むこうはぼくのやり方を知らないからね。とっておきの不意打ちを用意して、思い知らせてやるさ……」

　それから指でテーブルをこつこつと叩きながら、うっとりとした表情でひとり言のようにつぶやいた。

「アルセーヌ・ルパン対シャーロック・ホームズ……フランス対イギリス……ナポレオン

が敗れたトラファルガー海戦の雪辱を、ようやく果たすときが来た……ああ、やつもかわいそうに……ぼくが準備万端整えているとは思っていまい……まさかルパンが事の次第を察知して……」

ルパンはそこで突然、言葉を切ると、何度も咳《せ》きこんだ。そして食べ物がむせたみたいに、ナプキンで口をおおった。

「パンのかけらでもつかえたのか？」とわたしはたずねた。「少し水を飲んだらいい」

「いや、そうじゃない」と彼は押し殺した声で言った。

「だったら……どうしたんだ？」

「息苦しくて」

「窓をあけてもらうか？」

「いや、今すぐ外に出よう。ぼくのコートと帽子を取ってきてくれ。ぼくはもう行くから……」

「でも、どういうことなんだ？」

「今、店に入ってきた二人の男……わかるかい、背の高いほう……彼がこっちに気づかないよう、店を出るときぼくの左側を歩いてくれ」

「きみのうしろにすわった男だね」

「そう、あいつだ……個人的な理由があって、できれば……まあ、外に出たら説明するよ

「……」

「でも、何者なんだい？」

「シャーロック・ホームズさ」

ルパンは自分の慌てぶりを恥じるかのように、気合を入れなおしてナプキンを置き、水を飲み干した。そしてすっかり落ち着きを取り戻し、笑いながらこう言った。

「おかしいだろ？　たいていのことには動じないんだが、まさかここでやつの姿を見るとは……」

「何を恐れているんだ。その変装なら、誰もきみだとはわからないだろうよ。ぼくですらきみに会うたび、別人を前にしているような気がするんだから」

「でも、やつにはわかる」とルパンは言った。「やつがぼくに会ったのは一度きりだ（「遅かりしシャーロック・ホームズ」『怪盗紳士ルパン』所収」参照）。でも、そのときはっきりと感じたんだ。この男の目は、生涯ぼくを忘れないだろう。彼が見ていたのはいつでも変えられる外見ではなく、ぼくの本質そのものなんだって。それに……まさかこんなことになろうとは……奇遇としかいいようがないさ、この小さなレストランで……」

「じゃあ、出ようか」とわたしは言った。

「いや、やっぱりやめた」

「どうするつもりなんだ？」

「この際、真正面からぶつかっていったほうがいい……なりゆきはむこうにまかせて」

「本気なのか?」

「もちろん、本気さ……やつがどこまでわかっているか、探りを入れることもできるし……そら、感じるぞ。やつの目がぼくのうなじに、肩に注がれている……やつは探っている……思い出そうとしているんだ……」

ルパンはしばらく考えていた。口の端に悪戯っぽい笑みが浮かぶ。やがて彼はすっくと立ちあがった。やむにやまれぬ状況からというより、持ち前の気まぐれに衝き動かされたのだろう。そしていきなりうしろをふり返ると、にこやかにお辞儀をした。

「これはまた、偶然ですね。本当に運がよかった……よろしければ、友人を紹介させてください」

イギリス人は一瞬、啞然としていたが、本能的に身がまえると、アルセーヌ・ルパンに飛びかかろうとした。けれどもルパンは、だめだめと首を横にふった。

「それはいけません……粋《いき》なふるまいとは言いがたいし……何の役にも立ちません」

イギリス人は助けを求めるかのように、左右をふり返った。

「そんなことをしても無駄ですよ」とルパンは言った。「そもそもわたしを捕まえる資格が、あなたにおありですか? さあ、ここは潔くふるまいなさい」

こんな場合だけに、潔くふるまうなどあまり気乗りがするものではない。とはいえ、ほかにいい方策もないと思ったのだろう、ホームズは少し腰を浮かすと、こうそっけなく紹介をした。

「友人で助手役のワトスン君だ……こちらはアルセーヌ・ルパンさん」

ワトスンの驚きようは、大笑いを誘った。まん丸に見ひらいた目と大きくあけた口が、人のよさそうな顔に二本の線を描いている。肌はつやつやとしてリンゴのように張りがあり、刈りこんだ髪と短いあごひげが、雑草のようにもじゃもじゃと顔を取り囲んでいた。

「ワトスン、きみは狼狽を隠そうともしないんだな。なに、これくらい、世の中にはよくあることじゃないか」シャーロック・ホームズはにやにや笑いながら、皮肉交じりに言った。

ワトスンは口ごもった。

「どうして捕まえないんだ?」

「気がつかないのかい、ワトスン。彼はぼくとドアのあいだにいる。ドアまではほんの二、三歩だ。ぼくが小指一本動かす暇もなく、たちまち外に出てしまうじゃないか」

「いえ、そんなつもりはありませんよ」とルパンは言った。

そしてテーブルのまわりをまわり、イギリス人が自分とドアのあいだにくるようにして腰かけた。さあ、お好きなようにと言わんばかりだ。

この大胆不敵なやり方を称賛していいものか、ワトスンはホームズの顔をうかがった。

名探偵は無表情だったが、やがてこう声をあげた。

「ウェイター！」

ウェイターが駆けつけると、ホームズは注文をした。

「ソーダとビール、それにウィスキーを」

和平条約が結ばれた……とりあえずのところは。こうして四人は同じテーブルにつき、穏やかな会話が始まった。

シャーロック・ホームズはごく普通の男……ふだんどこでも見かけるような男だった。歳は五十がらみ。事務机のうえで帳簿づけして一生をすごした、真面目な市民といった感じだ。赤っぽい頬ひげも、きれいに剃刀《かみそり》をあてたあごも、やや鈍重そうな風采も、正直者のロンドンっ子そのままだが——目つきだけは相手を射すくめるように、恐ろしく鋭かった。

何といっても彼はシャーロック・ホームズ、つまり直感と観察、洞察と創意からなる一種の超人なのだ。自然は人間の想像力が生み出したもっとも風変わりな二種類の探偵、ポーのデュパンとガボリオのルコックをたわむれに取りあげ、そこからさらに風変わりで非現実的な探偵を存分に作りあげたのではないかと思うほどだ。シャーロック・ホームズの名を全世界に広めた冒険譚を聞くとき、彼もまた伝説中の人物ではないかと誰しも思うことだろう。例えばコナン・ドイルのごとき大作家の頭脳から飛び出した、生きたヒーローなのではないかと。

フランスにはどれくらい滞在するつもりかとルパンにたずねられ、ホームズはさっそく話の本題に入った。

「わたしの滞在はあなた次第ですよ、ルパンさん」

「おやおや」とルパンは笑いながら応じた。「わたし次第とおっしゃるなら、今夜の船でお帰り願いましょうか」

「今夜は少し早すぎるが、一週間か十日ほどで……」

「そんなにお急ぎなんですか？」

「いろいろと抱えている事件があるんでね。イギリス中国銀行の盗難事件や、エクレストン夫人誘拐事件といった……ところでルパンさん、一週間で充分だと思いませんか？」

「ええ、充分すぎるくらいでしょう。青いダイヤモンドをめぐる二つの事件だけならばね。でも二つの事件を解決してあなたが有利に立ち、わたしの安全を脅かしかねなければ、そのあいだに対抗策を講じますがね」

「でも」とホームズは言った。「こちらは一週間から十日のうちに、有利に立つつもりなんです」

「そして十一日目には、わたしを逮捕させると？」

「十日目ですよ。それがぎりぎりのところだ」

ルパンはしばらく考えて、首を横にふった。

「難しいな……それは難しい」

「たしかに難しいが、不可能じゃない。それなら確実に……」

「絶対確実ですとも」とワトスンが口をはさんだ。まるで彼自身、ホームズが宣言どおりの結果にたどりつくまでの遠大な手順をはっきり見通しているかのように。

シャーロック・ホームズはにっこりした。

「この件には詳しいワトスン君も、太鼓判を押してくれてますよ」

彼はさらに続けてこう言った。

「もちろん、切り札がすべてそろっているわけではありません。なにしろ、数カ月も前の事件ですからね。いつもなら調査のもとになる要素や手がかりが、欠けているんです」

「泥の跡や煙草の灰といった類《たぐい》のね」ワトスンがさも重大そうに言った。

「しかしガニマールさんが下した注目すべき結論に加え、この件について書かれた新聞記事や集められた捜査記録、それにもとづいて得られた事件に関する私見などを利用することができます」

「つまりは、分析や仮説によってもたらされた見解を」ワトスンがもったいぶってつけ加える。

「失礼ながら」とルパンは言った。ホームズに話しかけるときは、うやうやしい口調になった。「目下のところ、あなたのお見立てはいかなるものか、おうかがいしてもよろしいでしょうかね？」

いや、まったくもって世にもわくわくするような光景だった。なにしろルパンとホームズがテーブルに肘をついてむかい合い、ともに難問を解こうとしているか、論点の一致を探っているかのように、静かに重々しく語り合っているのだから。それはまた、なんとも皮肉な状況だった。彼ら二人は芸術愛好家《ディレッタント》として、そして芸術家として、その皮肉を心底楽しんでいる。ワトスンまでもがうっとりしていた。

シャーロック・ホームズは悠然とパイプに葉を詰め、火をつけると、こんなふうに口をひらいた。

「この事件は一見したよりも、はるかに単純だと思いますね」

「そうそう、ずっと単純ですよ」とワトスンが、山のこだまよろしく繰り返した。

「《この事件は》とわたしは今言いました。単数形でね。わたしが見るに、事件はひとつだけだからです。ドートレック男爵の死、指輪の件、それに二三組-五一四番宝くじ券の謎も忘れてはなりませんが、それらは皆、《金髪の女の怪》とでも呼ぶべき事件のさまざまな側面にすぎないからです。ですから同じひとつの事件を成す、これら三つのエピソードをつなぐ結びつきを見つけさえすればいいとわたしは思っているのです。三つの手口をひとつに結ぶ事実をね。ガニマールさんは、犯人が発揮した神出鬼没の能力こそ、三つの事件を結ぶ鍵だと考えました。しかしこの見解は、いささか皮相なものでしょう。奇跡で話をすますのでは、まだまだ追求が足りません」

「つまり？」

「つまり、わたしが思うに」とホームズはきっぱりとした口調で続けた。「これら三つの事件を結ぶ特徴とは、あらかじめ選んでおいた場所に事件を導こうというあなたの明確な意図です。今まで、誰も気づいていませんでしたけれどね。あなたからすれば、それは単なる計画以上のもの、成功のために必要不可欠《シネ・クア・ノン》な条件だったのです」

「もう少し詳しくお願いできますか？」

「いいですとも。例えば宝くじ券のことでジェルボワ氏がやりあっていたとき、あなたは初めからドティナン弁護士の部屋に目をつけていた、一同が集まる場所はどうしてもあそこでなければならなかった。それは明らかなのでは？ あなたにとって、あの部屋ほど安全な場所はなかった。だからこそ金髪の女とジェルボワ嬢に、堂々とあそこで会うことにしたのです」

「ジェルボワ氏のお嬢さんのね」とワトスンがつけ加える。

「ここらで、青いダイヤモンドの件に移りましょう。ドートレック男爵が手に入れた当初から、あなたはあのダイヤモンドを盗もうとしていたでしょうか？　そうではありません。けれども男爵が兄から屋敷を受け継ぐと、その半年後にアントワネット・ブレアが登場し、最初の盗みが試みられます。けれども、あなたはダイヤモンドを手に入れそこね、ドルオ館で大々的に競売が催されました。この競売には、なんの邪魔立てもなかったでしょうか？　もっとも裕福な愛好家が、確実に指輪を競り落とすことができたでしょうか？　とんでもない。金鉱王のエルシュマンが落札しようとしたその瞬間、謎の女が彼に脅迫状を届けさせ、結局ダイヤモンドはクロゾン伯爵夫人のものとなりました。しかも伯爵夫人は、ぜひあれを買ったらいいと同じ女から前もって勧められていたのです。そのあとすぐ、ダイヤモンドは消えたでしょうか？　いいえ、そうではありません。あなたには、盗む手立てがありませんでしたからね。そこでしばらく、小休止が続きました。やがて伯爵夫人は、自分の城館に落ち着きました。それこそあなたが待ち望んでいたことでした。そして指輪は消え去ったのです」

「奇妙なことに、ブライヒェン領事の歯磨き粉の瓶から出てきましたけどね」とルパンが言い返した。

「冗談じゃない」とシャーロック・ホームズはテーブルを拳で叩いて叫んだ。「そんな馬鹿馬鹿しい話、このわたしが信じるとでも。頭の鈍い連中なら真に受けるでしょうが、わたしみたいな古ぎつねには通用しません」

「どういう意味ですか？」

「どういう意味かと言えば……」

ホームズは芝居がかってしばらく間を置くと、おもむろに口をひらいた。

「歯磨き粉の瓶から見つかった青いダイヤモンドは、偽物だってことですよ。本物はあなたが持っている」

アルセーヌ・ルパンは一瞬、黙りこんだが、イギリス人を見すえてひと言こう言った。

「あなたは恐るべき人だ」

「恐るべき人ですとも」ワトスンが呆気にとられたように、賛辞を繰り返した。

「ええ」とルパンが続ける。「これですべてが明らかだ。今ようやく、本当の意味がわかったのです。担当の予審判事も、この事件を夢中で追っていた新聞記者たちも、これほど真相に迫った者はいませんでした。まさに直感と論理の奇跡ですよ」

「いや、なに」とホームズは応じた。これほどの目利きに誉められ、気をよくしたのだろう。「少しばかり頭を働かせればいいんです」

「頭を働かせる術《すべ》を心得ていればってことですよね。でも、それができる人はめったにいない。さて、推論の範囲が狭まり、見とおしもよくなってきたところで……」

「あとはどうして三つの事件が、クラペロン通り二十五番のドティナン弁護士宅、アンリ＝マルタン大通り百三十四番のドートレック男爵邸、そしてクロゾン家の城館で繰り広げられたのかを突きとめるだけです。事件の鍵はそこにある。ほかのことはどうでもいい、子供相手の謎かけみたいなものだ。そうは思いませんか？」

「たしかに」

「だとしたらルパンさん、わたしの任務は十日後に完了していると、ここでもう一度繰り返してもいいのでは？」

「ええ、十日後、あなたにはすべての真相が明らかになっているでしょうね」

「そしてルパンは逮捕される」

「いえ、されません」

「逮捕されないって？」

「わたしを捕まえるには、およそありえない状況に助けられないとね。驚くべき偶然が、たび重なりでもしなければ。でも、そんなことは無理でしょうから」

「状況や偶然に頼れないことも、人間の意志力と粘り強さでなし遂げられるものですよ、ルパンさん」

「もうひとり、別な人間の意志力と粘り強さが、そのくわだてを断固妨げなければね、ホームズさん」

「一度やると決めたことは、そう簡単に妨げられやしません、ルパンさん」

二人は相手を見すえるように、じっと目と目を見交わした。挑発的なところはどこにもない、穏やかだが毅然とした目だった。それはまさに真剣勝負を思わせた。二本の剣が打ち合う、澄んだ響きが聞こえるようだった。

「それなら、お好きにすればいい」とルパンは叫んだ。「敵ながらあっぱれ、相手にとって不足はありません。おまけにそれがシャーロック・ホームズとあれば、今から勝負が楽しみです」

「不安ではありませんか」とワトスンがたずねる。

「少しはね、ワトスンさん。その証拠に」と言ってルパンは腰を浮かせた。「ここらで退散することにします……さもないと、不意打ちを食らいかねませんからね。それじゃあ、十日でよろしいですね、ホームズさん？」

「そう、十日です。今日は日曜だから、来週の水曜にはすべて終わっているでしょう」

「そしてわたしは檻のなかだと？」

「間違いなく」

「やれやれ、せっかく平穏な暮らしを楽しんでいたのに。心配事もなく、毎日ささやかな仕事をこなし、警察のご厄介にもならずに、周囲の人たちから温かく励まされて生きている……それがすべて、一変してしまうなんて。でもまあ、禍福はあざなえる縄のごとし……晴れの日もあれば雨の日もある……もう笑い事じゃありませんけどね。それでは、失礼」

「お急ぎなさい」とワトスンは声をかけた。相手がホームズに一目置いているとあって、心づかいを見せたのだろう。「一分も無駄にはできませんよ」

「ええ、一分もね、ワトスンさん。でもひと言、申しあげねばなりません。こんなふうにお会いできてどんなに嬉しいか、あなたのようにすばらしい助手役のいらっしゃる名探偵が、どんなに羨ましいかをね」

わたしたちは丁重にあいさつを交わした。決して憎しみ合っているわけではないのに、運命の悪戯によって仮借ない戦いを強いられた敵同士のように。ルパンはわたしの腕を取り、外へ連れ出した。

「なあ、どうだった？　この食事会の出来事は、きみが書こうとしているぼくの物語に、きっとすばらしい効果をあたえるぞ」

ルパンはレストランのドアを閉めると、数歩先で立ちどまった。

「煙草は？」

「いや、けっこう。きみも吸わないんだろ」

「ああ、吸わないさ」

そう言いながらも、彼は蠟《ろう》マッチで煙草に火をつけた。何度もマッチを振って火を消し、煙草もすぐに投げ捨てる。それが合図だったのか、むかいの歩道に二人の男が、どこからともなくあらわれた。ルパンは車道を横切り、男たちに近寄った。そして数分間、立ち話をしていたが、やがてこちらに戻ってきた。

「どうも失礼。それにしても、ホームズのやつには手こずらされそうだ。だがこのルパンは、そう簡単に負かされやしないぞ……目にもの見せてやるから覚悟しろ……じゃあ、このへんで……愉快なワトスンの言うとおり、一分だって無駄にできないからね」

ルパンは足早に立ち去った。

かくしてその奇妙な晩は終わった。いや、少なくとも、わたしが直接見聞きしたのはここまでだった。というのも、続く数時間のあいだに、ほかにもさまざまな出来事があったからだ。それについては夕食を共にした者たちが、のちに話を聞かせてくれたので、さいわいにもここにこうして詳細に語ることができるのである。


ちょうどルパンがわたしと別れたころ、シャーロック・ホームズも懐中時計を取り出し立ちあがった。

「九時二十分前か。ぼくは九時に駅で伯爵夫妻と会う約束になっている」

「それじゃあ、出かけよう」とワトスンは、ウィスキーを立て続けに二杯あおりながら言った。

二人は店を出た。

「ワトスン、ふり返るんじゃない……たぶん、ぼくらは尾行されているだろう。だったら、そんなことどうでもいいようにふるまうんだ……ところでワトスン、ひとつきみの意見を聞かせてくれないか。どうしてルパンは、あのレストランにいたんだろう?」

ワトスンはためらわずに答えた。

「そりゃあ、食事をするためさ」

「ワトスン、いっしょに仕事をするにつけ、きみの進歩ぶりがよくわかるよ。本当に驚かされる」

ワトスンは喜びのあまり、暗闇のなかで顔を赤らめた。ホームズが続ける。

「食事をするためか。なるほど、そのとおりだ。でもガニマールがインタビューのなかで言っているとおり、ぼくがクロゾン家へむかうかどうかたしかめるつもりもあったのだろう。だから彼を安心させるため、いったん出発して見せよう。でも今は、彼の先を越すことが重要だからね、すぐに引き返すつもりだ」

「えっ、何だって!」ワトスンは困惑したように言った。

「いいかい、きみはこの道を走って逃げ、馬車をつかまえろ。二、三台乗りかえるんだ。それから駅の手荷物預かり所に戻ってスーツケースを受け取り、大急ぎでエリゼ＝パラス・ホテルへ行け」

「で、エリゼ＝パラス・ホテルに着いたら?」

「部屋を取って床につき、ぐっすり眠りたまえ。あとのことは、また指示をするから」

ワトスンは重要な任務を与えられ、誇らしげに去っていった。シャーロック・ホームズは切符を買うと、クロゾン伯爵夫妻が先に乗っているはずのアミアン行き急行列車にむかった。

ホームズは夫妻に一礼だけすると、再びパイプに火をつけ、通路に立って悠然と紫煙をくゆらせた。

やがて列車が動き出した。十分後、彼は伯爵夫人の隣に腰かけ、こう言った。

「例の指輪はお持ちですか？」

「はい」

「ちょっと見せていただきたいのですが」

ホームズは指輪を手に取り、調べ始めた。

「思ったとおりだ。これは模造ダイヤです」

「模造ダイヤ？」

「ダイヤモンドの粉を高温で溶かし……それを固めてひとつの石にするという最新の方法です」

「なんですって？　でも、わたしのダイヤモンドは本物のはずですが」

「ええ、あなたのはね。でもこれは、あなたのダイヤモンドではありません」

「それなら、わたしのダイヤモンドはどこに？」

「アルセーヌ・ルパンが持っているんです」

「じゃあ、これは？」

「本物の代わりに、ブライヒェン領事の歯磨き粉の瓶に入れておいたのを、あなたが見つけたというわけです」

「すると偽物ということですか？」

「まったく偽物です」

伯爵夫人は呆気にとられて気が動転し、声も出なかった。いっぽう夫の伯爵は疑り深そうに、指輪を上下左右からためつすがめつしている。夫人はようやく口ごもるように言った。

「そんなことがあるでしょうか？　ただ盗むだけでは、どうしていけないんです？　それに、どうやって盗んだのだと？」

「わたしもそこのところを、これから解明しようとしているんです」

「わたしどもの城館で？」

「いいえ。わたしはクレイユで列車を降り、パリに引き返します。わたしとルパンの勝負は、パリで行なわれることになるでしょう。どこで闘おうと、攻撃の威力に変わりはありませんが、ルパンにはわたしが旅行中だと思わせておいたほうが都合がいいんでね」

「そうですが」

「いいじゃないですか。重要なのは、あなたのダイヤモンドだ。そうでしょう？」

「でも……」

「だったら、ご安心ください。さっきもわたしは、さらに大変な約束をしてきたところです。シャーロック・ホームズの名にかけて、本物のダイヤモンドを取り返してみせます」

列車が速度を緩めた。ホームズは偽のダイヤモンドをポケットに入れると、ドアをあけた。伯爵が大声で呼びとめた。

「そちらはホームと反対側ですよ」

「こうすれば、ルパンの手下があとをつけていても、まくことができますからね。それでは」

ホームズは駅員の制止をふりきり、駅長室めがけて走っていった。それから五十分後、彼は反対方面の列車に飛び乗り、深夜零時少し前にパリへ戻ったのだった。

駅を駆け抜け、ビュッフェに飛びこんでそのまま反対のドアから出て、辻馬車めがけて突進する。

「クラペロン通りへ」

尾行されていないことをたしかめると、ホームズは通りの起点で馬車をとめさせ、ドティナン弁護士の家と、両隣の家をじっくりと調べ始めた。歩幅を定めて歩き、距離を測っては、手帳にメモや数字を書きこむ。

「今度はアンリ＝マルタン大通りへ」

ホームズはアンリ＝マルタン大通りとポンプ通りが交わる角で辻馬車の料金を払い、百三十四番まで歩道を進むと、ドートレック男爵邸と両隣の建物の前でさきほどと同じ作業を始めた。それぞれの家の間口と、小さな前庭の奥行きを測る。

大通りは人気《ひとけ》がなかった。四列に続く並木のせいで、あたりはうっそうとしている。木々のあいだに点々とするガス灯の明かりは、深い闇に無益な戦いを挑んでいるかのようだ。ガス灯のひとつが青白い光で屋敷を照らし、鉄格子にさがった《貸家》の札が見えた。荒れ果てた二本の小道がささやかな芝生地を取り囲み、大きな窓はいかにも空き家らしくカーテン一枚かかっていない。

《なるほど》とホームズは思った。《男爵が殺されて以来、借り手がつかないんだな……ああ、なかに入って調べられるといいんだが》

こんな考えがちらりと頭をかすめると、もう実行しないではいられなくなった。でも、どうやって？　鉄柵はとても高くて、とうていよじのぼれそうにない。ホームズはポケットから懐中電灯や、いつも持ち歩いている万能鍵を取り出した。ところが驚いたことに、片側の門扉は少しあいているではないか。彼は庭に忍びこみ、念のために扉は閉めきらないようにしておいた。けれども、ものの三歩と行かないうちにホームズは立ちどまった。

三階の窓のひとつに、光が射したのだ。

光は隣の窓に、さらに隣の窓へと移動した。しかし下から見えるのは、部屋の壁にときおり浮かびあがる人影だけだ。やがて光は三階から一階へ降り、部屋を次々に歩きまわっている。

《ドートレック男爵が殺された家を、夜中の一時にうろついているのは、いったい何者なんだろう？》ホームズは興味津々で思った。

それをたしかめる方法はひとつしかない。みずから屋敷に入ってみることだ。彼はためらわなかった。ところがガス灯の明かりのなかを、玄関前の石段にむかって歩き始めたとき、屋敷の人影はホームズに気づいたらしい。というのも突然、光が消え、屋敷のなかは真っ暗になってしまったから。

玄関の前まで行き、そっとドアを押す。やはり鍵はかかっておらず、あたりは静まりかえっている。思いきって闇のなかを進むと、階段の手すりに触れた。ホームズはそろそろとのぼり始めた。あいかわらず真っ暗で、物音ひとつしない。

二階に着くと部屋のひとつに入り、月明かりが白く照らし出す窓に近づいた。すると庭に男の姿が見えた。別の階段とドアを使い、外に出たのだろう。男は庭を仕切る塀に沿って、植え込みの脇を左へ走っていく。

「あいつめ！　逃がすものか！」とホームズは叫んだ。

彼は一階に駆けおり、敵の退路を断とうと玄関前の石段をひとっ跳びした。しかし男の姿は、もうどこにもなかった。ほどなく、こんもりした茂みのなかに、あたりの闇よりいちだんと黒い影がもぞもぞと動くのが見えた。

ホームズははたと考えた。逃げようと思えば簡単に逃げられたのに、どうしてそうしなかったのだろう？　秘密の任務を邪魔した相手を、あそこに隠れて見張るつもりなのか？《いずれにせよ、あいつはルパンじゃない》とホームズは思った。《ルパンならもっとうまくやっている。手下のひとりか誰かだろう》

こうして何分かがすぎた。こちらをうかがっているらしい相手を、ホームズはじっと見すえていた。しかし、敵も動こうとしない。ホームズはいつまでも、ただ待っているような男ではなかった。彼はリボルバーの弾倉をたしかめ、ナイフを鞘《さや》から抜くと、敵にむかってまっすぐ歩き始めた。どんな危険も顧みない、恐ろしいまでの冷徹さ、大胆さだった。

かちっという乾いた音がした。相手も拳銃の撃鉄を起こしたのだ。ホームズはいきなり茂みに飛びこんだ。敵は体をかわす暇もなかった。たちまちホームズは相手に組みつき、激しい死闘が始まった。敵は必死にナイフを抜こうとしている。しかしホームズは負けていなかった。勝利は近い。ルパンの手下をひとり、早くも捕まえられるのだ。そう思うと抑えがたいほどの力が湧いてくる。彼は敵を押し倒し、全体重をかけてのしかかった。猛禽の爪のような五本の指で、相手の喉を締めつけ身動き取れないようにすると、もう片方の手で懐中電灯を探り、ボタンを押して顔を照らした。

「ワトスンじゃないか！」と彼はびっくりして叫んだ。

「ホームズ！」くぐもった声が苦しげに言った。

二人とも茫然自失したまま、ただいつまでも黙りこくっていた。自動車の警笛が鳴り響く。風が木の葉をかさかさと揺らした。ホームズは身じろぎひとつしなかった。五本の指は、まだワトスンの首にかかっている。ワトスンの喘ぎ声は、だんだんと弱くなっていった。

ホームズは突然、怒りに駆られ、友人を突き放したが、すぐに両肩をつかんで激しく揺さぶった。

「ここで何をしているんだ？ 答えろ……どういうことなんだ？ 茂みに隠れてぼくを見張れなんて、言ってないだろうが」

「きみを見張るだなんて」とワトスンはうめいた。「きみだとは知らなかったんだ」

「じゃあ、どういうことだ？ ここで何をしていた？ 寝ているはずじゃないか」

「寝たさ」

「眠るんだ」

「眠ったよ」

「だったら目を覚ますんじゃない」

「でも、きみの手紙が」

「ぼくの手紙？」

「ああ、きみからだと言って、使いの者がホテルに届けたんだ」

「ぼくからだって？　夢でも見たんじゃないか？」

「本当なんだ」

「その手紙はどこにある？」

ワトスンは紙切れを差し出した。懐中電灯の明かりをかざし、手紙を読んだホームズはびっくり仰天した。


ワトスン、ベッドを出て、アンリ＝マルタン大通りへ駆けつけてくれ。家には誰もいない。なかに入って部屋を見まわり、正確な見取り図を作ったら、ホテルに戻って床につきたまえ。——シャーロック・ホームズ

「ぼくは部屋を測っていたところだったんだ」とワトスンは言った。「そうしたら、庭に人影が見えたので、ここはひとつ……」

「捕まえてやろうと思ったってわけか……それはまあ、けっこうだが……ただ、いいか

ね」ホームズは友人を助け起こし、茂みの外に引っぱり出しながら言った。「今度ぼくからの手紙を受け取ったら、まずは筆跡が本物か、よくたしかめてくれたまえ」

「それじゃあ」とワトスンは叫んだ。ようやく事情が呑みこめてきたのだろう。「この手紙はきみが出したんじゃないのか？」

「ああ、残念ながらね」

「じゃあ、誰が？」

「アルセーヌ・ルパンさ」

「でも、どうしてそんなことを？」

「ああ、それはぼくにもわからないさ。だからこそ心配なんだ。どうしてやつは、わざわざきみをわずらわせたのだろう？　相手がぼくだっていうのならまだわかる。でも今回のことは、まさにきみを狙ったものだからな。いったいどんな目的で……」

「じゃあ、ぼくは急いでホテルに戻ろう」

「いっしょに行くよ、ワトスン」

二人は門扉の前まで行った。前を歩いていたワトスンは、鉄格子に手をかけ引っぱった。

「おや」と彼は言った。「きみが閉めたのかい？」

「とんでもない。片方の扉はあけておいたはずだが」

「でも……」

今度はホームズが引いてみた。そしてぎょっとしたように、錠に顔を近づけた。思わず罵声が漏れる。

「やられた……閉まってる。鍵がかかっているぞ」

ホームズは力いっぱい門扉を揺すった。しかし努力の甲斐がないとわかると、がっくりとして両腕をおろし、とぎれとぎれの声でこう言った。

「そうか、これですべてわかったぞ。あいつめ、ぼくがクレイユで降りるだろうと予想していたんだ。今夜さっそく調査を始めるかもしれないと、ここにちょっとした罠もしかけておいた。ご親切なことに、虜囚の仲間まで用意して。そうやって、一日無駄にさせようというわけだ。余計なことに首を突っこむなという、警告の意味もあるだろう」

「つまりわれわれは、囚われの身ってことなのか？」

「そのとおりさ。シャーロック・ホームズとワトスンはアルセーヌ・ルパンの捕虜になった。見事な冒険の始まりじゃないか……いや、このままじゃすまさないぞ」

ワトスンの手が、ホームズの肩をぽんとたたいた。

「うえを……うえを見てみろ……光が……」

ワトスンの言うとおり、二階の窓がひとつ明るく光っている。

二人はいっせいに駆け出した。別々の階段から二階にあがったが、明かりが洩れている部屋の前に着いたのは同時だった。部屋の真ん中に短いロウソクが灯され、脇のかごからはワインボトルの口と鶏のもも肉、パンが半分のぞいていた。

ホームズは思わず笑い出した。

「こいつはすごい。夜食までふるまわれるとはな。まさに魔法の宮殿、おとぎの国だ。さあ、ワトスン、そんなお通夜みたいな顔するな。実に愉快じゃないか」

「本気で愉快だと思うのか？」ワトスンはすっかり落ちこんだようにつぶやいた。

「そりゃそうさ」ホームズはいささか不自然なくらいに明るく、声高に答えた。「だってこんな傑作には、今までお目にかかったことがないからな。喜劇としちゃ、上々だ……アルセーヌ・ルパンというやつは、なんという皮肉屋だろう。騙しの手口も洗練されている……世界中の黄金を積まれたって、この宴の席はゆずれないさ……なあ、ワトスン、きみを見てると悲しくなるな。どんな不運にも泣き言をもらさない高貴な精神が、まさかきみにはないんだろうか？　そもそも、何を嘆いているんだ？　下手すりゃ今ごろ、ぼくのナイフで、喉を突かれていたかもしれないんだぜ……あるいはぼくのほうが、きみの一撃をくらっていたかも……だってそのつもりだったんだろ、おい」

ホームズは皮肉まじりのユーモアで哀れなワトスンを叱咤し、鶏のもも肉とワインを一杯口に詰めこませた。けれども、やがてロウソクも燃えつき、床に寝そべって壁を枕がわりに眠る段になると、この事態がいかにも滑稽で情けなく思えてきた。こうして彼らは、寝苦しい一夜をすごしたのだった。

翌朝、ワトスンは疲れはて、寒さに震えながら目をさました。かすかな物音に、彼ははっとした。見るとホームズが体を二つに折って床にひざまずき、ルーペ片手に埃を調べたり、ほとんど消えかけた白いチョークの跡をたしかめたりしている。チョークの跡は数字だ。彼はそれを手帳に書き写していた。

ワトスンはこの作業にいたく興味をおぼえ、部屋から部屋へとホームズについて歩いた。ほかにも二つの部屋で、同じようにチョークで書いた記号が見つかった。柏の羽目板に丸印が二つ、壁石に矢印がひとつ、階段には四つのステップに数字がひとつずつついている。

こうして一時間もすぎたころ、ワトスンが言った。

「数字は正確だろ？」

「正確かどうか、ぼくにはわからんさ」とホームズは答えたが、ともあれ新たな発見に気をよくしているようだ。「でも、なにか意味があるはずだ」

「はっきりとした意味がね」ワトスンが応じる。「数字は床板の数を示している」

「ほう」

「二つの丸は、羽目板が偽物だという意味だ。たしかめてみればわかるさ。そして矢印は、配膳用リフトの方向にむいている」

シャーロック・ホームズは目を丸くして友人を見つめた。

「驚いたな。どうしてそれがわかったんだ？　きみの炯眼《けいがん》には恐れ入るね」

「いやなに、簡単なことさ」ワトスンは大喜びで言った。「だってその印は、昨晩ぼくがつけたんだから。きみの指示で……というかルパンの指示でね。きみからの手紙だと思ったけれど、本当はやつが書いたんだった」

その瞬間、ワトスンの身には、茂みのなかでホームズと取っ組み合ったときよりも大きな危険が迫っていただろう。なにしろホームズは、本気で友人を絞め殺してやりたいと思ったのだから。彼はぐっと自分を抑え、作り笑いのつもりで顔をしかめながら言った。

「実にすばらしい。大活躍じゃないか。おかげで仕事がはかどるよ。きみの驚嘆すべき分析精神と観察力は、ほかの点にも発揮されたんじゃないか？ その成果を、ぜひとも役立てたいのだが」

「とんでもない。これだけさ」

「そいつは残念。出だしは好調だったんだが。そういうことならしかたない。そろそろここから出るとしよう」

「出るって、どうやって？」

「礼儀正しい人間が、普通に出ていくように。つまりドアからさ」

「でも、ドアは閉まっているんだぜ」

「あければいい」

「誰があけるんだ？」

「通りを巡回している、あの二人の警官を呼んでくれたまえ」

「でも……」

「でも、どうした?」

「屈辱じゃないか……シャーロック・ホームズとワトスンがアルセーヌ・ルパンに捕られていたと知ったら、みんな何て噂することやら」

「そりゃまあ、大笑いをするだろうよ」とホームズは顔を引きつらせ、そっけない声で答えた。「でも、この家を終《つい》の住処《すみか》にするわけにもいかないさ」

「ほかに手はないのかい?」

「ないね」

「でも、ここに食べ物を運びこんだ者は、入ってきたときも出ていったときも、庭を通りはしなかった。つまり別の出入口があるはずだ。それを見つけよう。そうすれば、警官の助けを求めなくともすむじゃないか」

「ご明察だ。でも、ひとつ忘れているぞ。その出入口は、半年も前からパリの警察がずっと捜してきたし、ぼくもこの屋敷を上から下まで調べてみた。きみが眠っているあいだにね。いいかい、ワトスン、ルパンはぼくらが日頃、相手にしているような獲物とはわけが違う。決して手がかりを残さないんだ、あの男は……」

……シャーロック・ホームズとワトスンは午前十一時に救出され、近くの警察署に連れていかれた。署長はこと細かに事情をたしかめたあと、嫌味たらしい目つきで二人を眺めながらこう言った。

「いやあ、お気の毒に。大変な目にあいましたな。フランス人のもてなしに、きっと悪印象を持たれるでしょうね。やれやれ、散々な一夜を送られたものだ。ルパンときたら、まったく礼儀知らずなやつです」

二人は馬車でエリゼ＝パラス・ホテルにむかった。ワトスンが受付で部屋のキーを求めると、フロント係はしばらく探したあと、びっくりしたように言った。

「でも、お客様、部屋は引きはらわれていますが」

「なんだって？　わたしが引きはらったっていうのか？」

「今朝、ご友人の方が手紙を持っていらして」

「友人が？」

「男の方が手紙を持っていらしたんです。お客様の名刺も添えてありました。ご覧になってください」

ワトスンが手に取ってみると、たしかにそれは彼の名刺だった。手紙の筆跡もよく似ている。

「やられた」と彼はつぶやいた。「またしても、つまらない小細工をしやがって」

それから心配そうに、こう続けた。

「荷物はどうした?」

「ご友人が運んでいかれました」

「おいきみ……荷物を渡してしまったのか?」

「そりゃまあ、お客様の名刺がありましたから、いいだろうと」

「わかった……わかった」

二人はどこへ行くというあてもなく、黙ってのろのろとシャンゼリゼ大通りを歩いた。秋のうららかな太陽が通りを照らし、ぽかぽかと暖かかった。

ホームズはロータリーでパイプに火をつけると、また歩き始めた。ワトスンは非難がましく言った。

「ホームズ、きみの気持ちがわからないな。よくそんなに落ち着いていられるものだ。笑いものにされているんだぞ。猫がネズミをなぶるみたいに、きみをおもちゃにしているんだ……なのにひと言もなしかい」

ホームズは立ちどまってこう答えた。

「ワトスン、ぼくはきみの名刺について考えていたんだ」

「それで?」

「つまり、こういうことさ。ここにわれわれとの闘いに備え、きみやぼくの筆跡をあらかじめ手に入れておいた男がいる。彼はきみの名刺まで、しっかり財布のなかに用意してあった。考えてみたまえ。ずいぶんと用心深く、鋭敏な意志力の持ち主じゃないか。しかも、そうした準備をするだけの方法と組織力を兼ね備えているんだ」

「つまり？」

「つまりだね、ワトスン、それほど完璧な武装をし、準備万端ととのえた敵と闘うには——そして打ち破るには——どうしたって……このぼくがのり出さざるをえないのさ。それにきみも知ってのとおり」とホームズは笑いながら言い添えた。「最初の一撃で倒せるものじゃないんだ」


その晩、六時、《エコー・ド・フランス》紙の夕刊に次のような記事が載った。


本日の朝、パリ十六区警察署のテナール署長は、シャーロック・ホームズ氏とワトスン氏を故ドートレック男爵邸から救出した。二人はアルセーヌ・ルパンの厚意によりそこに留め置かれ、すばらしい一夜をすごしたのである。

さらに荷物も盗まれた二人は、アルセーヌ・ルパンを告訴した。

ルパンは今回、ささやかな教訓を与えるにとどめたが、より強硬な手段に出なくともすむよう彼らに分別を求めている。

「馬鹿馬鹿しい」とシャーロック・ホームズは言って、新聞をくしゃくしゃに丸めた。

「子供じみたことをするやつだ。ルパンを非難するなら、このひと言に尽きる……悪ふざけがすぎるんだ……観客のうけを狙いすぎなのさ、あいつは。とんだ悪戯っ子だな」

「でもきみのほうは、いつもと変わらない落ち着きぶりってわけかい、ホームズ？」

「ああ、ぼくはいつだって落ち着いている」とホームズは、怒りで震えるような声で言った。「苛ついたところで何になる？　最後に勝つのはこのぼくだと、確信しているからね」

4　闇に射す光明

どんなに粘り強く、大胆不敵な人間でも――そしてホームズは不運にくじけない、そうした人々のひとりなのだが――新たな闘いを始めるにあたり、全力を集中させようと武者震いすることがあるものだ。

「きょうは、ひと休みするよ」と彼は言った。

「じゃあ、ぼくは？」

「ワトスン、きみは足りない服や下着を買いに行ってくれたまえ。ぼくはそのあいだ、休息するから」

「ゆっくり休んでくれ、ホームズ。見張りはまかせろ」

ワトスンは重々しい口調でそう言った。恐ろしい危険をも顧みず、前線の見張りに立つ哨兵のように。彼は胸をそらし、筋肉に力をこめると、腰を落ち着けたホテルの小部屋を鋭い目で見まわした。

「しっかり見張ってくれよ、ワトスン。そのあいだに、ぼくは作戦を練ることにしよう。

闘うべき敵に合わせた、それ相応の作戦をね。なあ、ワトスン、ぼくたちはルパンを少しばかり甘く見ていたようだ。いちからすべてを考えなおさねば」

「できれば、もっと前からね。でも、そんな時間があるだろうか？」

「まだ九日もあるじゃないか。それでも五日余るほどさ」

ホームズは午後いっぱい、パイプをふかしたり眠ったりしてすごした。彼がようやく作戦を開始したのは、次の日になってからだった。

「ワトスン、準備完了だ。さあ、始めるとしよう」

「戦闘開始」ワトスンも闘志をみなぎらせて叫んだ。「正直ぼくのほうは、痺《しび》れを切らしていたくらいだ」

ホームズは事件に関わった三人の人物から、長々と話を聞いた。まずはドティナン弁護士宅へ行き、部屋も詳細に調べた。シュザンヌ・ジェルボワ嬢には電報を打って来てもらい、金髪の女について質問をした。そしてもうひとり、ドートレック男爵が殺されて以来、聖母訪問会修道院にこもっているシスター・オーギュストにも会った。

面会のあいだ、ワトスンはいつも外で待っていた。そして毎回、こうたずねるのだった。

「首尾は？」

「上々だ」

「やっぱりな。それじゃあ、順調に進んでいるってわけだ。さあ、次へ行こう」

彼らはよく歩いた。アンリ＝マルタン大通りの男爵邸をはさむ両隣の家も訪ねたし、ドティナン弁護士が住むクラペロン通りまで行き、二十五番の建物を正面から眺めてこう言うのだった。

「これらの家をつなぐ秘密の通路があるはずなんだ……ただ、わからないのは……」

ホームズに不可能はないと思っていたのに、初めてワトスンは心の奥底で、天才的な友人の全能を疑った。どうしてホームズは話してばかりで、なかなか行動しようとしないのだろう？

「なにをぐずぐずしているのかって？」とホームズは、ワトスンの内心を見透かしたかのように言った。「ルパンのような悪がしこい敵を相手にするには、闇のなかを手さぐりで進むみたいにやっていかねばならないからさ。たしかな証拠から真実を導き出すのではなく、頭のなかで推理を働かせ、それが実際の出来事と合致するかをたしかめるんだ」

「でも、秘密の通路は？」

「なに、そんなもの！　秘密の通路が見つかったからって、それで前進したことになるだろうか？　ルパンが弁護士宅に入ったり、金髪の女がドートレック男爵を殺したあとに屋敷を抜け出した道筋がつかめたからって、やつを攻撃する武器が手に入るのかい？」

「ともかく攻撃だ」

ところがこう言い終えるか終えないかのうちに、ワトスンはあっと叫んで飛びのいた。

二人の足もとに、なにか落ちてきたものがある。それは砂が半分詰まった袋だった。危うく大怪我をするところだ。

ホームズはうえを見あげた。六階のバルコニーに組んだ足場で、職人たちが作業をしている。

「やれやれ、命拾いをした」と彼は言った。「一歩間違えば、あわて者が落とした袋が頭に直撃するところだ。まったく……」

ホームズはそこで言葉を切ると、その建物へ突進し、いっきに六階まで駆けあがった。そして部屋に入り、召使いがびっくり仰天しているのをしり目にバルコニーへ急いだ。しかし、そこにはもう誰もいなかった。

「職人たちはどうした？」とホームズは召使いにたずねた。

「引きあげたところですが」

「どこから？」

「そりゃ、裏階段からですよ」

ホームズは身を乗り出した。二人の男が自転車を引いて、建物から出てくる。そしてサドルにまたがると、たちまち姿を消した。

「彼らはずっと前からこの足場で作業をしていたのかね？」

「あいつらですか？　今朝からですね。新顔です」

ホームズはワトスンのところに戻った。

二人は憂鬱そうにホテルに帰り、むっつりと黙りこんだまま二日目は終わった。

翌日も、同じ手順で調査が行なわれた。まずはアンリ＝マルタン大通りのベンチに腰かける。そんなふうに、三つの建物の前でただいつまでもねばっているだけなので、ワトスンはいいかげん飽き飽きしてきた。

「何を期待しているんだ、ホームズ？　これらの建物からルパンが出てくるとでも？」

「いいや」

「それじゃあ、金髪の女があらわれるのかい？」

「それもないだろう」

「じゃあ、どうして」

「何かが起きるのを待っているのさ。どんな些細なことでもいいから、出発点になりうるような何かが」

「もし起きなかったら？」

「それなら、ぼくのなかで何かが起こるだろう。火薬に点火する火花のようなものがね」

その日、単調な朝の雰囲気を破るような出来事がひとつだけあった。けれども、いささか不快な破り方だった。

大通りの車道と車道のあいだは、乗馬専用路になっていた。そこを走っていた馬が急に道を逸《そ》れ、二人が腰かけていたベンチにぶつかってきたのだ。馬のお尻がホームズの肩をかすめる。

「おっと危ない」ホームズは苦笑いを浮かべながら言った。「もう少しで肩を砕かれるところだった」

乗っていた男は、必死に馬を落ち着かせようとしている。ホームズは銃を抜くと、狙いを定めた。けれどもワトスンが、すばやくその腕を押さえた。

「どうしたんだ、ホームズ。おい、やめろ！　あの男を殺す気か！」

「放せ、ワトスン……放すんだ」

もみあいが始まった。そのあいだに男は馬をしずめると、拍車を当てて走り去った。

「さあ、撃ちたければ撃て」ワトスンは馬が充分遠ざかったのを見て、勝ち誇ったように言った。

「なんにもわかっちゃいないな。あいつはルパンの手下なんだぞ」

ホームズは怒りで震えている。ワトスンはすっかりしょげ返った。

「本当かい？　あの男が……」

「そうとも、ルパンの仲間さ。ぼくらの頭上に砂袋を落とそうとした連中と同じようにね」

「信じられないな」

「信じられるかどうか、証拠をつかむチャンスだったんだ」

「あの男を殺してかい?」

「馬を撃てばよかったんだ。きみが手出しをしなければ、ルパンの仲間を捕まえることができたんだぞ。どんなに馬鹿なことをしたのか、これでわかっただろう?」

そのあとは陰鬱な午後が続いた。二人とも言葉を交わさなかった。五時ごろのこと、弁護士の家に近づきすぎないよう気をつけながら、クラペロン通りを行ったり来たりしていると、三人の若い労働者が腕を組み、歌を歌いながら彼らにぶつかり、そのまま通りすぎようとした。三人の若い労働者が腕を組み、歌を歌いながら彼らにぶつかり、そのまま通りすぎようとした。ホームズは虫のいどころが悪かったのか、三人の前に立ちはだかり、小競り合いが始まった。ホームズはボクシングの構えをしてひとりの胸に、もうひとりの顔に一発ずつお見舞いし、三人のうち二人を打ち倒した。彼らはそれ以上手向かいをせず、あとのひとりといっしょに逃げ去った。

「ああ、すっきりした」とホームズは叫んだ。「くさくさしていたところだったから、ちょうど気晴らしにいい運動だったよ」

ところが、見るとワトスンが塀にもたれかかっている。

「おい、どうしたんだ! 顔が真っ蒼だぞ」

ワトスンはだらりとさがった腕を見せ、とぎれとぎれに言った。

「よくわからないんだが……腕が痛くて……」

「腕が痛むだって？　ひどい痛みなのか？」

「ああ……右腕が……」

ワトスンは必死に力をこめたが、腕は動かなかった。ホームズはその腕に触れてみた。初めはそっと、次に思いきり押しつけるように。「こうすれば、痛みの程度がよくわかる」というのだ。なるほど、痛みの程度はわかりすぎるくらいだった。さすがにホームズも心配になったのか、近くの薬局にむかった。そこでワトスンは、気絶するほどの目にあった。

薬剤師と助手たちは忙しく立ち働いた。腕が骨折しているとわかり、すぐさま外科医だ手術だ入院だということになった。とりあえず服を脱がせたが、患者は痛みにのたうちまわって悲鳴をあげた。

「そうだ……よし……大丈夫」と、腕を押さえつける役を引き受けたホームズは言った。「もう少しの我慢だからな、きみ……五、六週間もすれば、痛みもなくなる……あの悪党どもめ、思い知らせてやるからな。そうとも……特にあいつだ……こんなことを命じたのも、あのルパンなんだから……ああ、誓って……」

ホームズはそこで突然、言葉を切り、押さえていた腕を放した。ワトスンは激痛のあまり飛びあがって、またしても気を失った……ホームズは額をぴしゃぴしゃと叩きながら、ゆっくりと言った。

「ワトスン、ひらいめいたぞ……あれは偶然だろうか？」

彼は身じろぎひとつせず、一点を見つめながら切れ切れの言葉をつぶやいた。

「そうとも……それで、すべて説明がつく……まさに灯台もと暗しじゃないか……いやはや、よく考えさえすればいいんだって、わかっていたはずなのに……ああ、ワトスン君、これできみにも喜んでもらえそうだ」

ホームズは親友をそのまま置き去りにして外に飛び出すと、ドティナン弁護士の家があるクラペロン通りの二十五番へ急いだ。入口の右上を見ると、外壁の石に《建築家デタンジュ設計、一八七五年》と刻まれている。

隣の二十三番にも同じ銘があった。

ここまでは、なんの不思議もない。だがアンリ＝マルタン大通りの男爵邸には、いったいどう書かれているだろうか？

ちょうど辻馬車が通りかかった。

「アンリ＝マルタン大通り百三十四番へやってくれ。大急ぎだ」

ホームズは馬車のなかでも立ったまま馬を急《せ》き立て、御者にはチップをはずんだ。さあ、もっと早く……もっと早く。

ポンプ通りの角まで来たとき、期待と不安で胸苦しいほどだった。本当に真実の一端が

いた。

かいま見えたのだろうか？

男爵邸の外壁には、はたして《建築家デタンジュ設計、一八七四年》の文字が刻まれていた。

両隣の家にも、同じく《建築家デタンジュ設計、一八七四年》とあった。

ホームズは興奮のあまり、馬車のなかで喜びに打ち震えながらしばらくぐったりとしていた。暗闇の真ん中に、ようやく小さな光明が灯った。無数の小道が走る、うっそうとした大きな森のなかで、敵がたどった道筋を示す最初の手がかりが見つかったのだ。

彼は郵便局から、クロゾン家の城館に電話をかけた。伯爵夫人がみずから電話に出た。

「もしもし、奥様ですか？」

「ホームズさんですね？　調査のほうはいかがです？」

「順調に進んでますよ。とり急ぎ、ひとつだけお伺いしたいことがあるのですが……」

「何でしょう？」

「クロゾン家の城館は、いつ建てられたものですか？」

「三十年前に一度焼失し、建てなおされました」

「どなたの設計で、何年に？」

「玄関前の階段のうえには、《建築家リュシアン・デタンジュ設計、一八七七年》と書かれていますが」

「ありがとうございます、奥様。それではこれで」

ホームズは郵便局を出ながら、こうつぶやいた。

「デタンジュ……リュシアン・デタンジュか……この名前には、どこかで聞き覚えがあるぞ」

彼は有料図書館を見つけると、現代人名事典を調べて、デタンジュの項を書き写した。《リュシアン・デタンジュ、一八四〇年生まれ。ローマ大賞受賞。レジオンドヌール勲章勲四等オフィシエ章受章。建築に関する数多くの著作で高く評価されている……》などなどだ。

それから薬局に戻り、そこからワトスンが運ばれた病院へむかった。親友はベッドのうえで苦しんでいた。腕にギプスをはめ、高熱でぶるぶると震えながらうわごとを言っている。

「やった、大勝利だ」とホームズは叫んだ。「糸口をつかんだぞ」

「何の糸口だ?」

「目標に導いてくれる糸口さ。あとは一歩一歩踏みしめ、進んでいけばいいんだ。足跡や手がかりが残された道をね……」

「煙草の灰とかが?」とワトスンはたずねた。ようやく面白くなってきたと、元気づいている。

「ほかにもいろいろとね。いいかい、ワトスン。金髪の女が関わった事件のあいだには、何か謎の結びつきがあるはずだ。ぼくはそれを見つけ出したのさ。三つの事件が起きた三つの家。ルパンはどうしてそこを選んだのか？」

「たしかに、どうしてだろう？」

「それは三つの家が、同じ建築家によって建てられたからさ、ワトスン。そんなこと、簡単に見抜けると言うかもしれない。たしかにね……だからこそ、誰も思いつかなかったんだ」

「きみ以外は」

「そう、ぼく以外は。これでわかった。同じ建築家が同じような設計をし、三つの事件を可能にした。一見、奇跡のようだが、実は単純で簡単なことだったんだ」

「よかったじゃないか」

「そろそろ、どうしようかと思い始めたところだったし……なにしろ、もう四日目だから」

「十日のうちのね」

「よし、これからは……」

ホームズはじっとしていられないようすだった。いつもと違いやけに饒舌《じょうぜつ》で、陽気にはしゃいでいる。

「でも、さっきは通りで、きみだけではなくぼくまで悪党どもに腕を折られていたかもしれない。ワトスン、どう思う？」

ワトスンはこの恐ろしい仮定に、ただ震えあがるばかりだった。

ホームズが続ける。

「この教訓を生かさなければ。ぼくらの最大の過ちは、ルパンと素顔で闘おうとしたことさ。進んで攻撃の的《まと》になってやったようなもんだ。でも、被害が少なくてよかったよ。やられたのはきみだけだからな……」

「それに折られたのは、片腕だけだったし」ワトスンはうめいた。

「そうさ、両腕とも折られたかもしれないのに。まあ、大口を叩くのはこれくらいにしよう。ともかく真っ昼間、敵から丸見えでは勝ち目はない。でも、闇のなかで自由に動きまわれればこっちが有利だ。敵がどんなに強力だろうとね」

「ガニマールの手も借りられるし」

「そいつは願い下げだね。ルパンはここにいる、これがやつの隠れ家だ、捕まえる方法はこれこれだって言えるようになった暁には、ガニマールにもご登場願うさ。連絡先は二つ聞いてある。ペルゴレーズ通りの自宅と、シャトレ広場のスイス料理店だ。それまでは、ぼくひとりでやるさ」

ホームズはベッドに近寄り、ワトスンの肩に手をかけると——当然のことながら、痛むほうの肩だった——友情をこめてこう言った。

「しっかり治すんだぞ。このあときみがすべきは、ルパンの手下二、三人をしっかり引きつけておくことだ。きっとやつらは、ぼくが見舞いに来るのを待ち伏せしているだろう。ぼくの動向を探ろうとしてね。これは大事な任務だからな」

「大事な任務か。そいつはどうも」ワトスンは感謝をこめて答えた。「立派に果たせるよう、せいぜいがんばるよ。どうやらきみは、もうここへは来るつもりはないようだね」

「何しに来るっていうんだい？」とホームズは冷たく訊きかえした。

「たしかに……そうだな……ぼくも経過は順調だし。それじゃあ、最後にひとつ、お願いできるかな、ホームズ。飲み物を取ってくれないか？」

「飲み物？」

「ああ、喉がかわいて死にそうなんだ。熱もあるし……」

「ああ、いいとも。今、すぐ……」

ホームズは瓶を二、三本ふってみたが、ふと煙草の包みに目をとめると、パイプに火をつけた。そして友の頼みなど耳にしなかったかのように、ぷいっと出ていってしまった。手の届かないコップの水を恨めしげに眺めるワトスンを残して。

「デタンジュさんにお会いしたいのですが」

屋敷のドアをあけた召使いは、立っていた男をじろりとねめつけた。マルゼルブ広場とモンシャナン通りの角にたつ豪邸にやって来たのは、ごま塩頭で無精ひげを伸ばした小男だった。長い黒のフロックコートはあまり清潔とは言いがたく、造化の神に見放されたらしい不格好な体に似合っていた。そんな客の風体を見て、召使いは見下したように答えた。

「ご主人様が在宅かどうかは、ことによりけりですね。名刺はお持ちですか？」

男は名刺をもっていなかったけれど紹介状があったので、召使いはそれをデタンジュ氏に届けないわけにはいかなかった。するとデタンジュ氏は客を通すようにと言った。

こうして男は、屋敷の一翼を占めている円天井の広い部屋に案内された。壁は一面、本で埋まっている。建築家は男にこう言った。

「シュティックマン君だね？」

「はい、そうです」

「秘書から事情は聞いている。体調が思わしくないので、わたしの指示で始めた蔵書目録作りの仕事を、きみに引き継がせたいとのことだ。特にドイツ語の本の目録だが、こうした仕事には慣れているかな？」

「はい、経験は長いほうかと」とシュティックマンは、強いドイツ語訛《なま》りで答えた。

それならいいだろうと、話はすぐにまとまった。そしてデタンジュ氏は新たな秘書と、さっそく仕事にかかった。

こうしてシャーロック・ホームズは、敵の牙城に乗りこんだのだった。ルパンの監視を逃れ、リュシアン・デタンジュが娘のクロティルドと暮らす屋敷に潜入するため、名探偵は未知の世界に飛びこまねばならなかった。さまざまな策略を駆使し、名前を山ほど使いわけて、数多くの人々から厚意や情報を取りつけた。要するにこの四十八時間、世にも込みいった生活を送らねばならなかったのである。

こうして聞き出した話によると、デタンジュ氏は健康がすぐれないため、ゆっくり休息しようと仕事から手を引き、長年かけて集めた建築関係の蔵書に囲まれて暮らしているという。楽しみと言ったら芝居見物と、埃っぽい古本の整理をすることくらいだと。

娘のクロティルドは変わり者でとおっていた。部屋は屋敷の別な側にあるのだが、父親と同じく閉じこもりっきりで、めったに外出しない。

《ここにはまだ、不明確なこともたくさんあるが》とホームズは、デタンジュ氏が口述する本の題名を帳簿に書きこみながら思った。《大きな前進なのは間違いない。興味深い問題点のうち、ひとつでも解決せずにはおくものか。デタンジュ氏はアルセーヌ・ルパンと手を結んでいるのだろうか？　今でもルパンと会い続けているのか？　あの三軒の建物に関する書類は、この屋敷のどこかにあるのか？　そこには、同じような仕掛けを施した建物の住所も記されているのでは？　ルパンは自分とその一味のために、そうした建物を隠

れ家にしているのではないか？》

デタンジュ氏がアルセーヌ・ルパンの共犯者だって？　この尊敬すべき人物、レジオンドヌール勲章勲四等オフィシエ章の受章者が強盗の片棒をかついでいるなんて、認めがたい仮説だ。仮に彼らが共犯だとしても、デタンジュ氏はあの建物を設計した三十年前に、当時まだ赤ん坊だったルパンが脱出することを予測しえたわけないだろうに。

でもまあ、そんなことはどうでもいい。ホームズは丹念に調査を続けた。彼一流の並はずれた嗅覚と独特の直感で、周囲に漂う謎めいた雰囲気を察知した。はっきり何とは言えないが、屋敷に入ったときから感じるささいな事柄からそれがわかった。

二日目の朝になっても、目立った発見はまだ何もなかった。その日の午後二時、ホームズは初めてクロティルド・デタンジュの姿を見かけた。彼女は書庫へ、本を探しに来たところだった。歳は三十くらい。褐色の髪をし、ゆっくりとした身のこなしの、無口な女だった。その顔には、自分の内にこもって暮らす者らしい、無関心そうな表情が浮かんでいる。彼女は父親のデタンジュ氏と二言、三言言葉を交わすと、ホームズのほうには目もくれずに戻っていった。

こうして午後は単調にすぎていった。五時になると、デタンジュ氏が外出すると言って書庫をあとにした。床と円天井のなかほどに設《しつら》えた張り出しの回廊に、ホームズはひとり残された。日も暮れかけている。そろそろ帰ろうかと思っていると、みしっという物音が聞こえ、誰かが書庫にいる気配がした。そのまま、何分も経過した。突然、ホームズは身震いした。回廊の薄暗がりから、人影があらわれたのだ。信じられない。いつからこの男は姿を隠したまま、こんなすぐ近くに潜んでいたんだろう？　そもそも、いったいどこからやって来たんだ？

男は階段をおりると、柏の大きな戸棚のほうへむかった。ホームズは回廊の手すりにかかっている布の陰に隠れてひざまずき、ようすをうかがった。男は戸棚に詰めこまれた書類を漁っている。何を探しているのだろう？

とそのとき、いきなりドアがあいて、デタンジュ嬢が勢いよく入ってくると、あとからついて来るらしい誰かに声をかけた。

「それじゃあ、お父様、お出かけにはならないのね？　それなら、明かりをつけますから……そこでちょっと待っていてください……」

男は戸棚の扉を閉めると大きな窓に駆け寄り、カーテンを引いて身を潜めた。それがデタンジュ嬢の目に入らなかったはずはない。音だって聞こえただろう。ところが彼女は落ち着き払って明かりのスイッチを入れると、父親を部屋に入れた。二人はむかい合わせに腰かけ、娘は持ってきた本を手に読み始めた。

「秘書はもう帰ったのかしら?」しばらくすると彼女は言った。

「ああ……そうらしいね」

「やはりあの秘書でいいの?」と彼女はたずねた。本物の秘書は病気で、シュティックマンが代理を務めていることは知らないかのように。

「いいさ……大丈夫……」

眠ってしまったのだろう、デタンジュ氏の頭が左右に揺れ始めた。

しばらく時がすぎた。娘はまだ本を読んでいる。やがて窓のカーテンがあき、男が壁に沿ってドアのほうへ歩き始めた。デタンジュ氏の背後、クロティルドの真向かいをそっと通り抜けていく。おかげでホームズは男の顔をはっきりと見ることができた。アルセーヌ・ルパンだ。

ホームズは喜びに体が震えた。ずばり、読みがあたった。謎めいた事件の核心に、ようやく達することができたのだ。そしてルパンが、予想どおりの場所にあらわれた。

男の動きが目に入らないはずはないのに、クロティルドは身じろぎひとつしなかった。ルパンはドアのすぐ前まで来ている。ノブに手を延ばしたとき、服がテーブルをかすめ、ものが床に落ちた。デタンジュ氏がはっと目を覚ます。ルパンは帽子を手に、にこやかにほほ笑みながら建築家の前に進み出た。

「マクシム・ベルモンじゃないか」デタンジュ氏は嬉しそうに叫んだ。「いやあ、マクシム……今日はまた、どういう風の吹きまわしかね？」

「ぜひあなたと、お嬢さんにお目にかかりたくて」

「じゃあ、旅行から戻ってきたのか？」

「ええ、昨日」

「だったら、夕食をいっしょにどうだ？」

「いえ、友人たちと、レストランで約束がありますので」

「だったら、明日は？　クロティルド、ぜひ明日、来てくれるよう頼みなさい。ああ、マクシム、なつかしいな……最近よく、きみのことを考えていたよ」

「本当ですか？」

「ああ、あの戸棚にしまってある、古い書類を整理していたんだが、きみと交わした最後の計算書も出てきたんでね」

「何の計算書ですか？」

「アンリ＝マルタン大通りのやつさ」

「おやまあ、そんな紙屑までとってあるなんて。もう用済みでしょうに……」

三人は、書庫の一角に隣接する小サロンに腰を落ち着けた。

《あれは本当にルパンなのだろうか？》ホームズの胸にふと疑念が生じた。

そうとも、間違いない。たしかにやつだ。でも、別人のようにも見える。ルパンに似ているところはいくつもあるが、個性ははっきりと異なり、特徴的な顔立ち、目つきや髪の色をしている……

男は燕尾服に白いネクタイをしめ、ぴったりとした柔らかなシャツに身を包んで、にこやかにしゃべっていた。彼の話を聞いて、デタンジュ氏は心から楽しそうに笑った。クロティルドも口もとをほころばせている。彼女が浮かべる微笑みのひとつひとつが、ルパンには心の糧《かて》なのだろう。うまく笑わせることができると、彼も嬉しそうだった。そしていっそう陽気で、才気に満ちたおしゃべりに興じるのだった。彼の明るい、幸せそうな声に、クロティルドのほうも心なしか活気づき、とっつきにくい冷たい表情も消えていくようだった。

《あの二人は、愛し合っているんだな》とホームズは思った。《しかしクロティルド・デタンジュとマクシム・ベルモンのあいだに、どんなつながりがあるんだ？　そもそも彼女は、マクシムこそアルセーヌ・ルパンなのだと知っているのだろうか？》

ホームズはどんなささいな言葉も聞き逃すまいと、不安を感じながらも七時になるまで耳を澄ました。それからそっと下におり、小サロンから見えないよう端を通って部屋を抜けた。

外に出ると、自動車や辻馬車がとまっていないのをたしかめ、軽く足をひきずりながらマルゼルブ大通りを歩いていった。しかし次の通りまで来ると、腕に抱えていたオーバーを着こんで帽子の形を変え、背筋を伸ばした。たちまち外見が一変する。彼は広場に引きかえし、デタンジュ邸の玄関に目を凝らして待ち伏せた。

ほどなくルパンが出てきて、コンスタンティノープル通りからロンドン通りを抜け、パリの中心街へとむかった。その百歩ばかりうしろを、ホームズはつけていった。

ホームズにとっては、至福のひとときだった。獲物の真新しい足跡を嗅ぎ取る優秀な猟犬のように、思うぞんぶん深呼吸した。敵のあとを追うのは、たしかに無上の喜びだった。今や見張られているのは彼ではなく、姿なき怪盗アルセーヌ・ルパンのほうなのだ。ホームズは視線の先に、しっかりとルパンを捉えていた。断ち切ることのできない鎖で、つなぎとめているかのように。彼は道行く人々のあいだにわが獲物を眺めながら、ひとり悦に入っていた。

ところがほどなく、ホームズは奇妙なことに気づいてはっとした。先ほどから彼とルパンとのあいだに、ほかにも何人か同じ方向へ歩いている男たちがいるのだ。左側の歩道には山高帽をかぶった巨漢が二人、右側の歩道にはハンチングにくわえ煙草の男が二人。

ただの偶然かもしれない。しかしルパンが煙草屋に入ると、なんと四人の男も立ちどまったではないか。しかもルパンが出てくると、四人の男もそぞろ歩きをするみたいにして、いっせいにまたショセ・ダンタン通りを進み始めるのを見て、ホームズの驚きはいや増した。

《なんてことだ！　それじゃあ、やつはつけられていたのか》とホームズは思った。

ほかにもアルセーヌ・ルパンを尾行している者がいる。手柄を横取りされるのはかまわないが、今まで出会った最強の敵は、どうしても自分ひとりの手で征服したかった。何にも代えがたいその喜びを奪われるかと思うと、腹が立ってしかたない。しかし、もう間違いようがなかった。あの男たち、相手に気取《けど》られまいとさりげなく歩調を合わせているけれど、それがかえって不自然じゃないか。

《ガニマールのやつ、口で言う以上に何かつかんでいるのかもしれないぞ》とホームズはつぶやいた。《ぼくを騙して、出し抜くつもりだろうか？》

四人のうちのひとりに声をかけ、協力を申し出ようか。しかし大通りが近づくと、混雑が激しくなってきた。これではルパンを見失いかねないと、ホームズは足を速めた。大通りに出ると、ルパンはヘルデル通りの角にあるハンガリー料理店の正面階段をちょうどのぼっているところだった。ドアはあけはなしてあったので、通りの反対側のベンチに腰かけたホームズには、なかのようすがよく見えた。ルパンは花を飾ったテーブルについた。テーブルにはすでにご馳走が並び、燕尾服姿の三人の紳士と、上品そうな二人のご婦人がにこやかに彼を迎えた。

ホームズは四人の男たちを目で捜した。彼らは隣のカフェで、ジプシーの楽団に聞き入っている客たちのなかに紛れていた。奇妙なことに、彼らはルパンよりもまわりの人々に目を光らせているようだ。

突然、なかのひとりがポケットから煙草を取り出し、フロックコートにシルクハット姿の男に近づいた。男は自分の葉巻を差し出した。何か話し合っているな、とホームズは思った。ただ煙草の火を借りるにしては、時間がかかりすぎる。やがて男はハンガリー料理店の階段をのぼり、店内をちらりと見た。そしてルパンを見つけると、近づいてしばらく言葉を交わしていたが、隣の席に腰かけた。ホームズははっと気づいた。あいつはアンリ＝マルタン大通りで馬に乗っていた男だ。

そこでようやく事情が呑みこめた。アルセーヌ・ルパンは尾行されていたんじゃない。それどころか、この男たちは彼の仲間なのだ。ルパンの安全を見守るボディガード、注意深く護衛する忠実な手下ってわけか。ご主人様の身に危険がおよんだら、いつでも警告して助けに駆けつける用意ができている。あの四人も、フロックコートの男も、みんなルパンの一味なんだ。

ホームズは思わず身震いした。こんなに守りの固い敵を、捕まえることができるだろうか？　これほどの首領がひきいる一団だ。どんなにか強大な力を持っていることか！

ホームズは手帳のページを一枚引きちぎり、鉛筆でメモ書きして封筒に入れ、ベンチに寝転んでいた十五歳くらいの少年に声をかけた。

「おい、きみ、馬車にのってシャトレ広場のスイス料理店へ行き、会計係にこの手紙を渡してくれないか。大至急だ……」

ホームズが五フラン硬貨をあげると、少年はすっ飛んでいった。

三十分がすぎた。人ごみはますます激しくなり、ときおりルパンの手下も見失いそうになるほどだった。やがて何者かがそっとホームズに触れ、耳もとでささやいた。

「何ごとですか、ホームズさん？」

「ガニマールさんですね？」

「ええ、スイス料理店であなたの伝言を受け取りました。どうしたんです？」

「やつがあそこにいます」

「何ですって？」

「あそこ……あのレストランのなかです……もう少し右によって……見えますか？」

「いいや」

「ほら、隣のご婦人にシャンパンを注いでる」

「いや、あれはやつじゃない」

「やつですって」

「いや、絶対に……おや、ちょっと待てよ……たしかに、もしかすると……ああ、あいつめ、よく似ているぞ」ガニマールは率直に認めた。「それで、ほかの連中は？　やつの仲間ですか？」

「いや、隣にいるのはクライヴデン夫人、もうひとりはクリース侯爵夫人です。むかいはロンドン駐在スペイン大使で」

一歩踏み出したガニマールを、ホームズはあわてて引きとめた。

「それは無謀だ。あなたはひとりなんだから」

「やつだってそうだ」

「いいえ、大通りで手下たちが見張っています……それから、店のなかにいるあの男も……」

「でも、わたしがやつの首根っこを押さえ、大声でルパンだと叫べば、店内の客もウェイターもみんな加勢してくれるだろう」

「それより、警官を集めたほうがいいでしょう」

「そんなことしていたら、ルパンの仲間に警戒されるだけだ……だめです、ホームズさん。迷っている場合じゃありません」

なるほどそれも一理ある、とホームズは思った。このまたとない機会を利用して、一か八かの賭けに出るのもいいだろう。それでも、いちおうガニマールに釘を刺した。

「なるべくやつに気づかれないように……」

ホームズ自身は、ルパンから目を離さないようにしながら、新聞販売所の裏にまわった。店内のルパンは隣のご婦人のほうに身をのり出し、笑いかけている。

ガニマールは目標へ一直線に進むタイプなのだろう、両手をポケットに突っこみ、ずんずんと通りを横切っていく。そしてむかいの歩道に達するや、さっとむきを変え、レストランの階段をいっきに駆けあがった。

警笛の鋭い音が鳴り響いた……店に入ろうとしたガニマールの前に、レストランのボーイ長が立ちはだかる。高級レストランに似つかわしくない、怪しげな身なりの闖入者《ちんにゅうしゃ》だと言わんばかりに、ボーイ長は乱暴にガニマールを押し戻した。ガニマールはぐらりとよろけた。そのときフロックコートの男がやって来て、ガニマールを入れてさしあげろと言った。ボーイ長とフロックコートの男は激しく言い争いながら、しっかりガニマールを押さえていた。一方が押せば、もう一方は押し返す。しかしいくら抗議しても、無駄だった。結局ガニマールは、石階段の下まで追い出されてしまった。

たちまち人だかりができた。騒ぎを聞きつけて、二人の警官が駆けつけ、人ごみを掻き分けようとしたけれど、わけのわからない抵抗に遭って身動きが取れなくなった。ぐいぐいと押しつけられてくる肩や、ゆく手を阻む背中から、どうしても抜け出すことができない……

ところが突然、魔法のように道が開けた……ボーイ長は自分の間違いに気づき、くどくどとあやまっている。フロックコートの男は、もう口出しをあきらめた。野次馬が去って、警官が近づいた。ガニマールは、六人が食事をしていたテーブルに突進した。ところがそこには、もう五人しかいない。ガニマールはきょろきょろとあたりを見まわした。正面のドアしか出入口はないようだ。

「この席にいた者はどうしました？」と彼は、呆気にとられている五人の会食者たちにたずねた。「六人いたはずでしょう……六人目はどこに行ったんです？」

「デストロさんですか？」

「あいつはアルセーヌ・ルパンなんだ」

ウェイターが近づいてきた。

「そのお客様なら、中二階にあがられました」

ガニマールは中二階に突進した。そこは個室になっていて、大通りに面した特別の出口があった。

「もう追いかけたってしかたない」とガニマールはうめいた。「どうせ遠くへ行ってしまったさ」

……もっともルパンは、さほど遠くへは行っていなかった。せいぜい二百メートルくらいだろう、マドレーヌとバスティーユを結ぶ乗合馬車のなかだ。三頭の馬に引かれた馬車は、速歩《はやあし》で悠然とオペラ広場を抜け、カピュシーヌ大通りを走っていった。昇降口では山高帽をかぶった二人の巨漢が、おしゃべりをしていた。階段をのぼった屋上席では、小柄な老人が居眠りをしている。シャーロック・ホームズだ。

馬車の振動に合わせて舟を漕ぎながら、彼はぶつぶつつぶやいていた。

「ワトスンにこの姿を見せたかったよ。さぞかし相棒を自慢に思ったろうに……いやはや……警笛が鳴り響いたところで、負けはすぐに予想できた。だからレストランのまわりで見張っていたほうがいいと、考えたわけだ。なにも難しいことじゃないさ。それにしても、あの男が相手だと、人生の楽しみが尽きないね」

終点に着くと、ホームズは身を乗り出した。ルパンが二人のボディガードの前を通るとき、「エトワール広場で」とささやくのが聞こえた。

《なるほど、エトワール広場で落ち合うってわけか。それならぼくも加わるとしよう。あいつがタクシーに乗るならかまわない。ぼくは二人の仲間を馬車で追いかけるさ》

二人の手下は歩き始めた。そしてエトワール広場まで来ると、シャルグラン通り四十番の狭い建物の呼び鈴を鳴らした。人通りの少ない小路の隅で、ホームズは薄暗い窪みに身を潜めた。

一階に二つある窓の一方があいて、山高帽の男がよろい戸を閉めた。そのあと、よろい戸のうえの明かり窓に光が灯った。

十分後、男がひとりやって来て、同じ建物の呼び鈴を押した。ほどなく、また別の男もやって来た。そしてようやくタクシーがとまり、一組の男女がおりてくるのが見えた。アルセーヌ・ルパンと、コートに身を包み厚いベールをかぶった女だ。

《金髪の女に違いない》とホームズは、タクシーが遠ざかるのを眺めながら思った。

しばらく間《ま》を置いてから家に近づき、窓の縁によじのぼった。つま先立つと、明かり窓から部屋のなかをのぞくことができた。

ルパンが暖炉によりかかり、なにやら熱心に話している。まわりに立っている者たちは、注意深く耳を傾けていた。そのなかには、フロックコートの男やレストランのボーイ長の姿もあった。金髪の女は窓に背をむけ、肘掛け椅子にすわっていた。

《会議中ってわけか》とホームズは思った。《今夜の一件で心配になり、話し合わねばと思ったのだろう。ああ、こいつらをいっきに捕まえられたらいいのに……》

手下のひとりが動いたので、ホームズはさっと地面に飛びおり、物陰に隠れた。フロックコートの男とボーイ長が家から出てきた。二階の窓に明かりが灯り、何者かがよろい戸を閉めた。あとは一階も二階も闇に包まれた。

《ルパンと金髪の女は、まだ一階にいるのだろう。二人の手下は二階に住んでいるんだな》とホームズは思った。

彼は夜が更けるまで、その場を動かなかった。目を離したすきにルパンが逃げてしまうのを恐れていたのだ。午前四時、二人の警官が通りの隅を通りかかった。ホームズは近づいて事情を説明し、家の見張りを頼んだ。そしてペルゴレーズ通りのガニマール宅へむかうと、警部を起こした。

「またやつの居所を見つけました」

「アルセーヌ・ルパンの？」

「ええ」

「居所を見つけたといっても、ゆうべみたいなことになるなら、わたしは寝ていたほうがいいかも。ともかく、警察署へ出むきましょうか」

二人はメニル通りまで行き、そこからドクアントル署長の家へむかった。そして半ダースほどの警官を引きつれ、シャルグラン通りの家に戻った。

「変わりはないか？」とホームズは、見張りを頼んだ警官にたずねた。

「異常なしです」

空が白み始めたころ、準備をととのえた署長は玄関のベルを鳴らし、管理人の部屋へむかった。管理人の女はいきなり踏みこんできた警官にびっくり仰天し、がたがたと震えながら、一階に間借り人はいないと答えた。

「何だと、間借り人はいないって？」とガニマールは叫んだ。

「二階に住んでいるルルーさんが……田舎のご親戚を迎えるため、一階にも家具をそろえたんです」

「親戚というのは、男と女だな？」

「はい」

「昨晩、いっしょにやって来た二人かね？」

「さあ、どうだか……あたしは寝ていたもんで……でも、そんなはずありません。鍵はここにあって……貸してくれとはいわれませんでしたから」

署長はその鍵で、玄関の反対側にあるドアをあけた。一階は二部屋しかなかったが、どちらももぬけの殻だった。

「まさか」とホームズは声をあげた。「この目で見たんだ、やつと女を」

署長は皮肉っぽい笑みを浮かべた。

「嘘だとは言ってませんよ。でも、今はもういませんね」

「二階にあがってみましょう。きっとそこにいるはずだ」

「二階には、ルルーさんがご兄弟で住んでいます」

「だったら、その二人も訊問しよう」

皆で階段をのぼると、署長が呼び鈴を押した。二度目のベルで男が出てきたが、それはまさしくルパンのボディガードのひとりだった。男はワイシャツ姿で、猛烈に怒っているようすだった。

「いったい何の騒ぎですか……朝っぱらから人を起こして……」

しかし彼は、急にあわてて言葉を呑んだ。

「これはどうも、申しわけありません……いや、まったく夢みたいだ。ドクアントル署長と……ガニマール主任警部まで。何のご用でしょうか？」

すると突然、大きな笑い声が起こった。ガニマールが顔を真っ赤にし、腹を抱えて笑い転げている。

「き、きみか、ルルー」と彼は喉を詰まらせながら言った。「こりゃ、おかしい……ルルーがアルセーヌ・ルパンの手下だなんて……笑い死にしそうだ……弟もいるんだろ、ルルー？」

「おおい、エドモン。ガニマール主任警部がお見えだぞ」

もうひとりの男が顔を出すと、ガニマールの笑いはいや増した。

「なんとまあ、まさかこんなこととは！　きみたちもひどい目に遭ったもんだ……思いもよらない出来事だからな。さいわい、このガニマールが目を光らせているし、手を貸してくれる友人もいる……遠方から駆けつけた友人がね」

そう言ってガニマールは、ホームズのほうをむきなおった。

「彼はヴィクトール・ルルー。警察部の警部で、精鋭部隊の選り抜きです……弟のエドモン・ルルーは人体鑑識課の主任ですよ……」

5 誘拐

シャーロック・ホームズは顔色ひとつ変えなかった。異議をとなえるべきだろうか？ 証拠集めで時間を取られたくもなかった。

この二人を訴えるべきか？ 手もとに証拠がない限り、誰も信じてくれやしない。証拠集めで時間を取られたくもなかった。

勝ち誇ったかのようなガニマールの前で、ホームズは拳を握りしめ、怒りと落胆をあらわすまいとひたすらじっと耐えた。そして治安の担い手であるルルー兄弟に丁重な挨拶をし、この場は引き下がった。

彼は玄関まで来るとひょいとむきを変え、地下室の入口になっている低いドアに近寄ると、小さな赤い石を拾いあげた。それは柘榴石《ガーネット》だった。

外に出ると、ホームズは家をふり返った。四十番という住所表示板の脇に、《建築家リュシアン・デタンジュ設計、一八七七年》と刻まれている。

四十二番の家にも、同じ銘があった。

《またしても秘密の通路か》と彼は思った。《四十番と隣の四十二番はつながっているん

だ。どうしてそこに頭がまわらなかったんだろう！　二人の警官といっしょに、夜どうし見張っているべきだったのに》

彼は昨晩の警官にたずねた。

「わたしがいないあいだに、人が二人、こちらのドアから出てきたんじゃないか？」

「ええ、男と女が」

ホームズは主任警部の腕を取り、引っぱっていった。

「ガニマールさん、さっきはあんなに笑ったんですから、ご迷惑をかけたことは水に流していただけますよね」

「いやなに、迷惑だなんて思っちゃいませんよ」

「そうですか。でも本当に面白い冗談は、生ものですからね。鼻についてきたところで、もうやめにしないと」

「同感ですね」

「今日でもう七日目です。三日後には、ロンドンに戻ってなくてはなりません」

「おやまあ」

「ちゃんと戻っていますとも。そこでお願いなんですが、火曜から水曜にかけての晩、待機していただきたいのです」

「今夜のような遠征に備えて？」ガニマールはからかうようにたずねた。

「ええ、今夜のようにね」

「その成果は？」

「ルパンの逮捕です」

「本当に？」

「名誉にかけて誓いますよ」

ホームズは一礼するとその場をあとにし、近くのホテルでしばらく休息を取った。ひと休みすると元気がよみがえった。彼は自信満々でシャルグラン通りに引きかえし、管理人の女にルイ金貨二枚を握らせて、ルルー兄弟が外出していることをたしかめ、この家がアルマンジェアという人物のものであることを聞き出した。それからロウソクを持って、低いドアから地下におりた。そのドアの近くで、さっき柘榴石《ガーネット》を拾ったのだった。

階段の下で、同じ形の柘榴石《ガーネット》をもうひとつ拾った。

《やはりそうか》とホームズは思った。《ここからつながっているんだな……ぼくの持っている万能鍵で、一階の住人専用の地下ワイン庫があくだろうか？　よし……うまくいった……ワインの棚を調べてみよう……おやおや、ここだけ埃が払われているぞ……床には足跡もあるし》

かすかな物音がして、彼は耳を澄ました。さっとドアを閉め、ロウソクを吹き消すと、山積みされた空箱の陰に隠れる。数秒後、鉄製の棚のひとつがゆっくりと回転し、棚が取りつけられている壁もいっしょに動き出した。ランタンの光が射しこみ、腕が一本あらわれたかと思ったら、ひとりの男が入ってきた。

男は捜しものでもしているみたいに、体を二つに折って屈みこんでいた。指先で埃をこすったり、何度も繰り返し体を起こしては、左手に持っているボール紙の箱に何かを放りこんでいる。それから自分の足跡や、ルパンと金髪の女が残した足跡を消すと、ワイン棚に近寄った。

次の瞬間、男はしゃがれた叫び声をあげて倒れた。ホームズが飛びかかったのだ。まさに一瞬の出来事だった。男はなんとも他愛なく床にのびて、手足を縛りあげられた。

ホームズは男のうえに身を乗り出した。

「いくら出したらしゃべる？　知っていることを話せ」

けれども男は、にやりと笑っただけだった。たずねるだけ無駄だ、とホームズはさとった。

そこで捕虜のポケットを探るだけにしたが、見つかったのは鍵の束、ハンカチ、男がさっき手にしていたボール紙の小さな箱だけだった。箱のなかにはホームズが拾ったのと同じような柘榴石《ガーネット》が、十二個ほど入っていた。ささやかな戦利品だ。

さて、この男をどうしよう？　仲間が助けに来るのを待ち、まとめて警察に引き渡そうか？　でも、そんなことをして何になるだろう？　それでルパンに対し、どれほど優位に立てるというんだ？

彼は迷ったあげくに、箱を調べて心を決めた。そこにはこんな住所が書かれていたからだ。《宝石商レオナール、平和通り《ラ・ペ》》

男はそこに置き去りにしておけばいい。ホームズはワイン棚を押し戻すと地下室のドアを閉め、家を出た。郵便局からデタンジュ氏に電報を打ち、今日は休ませてもらうと連絡した。それから宝石商のもとをおとずれ、柘榴石《ガーネット》を渡した。

「奥様の使いで、この宝石を届けに来ました。奥様がこちらで買った宝飾品からはずれたものです」

ホームズはちょうどいいところに来合わせたようだ。宝石商はこう答えたから。

「たしかに……奥様からお電話がありました。もうすぐお見えになるはずです」

歩道で見張っていたホームズの前に、厚いベールで顔を隠した女がようやくあらわれたのは、五時になったころだった。いかにも怪しげなようすをしている。柘榴石《ガーネット》で飾った古い宝飾品をカウンターに置くのが、ガラス越しに見えた。

女はほとんど時をおかずに店を出ると、ぶらぶらと買い物をしてからクリシーのほうへむかい、ホームズの知らない通りをいくつか曲がった。やがて日暮れが近づくと、女は六階建ての建物に入った。ホームズも管理人に見咎められず、女のあとからなかに入ることができた。二棟からなる建物で、借家人もたくさんいるようだ。女は三階で足をとめ、部屋に入った。二分後、ホームズはさっき奪った鍵の束を取り出し、運だめしとばかりにひとつひとつ注意深く鍵穴に差しこんでみた。四本目の鍵で、錠がかしゃっとはずれた。

部屋を包む闇に目を凝らすと、空き家のようにがらんとしているのがわかった。ドアもすべてあけっぱなしだ。けれども廊下の奥に、ランプの光が漏れている。足音を忍ばせてちかづくと、居間と隣の部屋を区切るガラス越しに、ベールをかぶった女が見えた。女は服と帽子を脱ぐと、部屋にひとつしかない椅子のうえに置き、ビロードの部屋着に着がえた。

女が暖炉に近寄り、ベルのボタンを押すのも見えた。暖炉の右側を覆う羽目板の半分が揺れ始めたかと思うと、壁の面に沿ってするすると滑り、隣の羽目板の裏にはまった。女は隙間が広がったところでなかに入り……ランプを持ったまま姿を消した。

単純な仕掛けだ。ホームズも試してみた。

暗闇のなかを手さぐりで進むと、ほどなくなにか柔らかなものが顔に触れた。マッチを擦ってみると、ハンガーにかかったドレスや服でいっぱいの衣装部屋にいるのだとわかった。ホームズは衣類を掻き分け、出口の前まで来た。出口は厚い布でふさがれていた。タペストリーか、少なくともその裏側だろう。マッチが燃えつきると、古い布地のすり切れた織り目の隙間から光が漏れているのが見えた。

ホームズはのぞきこんだ。

金髪の女がそこにいた。すぐ目の前、手を伸ばせば届くところに。女はランプを消し、電灯をつけた。ホームズはそのとき初めて、明るい光のなかで彼女の顔を見たのだった。思わず震えが走った。さんざんまわり道をし、策を弄したあげくに突きとめた女の正体は、なんとクロティルド・デタンジュにほかならなかった。

クロティルド・デタンジュがドートレック男爵を殺し、青いダイヤモンドを盗んだ犯人だったとは。クロティルド・デタンジュがルパンの謎めいた女友達、金髪の女だったのだ。

《なんとまあ、とんだ大失態だ》とホームズは思った。《ルパンの女友達は金髪で、クロティルドの髪は褐色だったから、二人の女を結びつけてみようなんて思いもしなかった。クロ男爵を殺し、青いダイヤモンドを盗んだあとも、金髪の女が金髪のままでいるはずがないだろうに》

部屋の一部も見えた。明るい色の壁掛けや高価な骨董品で飾られた、女らしい上品な小部屋だった。マホガニーの長椅子が、低い壇のうえに置かれている。クロティルドはそこに腰かけ、両手で頭を抱えてじっと動かなかった。しばらくすると、彼女は泣いているのだとわかった。大粒の涙が青白い頬をつたい、口もとからビロードの部屋着にぽたぽたと滴っている。汲めども尽きぬ泉のように、涙はあとからあとからあふれ出た。なんとも悲しい光景だった。ゆっくりと流れ落ちる涙は、暗い絶望とあきらめを物語っている。

彼女の背後でドアがあき、アルセーヌ・ルパンが入ってきた。

二人は黙っていつまでも見つめ合っていた。やがてルパンはクロティルドの前にひざまずくと、胸に頭をもたせかけ、体に腕をまわした。ルパンは彼女をそっと抱きしめた。そこには深い慈しみと、大きな哀れみがこもっていた。二人はじっと動かなかった。やさしい沈黙が彼らをひとつにしていた。クロティルドはさっきほど泣いていないようだ。

「きみを幸せにしてやりたいと、どんなにか願ったことだろう」とルパンはささやいた。

「わたしは幸せです」

「いいや。だって、泣いていたじゃないか……きみの涙を見るのがつらいんだ、クロティルド」

悲しみに沈みながらも、クロティルドはこの心地よい声の響きに身をまかせ、希望と幸福を求めて一心に耳を傾けるのだった。彼女の顔がかすかにほころんだ。けれどもそれは、なんとも悲しげな笑顔だった。ルパンは哀願するように言った。

「悲しまないで、クロティルド。悲しんではいけない。悲しみはきみにふさわしくない」

彼女はほっそりとしてしなやかな白い手を掲げ、重々しく言った。

「これがわたしの手である限り、悲しみ続けるでしょうね、マクシム」

「どうして？」

「だって、人殺しの手ですもの」

ルパンは叫んだ。

「そんなこと口にしてはいけない。考えてもいけないよ……すんだことはしかたない。過去はどうでもいいんだ」

そして彼は、ほっそりとした青白い手に口づけをした。クロティルドは明るい笑顔を取り戻し、ルパンを見つめていた。彼が口づけするたびに、恐ろしい記憶が少しずつ消えていくような気がした。

「愛して欲しいんです、マクシム。だって、わたしほどあなたを愛している女はほかにいないから。あなたに喜んでもらいたい、その一心でやってきました。これからもそうするつもりです。あなたに命じられなくても、あなたの密《ひそ》かな願いを汲み取って。本能や良心に反することだってやってのけるわ。抗《あらが》う術《すべ》などありません……何も考えず、ただ黙々と行なうだけ。だってそれがあなたの役に立ち、あなたが望むことなのだから……いつでもまた、始める準備はできてます……明日だろうと……もっと先だろうと」

するとルパンは苦しげに言った。

「ああ、クロティルド、ぼくの危険な人生に、どうしてきみを巻きこんでしまったんだろう？　五年前にきみが愛したマクシム・ベルモンのままでいるべきだったのに。きみに見せてはいけなかったんだ……もうひとりのこんなぼくを」

彼女は小さな声で答えた。

「もうひとりのあなたも愛しているわ。後悔はしていません」

「いや、きみは昔のように、大手をふっておもてを歩ける暮らしを懐かしんでいるはずだ」

「あなたさえそばにいてくれたら、何も惜しくはありません」と彼女は熱っぽい口調で言った。「あなたを見ていれば、過ちも罪も忘れられる。あなたから離れていた不安も、自分の行ないに恐れおののき、涙を流したことも、ものの数ではなくなってしまう。あなたの愛がすべてを消し去り……どんなことでもわたしは受け入れる……だから、愛して欲しいんです」

「愛しているとも、クロティルド。でも、きみが求めるからじゃない。ただ心の底から、きみが恋しいからだ」

「嘘じゃないのね？」と彼女は、信頼しきったように言った。

「自分の気持ちに嘘はつかないさ。きみに嘘をつかないように。ただ、ぼくの暮らしは波瀾万丈だからね、いつも好きなだけきみのために時間をさくことができないんだ」

クロティルドはたちまちうろたえた。

「どういうこと？　またなにか、危険が迫っているの？　さあ、話して」

「いやなに、まだ深刻なことではないんだが、それでも……」

「それでも？」

「あいつがぼくらのあとを追っている」

「ホームズが？」

「そう、ハンガリー料理店の一件で、ガニマールをよこしたのもあいつだ。昨晩、シャルグラン通りで二人の警官を見張りに立たせたのもね。間違いない。ガニマールは今朝、あの家を捜索した。そのとき、ホームズもいっしょだったんだ。それに……」

「それに？」

「実はもうひとつ、気になることがある。手下のひとり、ジャニオの姿が見えないんだ」

「管理人の？」

「そう」

「今朝、彼をシャルグラン通りの家にやったのはわたしなのよ。ポケットから落ちた柘榴《ガーネ》石《ット》を拾わせるために」

「きっとホームズにつかまったんだ」

「そんなはずないわ。柘榴石《ガーネット》は、平和《ラ・ペ》通りの宝石商に届いていたのに」

「だったら、そのあとジャニオはどうなったんだろう？」

「怖いわ、マクシム」

「怖いことなんかないさ。でも、ここはひとつ警戒しなければ。やつは何をつかんでいるんだろう？　どこに隠れているんだ？　ホームズの強みは、単独行動をしている点だ。裏切られる心配がないからな」

「どうするつもり？」

「できるだけ慎重にふるまおう、クロティルド。前々から、住まいを変えようと思っていたんだ。きみも知っている、あの難攻不落の隠れ家に移ることにする。ホームズが乗り出してきたからには、急がねば。ひとたび尻尾をつかまれたら最後、あいつは徹底的に追いかけてくる男だ。準備はすべて整っている。引っ越しはあさっての水曜日。昼には終わっているだろう。二時になったらわれわれの住まいから最後の痕跡を消し去って、ぼくもその場をあとにする。なかなかの大仕事になるが、それまでは……」

「それまでは？」

「お互い会わないようにしよう。誰にもきみを見られてはならないからね、クロティルド。一歩も外に出るんじゃないよ。自分のことなら、何も心配していないさ。でもきみのことは、心配でたまらないんだ」

「ホームズの手がわたしのところまで伸びるなんて、ありえないわ」

「あの男なら、どんなことだってありえるさ。だからぼくは警戒しているんだ。昨日、きみのお父さんに危うく見つかりそうになったけれど、ぼくは古い台帳がしまってある戸棚を調べていた。あの書類は危険だからね。危険はいたるところにある。闇のなかを敵がうろつき、じわじわと近づいてくるのがぼくにはわかるんだ。感じるんだよ、敵がぼくたちをうかがい……網を張るのがね。こういう直感は、決してはずれたことがない」

「それなら、早く行ったほうがいいわ。わたしの涙はもう忘れて。しっかりするから大丈夫よ。危険が去るまで待っています。さよなら、マクシム」

クロティルドはいつまでもルパンを抱きしめていた。そして自分のほうから、彼を外に押しやった。遠ざかる二人の声が、ホームズの耳に届いた。

ホームズは大胆にも、控えの間に足を踏み入れた。昨晩から続く高揚感で、ともかくなにかしないではいられない気分だった。部屋の端にある階段をおりようとしたとき、階下から話し声が聞こえた。それなら、環状の廊下をたどるほうが得策だろう。廊下から、もうひとつ別の階段をくだったところで、ホームズはびっくり仰天した。なんと家具の形と配置に見覚えがある。半開きになったドアから大きな円形の部屋に入ると、そこはデタンジュ氏の書庫だった。

「こいつはすごい」と彼は小声でつぶやいた。「これですべてわかった。クロティルドの部屋、つまりは金髪の女の部屋は、隣に建っているアパルトマンの一室とつながっていたんだ。隣の建物は、玄関が別のむきについている。マルゼルブ広場ではなく、その脇を走っている通りだ。たしか、モンシャナン通りとかいう……大したもんだ。家にこもってばかりだという噂のクロティルド・デタンジュは、こうやって恋人のもとへ通っていたわけか。昨日の晩、書庫の回廊にいたぼくのすぐそばに、いきなりアルセーヌ・ルパンがあらわれた仕掛けもわかったぞ。隣のアパルトマンと書庫のあいだに、もうひとつ通路があるのだろう……」

そしてホームズはこう続けた。

「またしてもからくり屋敷か。これもまた、建築家デタンジュの設計によるのだろう。せっかくここまで来たのだから、戸棚の中味を調べるとしよう……ほかのからくり屋敷についても、なにかわかるかもしれない」

ホームズは回廊にのぼると、手すりにさがっている布の陰に隠れ、夜が更けるのを待った。やがて召使いがやってきて、電灯を消した。一時間後、ホームズは懐中電灯を灯して戸棚の前へ行った。

はたしてそこには、建築に関する古い書類が詰まっていた。資料や見積書、会計簿もある。奥には古いものから順に、帳簿もずらりと並んでいる。

ホームズは、ここ数年の帳簿を次々にひらき、まずは目次のページ、特にH《アッシュ》の項を調べた。そしてとうとう、Hで始まるアルマンジェアの名を見つけ出した。ルルー兄弟が借りている、シャルグラン通りの家の持ち主だ。参照ページは六十三とある。彼はすぐにページをめくった。

アルマンジェア、シャルグラン通り四十番

その下に、注文主の要望で建物に暖房設備を取りつける工事の内訳が記されている。余白には次のようなメモ書きがあった。

M・B関連書類を参照

「よし、わかった」とホームズはつぶやいた。「M・B関連書類か……これを見つければいいのか。そうすれば、ルパンが今住んでいる場所がわかるぞ」

帳簿の山からようやくこの書類を見つけ出したとき、もう夜が明けていた。

書類は十五ページにもわたっていた。一ページ目はシャルグラン通りのアルマンジェア氏宅に関する資料の写し。二ページ目はヴァティネル氏が所有するクラペロン通り二十五番——ドティナン弁護士の部屋がある建物だ——で行なわれた工事の内訳。三ページ目、四ページ目はそれぞれアンリ＝マルタン大通り百三十四番のドートレック男爵邸とクロゾン家の城館の資料。残りの十一ページは、そのほかさまざまなパリの家主に関するものだった。

ホームズは十一人の名前と住所を書き写し、すべてもとの場所に戻すと、窓をあけて人《ひと》気《け》のない広場に飛びおりた。もちろん、よろい戸を閉めておくのも忘れなかった。

彼はホテルの部屋に戻ると、いつものようにもったいぶったようすでパイプに火をつけ、紫煙をくゆらせながら、M・B関連書類……つまりはマクシム・ベルモンことアルセーヌ・ルパン関連書類から引き出し得る結論を検討した。

八時になると、ガニマールに次のような速達を出した。

今日の午前中、ペルゴレーズ通りの貴殿宅に立ち寄り、ある人物を引き渡したいと思います。その人物の逮捕は、きわめて高い重要性を有します。いずれにせよ、今晩から明日午前中までは自宅で待機されるようお願いします。三十名ほど、人員を用意しておいてください……

それから大通りに出て、タクシーを一台みつくろった。運転手の、ちょっと間の抜けた、陽気で人のよさそうな顔が気に入った。マルゼルブ広場へ車をむかわせ、デタンジュ邸の五十歩ほど先まで行った。

「ここでとめて」と彼は運転手に言った。「風が冷たいから、毛皮の襟を立てて、しばらく待っていてくれたまえ。一時間半したらエンジンをかけておくように。ぼくが戻ったら、すぐにペルゴレーズ通りへむかうんだ」

ホームズはデタンジュ邸の前まで行くと、最後にもう一度よく考えた。ルパンは引っ越しの準備を終えようとしているのに、こんなふうに金髪の女にかかずらうのは間違いじゃないだろうか？　書き写してきた住所リストから、まず敵の居所を突きとめるのが先決なのでは？

《いや、なに》とホームズは思った。《金髪の女さえつかまえれば、こちらが優位に立てるんだ》

彼は呼び鈴を押した。

デタンジュ氏はすでに書庫で待っていた。二人は仕事にかかった、そのあいだにもホームズはクロティルドの部屋にむかう口実を探していた。やがて彼女が入ってきて、父親におはようと声をかけ、小サロンに腰かけ書き物を始めた。

ホームズのいる位置から、クロティルドの姿がよく見えた。テーブルに身をのり出し、ときおりペンを宙でとめてはもの思わしげに考えこんでいる。ホームズは機会をうかがって本を一冊手に取ると、デタンジュ氏にこう言った。

「この本は、お嬢様に頼まれていたものです。見つけしだい、お持ちするようにと」

そして小サロンへむかうと、父親の目をさえぎるようにしてクロティルドの前に立った。

「新しい秘書のシュティックマンです」

「あら」と彼女は、ペンを走らす手を休めずに言った。「それじゃあ父は秘書を替えたんですか？」

「ええ、お嬢様。ところで、あなたにお話があるのですが」

「おかけください。もう終わりますから」

彼女は二言、三言手紙に書き加えると、サインをして封をした。書類を片づけ、仕立屋に電話をかけて、旅行用のコートが急いで必要になったので早めに仕上げて欲しいと連絡すると、ようやくホームズのほうにむきなおった。

「それじゃあ、うかがいましょうか。でも、父の前では話せないようなことなのでしょうか?」

「ええ、お嬢様、大きな声を出さないようにお願いします。お父上には、いっさい聞かれないほうがいいでしょう」

「誰にとっていいのですか?」

「あなたにとってですよ、お嬢様」

「父に聞かれて困るようなお話はしたくありません」

「しかし、ぜひともしていただかないと」

二人は同時に立ちあがり、睨《にら》み合った。

やがてクロティルドが口をひらいた。

「それなら、どうぞ」

ホームズは立ったまま切り出した。

「細かな点で間違いがあったら、お許しください。でも請け合って、これからお話しする出来事は大筋で正確なはずです」

「余計なことはけっこうですから、事実だけをお願いします」

いきなりこんなふうにさえぎるなんて、警戒しているな、とホームズは思った。

「いいでしょう。それでは本題に入ります」と彼は続けた。「今から五年前、たまたまお父上はマクシム・ベルモンさんという青年と知り合われました。彼は建築業者か……建築家とでも自己紹介したのでしょう。はっきりしたことは、わかりかねますがね。ともあれお父上は、この青年のことが気に入りました。健康状態がすぐれず、仕事に専念できなくなったお父上は、古くからの顧客から頼まれた仕事をいくつか、ベルモンさんに任せることにしました。彼ならこなせるだろうと思った仕事をね」

ホームズはそこで言葉を切った。女の青白い顔が、いっそう色を失ったように思えた。それでも彼女は落ち着きはらって、こう言った。

「何のお話かわかりませんわ。だいいち、それがわたしとどんな関係があるんでしょうか？」

「それが大ありなんですよ。つまりマクシム・ベルモンの本名は、アルセーヌ・ルパンだってことです。あなたもわたしも、よく知ってのとおりね」

クロティルドはぷっと吹き出した。

「まさか、アルセーヌ・ルパンですって？　マクシム・ベルモンがアルセーヌ・ルパン？」

「ええ、つつしんでそう申しあげましょう。遠まわしな言い方ではおわかりいただけないなら、単刀直入につけ加えます。アルセーヌ・ルパンはみずからの計画を達成するため、この家でひとりの女友達を見つけました。いや、それ以上の存在を、どんな命令にも従う……ひたすら献身的な共犯者を」

クロティルドはさっと立ちあがったが、その顔は無表情だった。少なくともホームズが驚くくらい、感情を押し殺している。

「どうしてそんな話をなさるのか知りませんが」彼女はきっぱりとした口調で言った。「それに知りたくもありませんが、これ以上何もおっしゃらずに、ここから出ていってください」

「わたしだっていつまでも、あなたの前でねばっているつもりはありませんよ」とホームズは、彼女に劣らず悠然と答えた。「ただ、ひとりではこの屋敷から出ていくまいと心に誓ったものですから」

「それじゃあ、どなたといっしょに？」

「あなたです」

「わたしですって？」

「ええ、そう、わたしたちはいっしょにここから出ていくのです。あなたはわたしのあとをついて来る。文句ひとつ言わず、黙ってね」

この場面でなんとも奇妙なのは、敵対する二人が落ち着きはらっている点だろう。彼らの態度や口調は、意志と意志とが激しくぶつかり合う熾烈《しれつ》な争いというより、意見を異にする二人が慇懃《いんぎん》に話し合っているかのようだ。

小サロンの出入口から覗くと、円天井の書庫でデタンジュ氏がせっせと本の整理をしているのが見える。

クロティルドは軽く肩をすくめ、また腰をおろした。ホームズは懐中時計を取り出した。

「今、十時半です。五分後に出かけましょう」

「いやだと言ったら？」

「そのときはお父上のところへ行き、お話しします……」

「何を話すんですか？」

「真実をです。マクシム・ベルモンの偽りの人生について。それから、彼の共犯者の二重生活について」

「彼の共犯者？」

「ええ、金髪の女と呼ばれている人物、かつて金髪だった人物です」

「どんな証拠を示すつもりですか？」

「お父上をシャルグラン通りの家へお連れして、秘密の通路を見せますよ。仕事を任されたルパンが、部下に命じて四十番と四十二番の建物のあいだに作らせた通路です。あなたがた二人はおとといの晩、それ使ってこっそり出ていったんですよね」

「ほかには？」

「ドティナン弁護士の家にも連れていきましょう。あなたとルパンがガニマールから逃れるために使った裏階段を、いっしょにおりてみます。隣の建物に通じる、同じような秘密の通路があるでしょう。それも捜してみましょうか？　玄関がクラペロン通りではなく、バティニョル大通りに面している建物ですよ」

「ほかには？」

「お父上をクロゾン家の城館にお連れします。お父上は城の改修時、アルセーヌ・ルパンがどんな工事をしたのかよくご存じですからね、彼が部下に作らせた秘密の通路を、すぐに見つけてくれるでしょう。深夜、その通路から金髪の女が伯爵夫人の部屋に忍びこみ、暖炉のうえにあった青いダイヤモンドを盗んだことを証明してくれます。さらに二週間後、今度はブライヒェン領事の部屋に忍びこんで、歯磨き粉の瓶に青いダイヤモンドの偽物を隠したことも……どうしてそんなことをしたのか、正直よくわかりません。女性らしい、ちょっとした意趣返しなのかもしれませんが、それはまあどうでもいいでしょう」

「ほかには？」

「そうですね」とホームズは、いっそう重々しい声で続けた。「お父上をアンリ＝マルタン大通り百三十四番にもお連れして、どのようにドートレック男爵が……」

「やめてください。それ以上は、おっしゃらないで」女は突然、怯《おび》えたように言った。

「まさかあなたは……わたしが犯人だとでも……」

「ええ、あなたがドートレック男爵を殺した犯人です」

「いいえ、違う。言いがかりだわ」

「あなたは青いダイヤモンドを盗むため、アントワネット・ブレアの名で男爵の付き添い係になりました。そして彼を殺したんです」

クロティルドはうちひしがれ、またしても小さな声で、哀願するように言った。

「お願いですから、もう何も言わないで。あなたは事情をよくご存じのようですから、わたしには男爵を殺すつもりなんかなかったということも、おわかりのはずです」

「わたしだって、あなたが故意に殺したとは言ってませんよ。ドートレック男爵はときおり、狂気の発作にかられることがありました。それに対処できるのはシスター・オーギュストだけだったと、本人から直接うかがいました。あの晩、シスターが留守をしているあいだに、男爵はあなたに襲いかかったのでしょう。そして小競り合いの末、あなたは身を守るために男爵を刺してしまったんです。恐ろしくなったあなたは思わず呼び鈴のボタンを押し、盗むつもりだった青いダイヤモンドを男爵の指から抜き取るのも忘れて逃げ出しました。そのあと、ルパンの手下で、隣家の召使いをしている男といっしょに戻ると、男爵をベッドに寝かせて、部屋を片づけました……しかし青いダイヤモンドを盗むことは、どうしてもできなかったのでしょう。それでも男爵を刺し殺したのは、やはりあなたの手なんです」

クロティルドは白いほっそりとした手を額のうえで組み、いつまでもじっとしていた。それからようやく指をほどくと、苦悩に満ちた顔をあらわにして、こう言った。

「今の話をすべて、父にするおつもりですか?」

「ええ。金髪の女と会っているジェルボワ嬢、アントワネット・ブレアと会っているシスター・オーギュスト、ド・レアル夫人と会っているクロゾン伯爵夫人が証人だということもね。すべてお父上にお話しします」

「できるはずないわ」クロティルドは迫りくる危険を前にしながら、再び平静を取り戻した。

ホームズは立ちあがって、書庫のほうへ一歩踏み出した。それをクロティルドが呼びとめる。

「待ってください」

彼女は落ち着いたようすで、静かにたずねた。

「あなたはシャーロック・ホームズさんですね」

「ええ」

「わたしをどうするつもりなんですか？」

「どうするつもりかって？　わたしはアルセーヌ・ルパンに決闘を挑みました。どうしても、勝たねばなりません。それに、いつまでも決着を遅らせるわけにはいきませんからね。あなたのような貴重な人質が手に入れば、敵に対してとても有利になるだろうと思うのです。ですから、いっしょに来ていただきましょう。信頼できる友人に、あなたをあずけておきます。目標が達せられたら、すぐさま自由の身にいたしますよ」

「それだけですか？」

「それだけです。わたしはフランス警察の一員ではありません。したがって、できようはずもないんです……罪人を捕まえることなど」

彼女は心を決めたようだ。それでも、あともう少し待って欲しいと言って目を閉じた。ホームズは女をじっと見つめた。どんな危険が待っていようと心配していないかのように、穏やかな顔つきだった。

《そもそも彼女は、身の危険さえ感じていないのではないか》とホームズは思った。《そう、ルパンが守ってくれるからと。ルパンがついていれば、何も怖くない。ルパンなら、どんなことでもできる。ルパンは無敵なのだと》

「さあ、五分のはずでしたよね。もう三十分以上たっていますよ」とホームズは言った。

「部屋に戻って、身のまわりのものを取ってきてもいいでしょうか」

「どうぞ。わたしはモンシャナン通りで待っていましょう。管理人のジャニオとも親しいんでね」

「まあ、ご存じなんですか……」と彼女は、見るからに怯えたように言った。

「ええ、知ってますよ、いろんなことをね」

「そのようですね。では、呼び鈴を鳴らすことにします」

彼女は帽子と服を持ってこさせた。

「お父上に、出かける理由を説明しなければなりません。もしかしたら、何日間も留守にするかもしれませんから、それ相応の理由でないと」

「ご心配にはおよびません。すぐに戻りますから」

二人はにこやかだが皮肉っぽい目で、再び睨み合った。

「ずいぶんと彼を信頼しているんですね」とホームズは言った。

「ええ、何も疑っていません」

「彼のすることはすべて正しいってわけですか？　彼が望むことはすべて実現する。あなたはそれを丸ごと受け入れ、彼のためならなんでもする覚悟があると」

「愛していますから」彼女は情熱に身を震わせながら言った。

「彼が助けてくれると信じているんですね？」

クロティルドは肩をすくめると、父親のそばへ歩み寄り、こう告げた。

「シュティックマンさんをお借りするわ。いっしょに国立図書館へ行くので」

「昼食には戻ってくるかい？」

「ええ、おそらく……もしか遅くなっても、心配しないでね」

それからホームズにむかって、きっぱりとした口調で言った。

「さあ、まいりましょう」

「おかしなことは考えていないでしょうね」

「あなたの意のままです」

「もし逃げようとしたら、大声で助けを呼びますからね。そうしたら捕まって、牢屋行きですよ。金髪の女には逮捕状が出ているってことをお忘れなく」

「逃げようとなんかしないと、名誉にかけて誓います」

「よろしい。では、行きましょうか」

こうしてホームズの予告どおり、ふたりは連れだって屋敷をあとにした。

マルゼルブ広場で、タクシーが先ほどとは反対方向をむいて待っていた。運転手の背中と、毛皮の襟にほとんど隠れた帽子が見える。近づくと、エンジンの音が聞こえた。ホームズはドアをあけてクロティルドをのせ、自分もその隣に腰かけた。

車はいきなり動き出して、環状道路からオッシュ大通り、グランド＝アルメ大通りを抜けた。

ホームズは計画を練っていた。

《ガニマールは自宅にいる……女は彼にあずけよう……女の正体を明かすべきだろうか？　いや、そんなことをしたら、彼女はたちまち留置場に入れられ、なにもかも台なしだ。彼女をあずけてひとりになったら、M・B関連書類にあったリストをもとに獲物を狩り出そう。今夜か、遅くとも明朝には、約束どおりガニマールの家へ行き、ルパンとその一味を引き渡すぞ……》

ホームズは満足げに両手をこすり合わせた。ようやく目的が達せられようとしている。ここまで来れば、もう大丈夫だ。彼はいつになく饒舌に、胸のうちを語らずにはいられなくなった。

「こんなに嬉しそうな顔を見せてしまい、申しわけありません。なにしろつらい闘いだったものですから、勝利の喜びもひとしおなんです」

「正々堂々と勝ったのですから、存分にお喜びになってください」

「それはどうも。おや、なんだか妙な道を走っているぞ。運転手が行先を聞き間違えたのかな」

そのとき車はヌイイ門からパリを出るところだった。どういうことなんだ？　ペルゴレーズ通りは城壁跡の外ではないはずなのに！

ホームズはガラスの仕切りをさげて、運転手に声をかけた。

「おい、きみ、道が違うぞ……ペルゴレーズ通りに行くんだ」

返事はない。ホームズは大声で繰り返した。

「ペルゴレーズ通りへ行けと言ってるんだ」

それでも運転手は何も答えなかった。

「おい、聞こえないのか？　どういうつもりなんだ？　こんなところに用はない。ペルゴレーズ通りにさっさと引き返せ」

運転手は沈黙を続け、ホームズは不安でいっぱいになった。クロティルドに目をやると、その口もとには、謎めいた笑みが浮かんでいる。

「どうして笑うんです？」彼は咎めるように言った。「こんなことがあったからといって、何も変わりません……大勢《たいせい》に影響はありませんからね」

「ええ、何もね」とクロティルドは答えた。

ホームズははっと気づいた。あわてふためいたように腰を浮かせ、運転席の男に目を凝らす。前より肩幅が狭く、動作がきびきびしているようだ……全身に冷汗が吹き出し、両手が震えた。そして恐ろしい確信がホームズを捉えた。間違いない、この男はアルセーヌ・ルパンだ！

「さて、ホームズさん。いかがですか？　こんなドライブも悪くないのでは？」

「たしかにね。いや、じつに気持ちがいい」とホームズは言い返した。

今にも激昂しそうなのを悟られないよう、声も震わせなかった。このときほど気力をふり絞って、自分を抑えたことはない。けれどもその反動で、怒りと憎しみがたちまち堰《せき》を切ってあふれ出した。ホームズはわれを忘れて銃を抜くと、クロティルドに突きつけた。

「今すぐ車をとめろ、ルパン。さもないと、この女を撃つぞ」

「こめかみを撃ち抜きたいなら、頬を狙うことですね」とルパンはふり返りもせずに言った。

「マクシム、スピードを出しすぎないでね。道が滑りやすいわ。わたし、とても怖がりなんだから」とクロティルドも言い添える。

「とめろ、とめるんだ」ホームズは怒り狂っていた。「いいか、どうなっても知らないぞ」

銃身がクロティルドのカールした髪に触れた。

「マクシムときたら、むちゃなんだから。こんな猛スピードじゃ、きっとスリップしてしまうわ」

ホームズは銃をポケットにしまうと、ドアの取っ手をつかんだ。無謀な行為だとはわかっていたが、車から飛びおりるつもりだった。

するとクロティルドが言った。

「危ないわ。うしろから車が来ますよ」

ホームズは身を乗り出した。たしかに車が一台、ついて来る。血のように真っ赤な色の、大きくて先の尖った獰猛《どうもう》そうな車だった。革のコートを着た四人の男がのっている。

《なるほど、護衛つきってわけか。それじゃあ、むきになってもしかたないな》

ホームズはそう思って腕組みをした。どうやらツキが変わったらしい。それならここは潔く負けを認め、次のチャンスを待とうというわけだ。そして車がセーヌ川を渡り、シュレーヌ、リュエーユ、シャトゥーを走り抜けるあいだも、彼はじっと怒りをこらえ、ただ黙ってもの思いにふけっていた。いったいどんな奇跡で、アルセーヌ・ルパンは運転手とすり替わったのだろう？　ホームズの頭には、もはやそのことしかなかった。今朝、大通りで選んだ、人の好《よ》さそうな男が、あらかじめ配備されたルパンの手下だったとはとうてい考えられない。しかしルパンは、ホームズの意図を察知していた。だとすればそれを知ったのは、ホームズがクロティルドを脅し始めたあとということになる。それまでは、誰ひとり彼の計画に感づいていなかったはずだから。いつ知らせたんだろう？　クロティルドから、ずっと目を離さなかったのに。

そのとき、ホームズははっと思い出した。クロティルドは仕立て屋に用事があるので、電話をかけたいと言ったではないか。そうか、そういうことだったんだ。クロティルドはホームズが本題に入る前から、デタンジュ氏の新しい秘書としてお話があると告げただけで危険を感じ取り、相手の正体と意図を見抜いたのだろう。そしてちょっとした用事を片づけているように、さりげなくふるまいながら、ルパンに助けを求めたのだ。出入りの商人と話しているふりをし、打ち合わせどおりの合言葉を使って。

ルパンはどうやって駆けつけたのか、エンジンをかけたままとまっている車が怪しいと、どうしてわかったのか、どのようにして運転手を買収したのか、それはこの際大した問題ではない。ホームズは怒りを忘れるほど、心から感嘆していた。なるほど、あの瞬間、恋しているとは言えただの弱い女が、興奮を抑えて本能に打ち勝ち、顔色ひとつ変えずまっすぐ前を見すえて、名探偵と謳《うた》われたシャーロック・ホームズを騙したのだ。

こんなに頼もしい味方のいる男と、どう闘ったらいいのだろう？　その威光だけで、ひとりの女をこれほど大胆に、力強くさせる男と。

車は再びセーヌ川を渡り、サン＝ジェルマンの丘をのぼった。しかし町の五百メートル手前で、車はスピードを緩めた。うしろを走ってきた車が追いつき、二台ともとまった。あたりに人影はない。

「ホームズさん」とルパンが言った。「車を乗りかえていただけますか。この車はのろくていけません……」

「そりゃ、かまわないが」どうせ選択の余地はないのだからと、ホームズは素直に受け入れた。

「この毛皮のコートも着ていただきましょう。ちょっとばかりスピードを出さねばならないんでね。それから、サンドイッチをお二つどうぞ……いえいえ、遠慮なさらずに。いつ夕食になるかわかりませんから」

四人の男たちは、車からおりていた。なかのひとりが近づいてくる。顔を隠していたゴーグルをはずすと、ハンガリー料理店にいたフロックコートの男だとわかった。ルパンは彼に言った。

「こっちの車を運転して、タクシー運転手に返してくれ。ルジャンドル通りの右側にある、最初のワイン販売所で待っているはずだから。約束した残金の千フランも払ってやれよ。そうそう、忘れるところだった。ホームズさんにゴーグルをお渡ししろ」

ルパンはクロティルドと何か話していたが、やがて運転席につき、ホームズを隣に、手下のひとりをうしろにのせて走り出した。

《ちょっとばかりスピードを出さねばならない》とルパンが言ったのは、決して誇張ではなかった。いきなり、目もくらむような速さになった。この世ならぬ力で引き寄せられるかのように、地平線がぐんぐん迫ってきたかと思うと、次の瞬間にはもう淵に呑みこまれるかのごとく姿を消した。木々や家、平野や森も、断崖を流れ落ちる急流さながら、たちまち背後へ走り去る。

ホームズとルパンはひと言も言葉を交わさなかった。規則正しく並ぶポプラの木が、二人の頭上で響かせるリズミカルな葉音は、まるで大きな潮騒のようだ。マント、ヴェルノン、ガイヨン。いくつもの町が背後に消えていく。丘から丘、ボン＝スクールからカントルー。ルーアンとその郊外、港、数キロにわたる河岸。それすらも、小さな村の通りを走り抜けたくらいにしか感じられなかった。デュクレール、コードベックをすぎて、コー地方の波打つ大地を飛び出し、リール＝ボンヌ、キュブッフを越えると、突然セーヌ川に沿った小さな波止場の端に着いた。飾り気のない、頑丈そうな小型船が横づけされ、煙突から黒い煙をもくもくと吐き出している。

車はとまった。二時間で百六十キロ以上走ったことになる。青い上着を着て、金モールの帽子をかぶった男がやって来て、挨拶をした。

「ごくろう、船長」とルパンは声をかけた。「電報は受け取ったね？」

「受け取りました」

「ツバメ号の準備は？」

「大丈夫です」

「それではホームズさん」

ホームズは周囲を見まわした。カフェのテラスにたむろしている連中がいる。もっと近くにも、さらに何人かいるのを見て、彼は一瞬ためらった。これでは下手に逆らっても、さっさと取り押さえられて、船倉の奥にでも放りこまれるのがおちだ。そこで彼はおとなしくタラップを渡り、ルパンのあとについて船長室に入った。

部屋は広々して、きれいに片づいていた。羽目板のニスと銅が明るく輝いている。

ルパンはドアを閉めると、ぶっきらぼうな口調でいきなりこう切り出した。

「要するに、どこまで知っているんだ？」

「何もかも」

「何もかもだって？　具体的には？」

ルパンの口ぶりは、それまでホームズに示していた少し皮肉っぽい慇懃さはもはや感じられなかった。それは主人として命令することに慣れている男の、高圧的な口調だった。誰もが目の前にひれ伏すと思っている。たとえシャーロック・ホームズであろうと。

二人は互いの力量を推し量るかのように、じっと睨み合った。今や彼らは激しい敵意をあらわにしていた。ルパンは少し苛立ちぎみにこう続けた。

「ホームズさん、あなたにはさんざん邪魔をされている。それもこれも、余計な手出しばかりだすよ。あなたが仕掛ける罠の裏をかくので時間の無駄をするのは、もうたくさんなんです。だから言っておきますが、そちらの出方しだいで、わたしにも考えがありますからね。それで、どこまで知っているんです？」

「何もかもだ。さっきも言ったようにね」

ルパンはじっと怒りを抑え、とぎれとぎれの声で言った。

「それなら、あなたがどこまで知っているか、こちらから言ってやろう。まず第一に、デタンジュさんが建てた十五軒の建物に、わたしがマクシム・ベルモンの名で改装を施したこと」

「そのとおり」

「十五軒の建物のうち、四軒はわかっている」

「そうだ」

「残りの十一軒のリストも持っている」

「ああ」

「そのリストは、デタンジュさんの書斎から見つけたんですね。おそらく、昨晩」

「いかにも」

「十一軒のうち一軒は、わたしが自分で使うため、友人たちにも使わせるために取ってあるだろう。そう思ったあなたはわたしの隠れ家を見つけ出そうとガニマールに捜査を頼んだんですね？」

「いいや」

「というと？」

「わたしはひとりで動いている。隠れ家を見つけるのもひとりでやるつもりだった」

「それなら、こっちは何も心配はないわけだ。あなたを捕まえているのだから」

「何も心配ないさ。わたしが捕まっているかぎりはね」

「つまり、いつまでも捕まっていないと？」

「まさしく」

ルパンはホームズのほうににじりよると、そっと肩に手をかけた。

「いいですか、ホームズさん。議論するつもりはありません。お気の毒だが、あなたにはわたしを負かすことができない。ですから、このあたりでけりをつけましょう」

「そう、けりをつけよう」

「それじゃあ、この船がイギリスの領海内に入るまでは、逃げ出そうなんて気は起こさないと誓っていただきましょう」

「何としてでも逃げ出すと誓うよ」ホームズは頑として言い返した。

「やれやれ。でもいいですか、わたしがひと言命じるだけで、あなたは手も足も出せなくなるんですよ。ここにいる男たちはみんな、わたしの命令ならどんなことでもする。わたしの合図ひとつで、あなたの首に鎖を巻き……」

「鎖なんか切ればいいさ」

「……岸から十マイルの沖で、海へ放りこんでしまいますよ」

「泳ぎは得意でね」

「見事な返答だ」とルパンは笑いながら言った。「いや、申しわけありません。少し頭に血をのぼらせすぎたようだ。お許しを……それではここらで、結論と行きましょう。わたしはみずからと友人たちの安全を守るため、必要な策を講じますが、それをお認めいただけますね？」

「お好きなように。何をしても無駄だろうが」

「いいでしょう。ともかくわたしは断固たる手に出ますが、恨みっこなしですよ」

「わが身を守るのは当然のことだからね」

「では、そういうことで」

ルパンはドアをあけると、船長と二人の船員を呼んだ。彼らはホームズを押さえつけ、体を調べたあと足を縛り、船長のベッドにくくりつけた。

「それくらいでいいだろう」とルパンは言った。「あえてこんなことをするのも、あなたがあんまり頑固だからですよ。それに状況も、いつになくせっぱつまっていますし……」

船員たちがさがると、ルパンは船長に言った。

「乗務員をひとり、ここに残して、ホームズさんのお世話をさせるんだぞ。きみもできる限りいっしょにいて、丁重におもてなしするように。捕虜ではなく、お客人なんだから。船長、きみの時計は今、何時かね？」

「二時五分です」

ルパンは自分の懐中時計と、キャビンの壁にかかっている掛け時計をたしかめた。

「二時五分だな。よし、サウサンプトンまでどれくらいかかる？」

「ゆっくり行って、九時間です」

「十一時間かけて行け。サウサンプトンを午前零時に出て、朝八時にル・アーヴルに着く定期船がある。到着はそれが出港したあとにしろ。くれぐれも頼むぞ、船長。こちらの御《ご》仁《じん》がその船でフランスに戻ってくると、とても危険なんだ。だから絶対に、午前一時前にはサウサンプトンに着いてはいかん」

「わかりました」

「それじゃあ、ホームズさん、また来年にでも。この世でか、あの世でか、それはわかりませんけれど」

「では、また明日」

ほどなく、走り去る車の音が聞こえ、突然ツバメ号の奥から蒸気の喘ぎ声が響いて、船が動き出した。

三時ごろ、船はセーヌの河口を抜け、海に出た。ベッドに縛りつけられたホームズは、そのときぐっすり眠っていた。

翌朝、十日間続いた二大巨頭の熾烈な闘いの最終日、《エコー・ド・フランス》紙に次のような愉快な記事が載った。

昨日、アルセーヌ・ルパンにより、イギリス人探偵シャーロック・ホームズに対する国外退去命令が発せられた。正午に通達されたこの命令は、その日のうちに実行に移された。かくして午前一時、ホームズはサウサンプトンに上陸した。

6　アルセーヌ・ルパン、二度目の逮捕

　朝の八時から引っ越しの車が十二台も、ボワ゠ド゠ブーローニュ大通りとビュジョー大通りに挟まれたクルヴォー通りにあふれていた。八番の建物の五階に住むフェリクス・ダヴェー氏が、アパルトマンを引きはらうところだった。同じ建物の六階と、両隣の六階をつなげて使っていた骨董品鑑定家のデュブルーユ氏も、たまたまその日――二人は面識もなく、まったくの偶然らしいのだが――家具のコレクションを運び出していた。これらの家具の取引きに、外国からも毎日のように業者が訪れていた。

　ひとつ、近所の人たちが気づいたことがあった。もっともそれが話題になったのは、あとからだったけれど。十二台の車には、運送屋の名前も住所も書かれていない。しかも乗ってきた男たちは、あたりの店でひと休みもしなかった。彼らはとてもよく働いたので、十一時にはすべて終わっていた。残っているものといえば、がらんとした部屋の隅に捨ててある紙くずやぼろきれくらいだった。

　フェリクス・ダヴェー氏は趣味のいい、流行《はやり》の服に身を包んだ青年だが、手にしている

運動用のステッキの重さからして、人並みはずれた腕力の持ち主だとわかる。彼はそっとおもてに出ると、ペルゴレーズ通りのむかい、ボワ＝ド＝ブーローニュ大通りを横切る小道のベンチに腰かけた。隣では、庶民的な身なりの女が新聞を読んでいる。シャベルで砂遊びをする子供もいた。

しばらくすると、フェリクス・ダヴェーは前をむいたまま女に話しかけた。

「ガニマールは？」

「今朝、九時に家を出ました」

「どこへ行った？」

「警視庁です」

「ひとりで？」

「はい、ひとりで」

「昨夜、電報は来なかったか？」

「ええ、一通も」

「家ではまだ、ちゃんと信用されているんだろうな？」

「大丈夫です。ガニマールの奥さんにはせっせと尽くしていますから。旦那さんの仕事のことは、なんでも話してくれます……今朝も、ずっといっしょでした」

「いいだろう。新たな命令を受け取るまでは、毎朝十一時にここへ来るように」

彼はベンチを立つと、ドーフィーヌ門の近くにある中華料理店へ行き、玉子二つと野菜、フルーツという簡素な食事を取り、クルヴォー通りの家に戻って管理人に声をかけた。

「部屋をざっと見てくる。そうしたら鍵を返すから」

書斎に使っていた部屋を最後に、点検は終わった。暖炉に沿って横から縦に、ガス管が続いている。彼はその端をつかんで銅のふたをはずすと、円錐形の小さな器具をとりつけて、ふっと息を吹きかけた。

かすかな口笛の音が答えた。管を口もとに近づけ、ささやきかける。

「そっちは誰もいないな、デュブルーユ？」

「誰もいません」

「あがっていっても大丈夫か？」

「ええ」

彼は管をもとに戻すと、心のうちでこうつぶやいた。

《人間の生活は、どこまで進歩するんだろう？　われわれの世紀は、人生を彩る魅力な発明に満ちている。ああ、楽しいことばかりだ……とりわけぼくみたいに、人生を謳歌する術《すべ》を心得ている人間にとっては》

暖炉を飾る大理石製の刳型《くりがた》をまわすと、大理石の板が動いてうえの鏡が見えない溝のうえを滑り、大きな口がひらいた。暖炉の裏に設えた階段が、その奥にのぞいている。きれいに磨かれた鋳鉄と白いタイルでできていて、とても清潔そうだった。

彼は階段をのぼって六階へ行くと、同じように暖炉のうえにあいた口の前でデュブルーユが待っていた。

「よし、片づいたな？」

「片づきました」

「すべて運び出したか？」

「ええ、すべて」

「部下は？」

「見張りに三人残してあるだけです」

「じゃあ、行くとしよう」

二人はまた秘密の階段をつたって、使用人部屋のある最上階へむかった。屋根裏部屋には、見張り役の三人がいた。なかのひとりは、窓から外に目をやっている。

「変わりはないな？」

「ありません、ボス」

「通りは静かか？」

「のんびりしたものです」

「あと十分したら、いよいよここともおさらばだ……おまえたちも引きあげろ。それまでは、少しでも怪しい動きがあったら、すぐに知らせるんだぞ」

「いつでも押せるよう、警報ベルに指をあててますよ、ボス」

「デュブルーユ、警報ベルの線に触れないよう、運送屋には言っておいただろうな？」

「ええ、ベルはちゃんと鳴ります」

「それなら安心だ」

二人はまたフェリクス・ダヴェーの部屋までおりた。ダヴェーは大理石の刳型《くりがた》をもとに戻すと、愉快そうに叫んだ。

「デュブルーユ、このすばらしい仕掛けを見つけたら、みんなどんな顔をすることやら。警報ベル、電線網、通話管、秘密の通路、動く羽目板、隠し階段……まさにおとぎの国の魔法だ！」

「アルセーヌ・ルパンにとっては、いい宣伝ですね」

「本当なら、そんな宣伝はなしにしたいんだが。これほどの設備を捨てていかねばならないのは、実に残念だ。またいちから始めねばならないんだぞ、デュブルーユ……もちろん、新型を考案してね。同じ手を使うわけにはいかないからな。ホームズめ、まったく腹が立つっ」

「戻ってきませんか、ホームズのやつ」

「どうやって戻るっていうんだ？　サウサンプトンから出る船は、午前零時発の一便だけなんだぞ。ル・アーヴルからの列車も、朝の八時発、十一時十一分着の一本だけ。やつが零時の船に乗らない限り——船長にしっかり言っておいたから、それは大丈夫だ——ニューヘヴンからディエップを経由しても、フランスに着くのは夜になるさ」

「もし戻ってきたら？」

「ホームズは決して勝負をあきらめない。もちろん、戻ってくるだろう。でも、時すでに遅しさ。われわれはやつの手の届かないところにいる」

「デタンジュ嬢は？」

「一時間後に会うことになっている」

「彼女の家で？」

「いや、数日して、ほとぼりが冷めるまで、家に帰るわけにはいかないだろう……そのころにはぼくも、彼女の心配だけしていられる。だがデュブルーユ、おまえは急げよ。荷物をすべて船に積みこむには時間がかかる。おまえには波止場で立ち会ってもらわねばならない」

「本当に見張られていないんでしょうね？」

「見張りなんかいるものか。恐ろしいのはホームズだけだ」

デュブルーユは部屋を出ていった。フェリクス・ダヴェーは最後にもう一度、あたりをひとまわりし、手紙の切れ端を二、三枚拾った。チョークにふと目をとめ、つまみあげる。

そして食堂の黒っぽい壁紙に大きな枠を描き、なかに記念プレートのようにこう書いた。

ここに二十世紀初頭の五年間、怪盗紳士アルセーヌ・ルパン居住せり。

彼はこんなささやかな悪戯を、口笛を吹きながら満足そうに見つめると、こう叫んだ。

「さあこれで、後世の歴史家たちへの義務は果たした。ここらでさっさと退散するとしょう。急ぐんだな、シャーロック・ホームズ先生。あと三分で、ぼくはこの隠れ家を出ていく。そうなれば、あなたの負けは決まりだ……あと二分。ずいぶん待たせるじゃないですか……あと一分。いらっしゃらないのかな？　しからば、汝が失権とわが栄誉をここに宣言いたしましょう。あとはここを立ち去るのみ。さらば、アルセーヌ・ルパンの王国！もう二度と、見ることはないだろう。さらば、われが君臨せし六つのアパルトマン、五十五の部屋よ。さらば、わが小部屋、つつましきわが小部屋よ！」

ところが突然ベルが鳴って、こみあげる感傷を断ち切った。耳をつんざく鋭い音は、一度鳴って中断し、もう一度鳴って止まった。警報のベルだ。

いったい何があったんだ？　予想外の危険が迫っているのか？　ガニマールだろうか？まさか、そんな……

彼は書斎に戻り、逃げることにした。その前に、まずは窓からようすを見てみよう。通りには誰もいない。すると敵は、もうなかに入ったのか？　耳を澄ますと、ざわめきが聞こえるような気がした。これ以上、ぐずぐずしていられない。書斎に駆けこもうとしたとき、玄関のドアをあけようと、鍵を差しこむ音が聞こえた。

「しまった」と彼は小声で言った。「急がなくては。建物は包囲されているだろう……裏階段は使えない。だが、暖炉なら……」

彼は刳型《くりがた》をぐっと押した。ところがまったく動かない。さらに力をこめたものの、刳型はびくともしなかった。

とそのとき、玄関のドアがあく音がして、足音が響いたような気がした。

「まずいぞ」と彼は毒づいた。「こいつに動いてもらわないと、おれはもう……」

刳型を握る手がひきつった。全体重をかけて押しても微動だにしない。信じがたい不運、恐ろしい運命の悪戯じゃないか！　さっきまでなんでもなかったのに、突然動かなくなるなんて！

彼は体を震わせ、必死の努力を続けた。それでも大理石の塊は反応なしだ。ふざけやがって！　こんな馬鹿げた障害物に道をふさがれるなんて、冗談じゃないぞ。彼は罵り声をあげながら、拳でどんどんと大理石を叩き続けた……

「おや、どうしました、ルパンさん。何かお困りごとでも？」

ルパンは恐怖のあまり総毛だって、うしろをふり返った。すると目の前に、シャーロック・ホームズがいた。

シャーロック・ホームズ！　ルパンは不気味なものでも見るかのように、目をしばたたかせながら彼を眺めた。シャーロック・ホームズが、どうしてパリに？　昨日、危険な荷物よろしく、イギリスに送りかえしたはずのシャーロック・ホームズが、落ち着きはらって、勝ち誇ったように目の前に立っている。アルセーヌ・ルパンの意志に反して、こんなありえない奇跡が起こるなんて、自然の法則が逆転し、理屈に合わない異常なものが勝利をおさめたとしか思えない。そうとも、シャーロック・ホームズが目の前にいるなんて！

ホームズが口をひらいた。皮肉っぽい、慇懃無礼な口調は、これまでさんざんルパンが彼にむけていたものだった。

「ルパンさん、まずお伝えしておこう。たった今、この瞬間から、すべて水に流すとね。ドートレック男爵邸で一夜をすごすはめになったことも、わが友ワトスン君の身にふりかかった災難も、車で連れ去られたことも、きみの命令で狭苦しいベッドに縛りつけられてすごした昨夜の船旅も、この瞬間がすべて帳消しにしてくれた。もう、忘れよう。わたしは報われた。充分、報われましたよ」

ルパンは黙ったままだった。ホームズが続ける。

「そうは思いませんか？」

彼は同意を求めるかのように、それが過去の清算書代わりだとでもいうように、じっとルパンを見つめた。

ルパンはしばらく考えこんでいたが——そのあいだ、ホームズは心の奥までのぞかれ、探られているような気がした——やがてこう言った。

「あなたがこんなふうにふるまうのも、思うにれっきとした理由があってのことなんでしょうね？」

「しかるべき理由がね」

「あなたが船長や船員の手を見事逃れたのは、われわれの闘いにとって二次的なことがらにすぎません。しかし今、わたしの前に、そう、アルセーヌ・ルパンの前にたったひとりで立っているという事実は、あなたの反撃がこのうえなく完璧なものである証《あかし》なんでしょうね」

「このうえなく完璧なものですよ」

「この建物は？」

「包囲されています」

「両隣の建物は？」

「やはり包囲されています」

「うえの部屋は？」

「デュブルーユ氏が使っていた六階の三つのアパルトマンも包囲されています」

「ということは……」

「逃げられないってことですよ。もう袋のネズミだ」

車で連れ去られたときのホームズと同じ気持ちを、ルパンは今、味わっていた。同じ激怒と憤慨を。しかし結局のところ、彼もまたホームズに劣らず潔く、正々堂々とこの事態を受け入れたのだった。伯仲した力の二人だからこそ、敗北もひとときの不運とあきらめ、甘受すべきだと。

「これでおあいこですね」ルパンはきっぱりと答えた。

ホームズはこの言葉が、よほど嬉しかったらしい。二人は黙ったままだった。やがてルパンは落ち着きを取り戻し、笑いながら続けた。

「それにわたしは、腹も立てちゃいません。連戦連勝には飽き飽きしていたんでね。このあいだまでは腕を伸ばしさえすれば、あなたの胸ぐらを取ることができたのに、今度はわたしがやられる番だ。お見事です、ホームズさん」

ルパンは心底おかしそうに笑った。

「さぞかしみんな喜ぶでしょう。ルパンは袋のネズミ。いったいどうやって抜け出すのか？　罠にかかったルパンの大冒険……ああ、あなたのおかげで、わくわくしますよ。これぞ人生の楽しみだ」

ルパンはあふれ出る歓喜を抑えるかのように、握った両手をこめかみに押しあて、はしゃぎすぎの子供みたいなしぐさをした。

彼はホームズに近寄った。

「それで、あなたは何を待っているんです？」

「何を待っているかだって？」

「ええ、ガニマールは部下を引き連れ待機している。どうしてさっさと踏みこんでこないんです？」

「入ってくるなとたのんでおいたからね」

「やつは承知したんですか？」

「わたしの指揮に従うという条件で、彼の協力を仰ぐと持ちかけたんです。それにガニマールは、フェリクス・ダヴェーがルパンの手下にすぎないと思っているし」

「それじゃあ、別のたずね方をしましょう。どうしてあなたは、ひとりで入ってきたんです？」

「まずきみと、お話ししたかったからですよ」

「これはこれは、わたしに話があるですって？」

この考えは、ことのほかルパンのお気に召したらしい。場合によっては行動よりも、言葉のほうがはるかに重んじられることがある。

「ホームズさん、残念ながらおすわりいただく椅子もありません。壊れかけた古い箱でもいいですか？　それとも窓の縁にでもよりかかりますか？　ビールでもお出しできるといいんですが……お好みは黒？　それとも淡色？　ともかく、どうぞおかけください……」

「いや、けっこう。話を始めよう」

「うかがいましょう」

「手みじかに言って、わたしがフランスにやって来たのは、なにもきみを逮捕するためじゃない。きみのあとを追うことになったのは、ほかに方法がなかったからだ。わたしの真の目的を達成するためにね」

「真の目的とは？」

「青いダイヤモンドを取り返すこと」

「青いダイヤモンドですって」

「いかにも。ブライヒェン領事の歯磨き粉の瓶から見つかったのは、模造品だったからね」

「たしかに、本物は金髪の女によって持ち去られました。そしてわたしは、そっくりの偽物を作らせた。伯爵夫人の宝石は、ほかにもいただくつもりでしたし、ブライヒェン領事はすでに疑われていましたから。金髪の女は自分から疑いをそらすため、偽のダイヤモンドを領事の荷物に隠したというわけです」

「そして本物は、きみが持っている」

「もちろん」

「それが必要なんだ」

「申しわけありませんが、そうはいきません」

「でも、クロゾン伯爵夫人に約束したんでね。手に入れますよ」

「わたしが持っているのに、どうやって？」

「きみが持っているからこそ、手に入れられるのさ」

「わたしが返すとでも？」

「ああ」

「みずから進んで？」

「買い取るんです」

ルパンはぱっと顔を輝かした。

「さすがはイギリスのお方だ。取引きするおつもりとは」

「そう、取引きをね」

「そちらからは何を？」

「デタンジュ嬢の釈放」

「釈放ですって？　でも彼女が逮捕されたなんて、聞いていませんけどね」

「わたしがガニマールに、必要な指示を与える。きみの保護がなければ、彼女も捕まるだろう」

ルパンは再び大笑いした。

「ホームズさん、あなたは持ってもいないもので、取引きしようっていうんですか。デタンジュ嬢は安全だ。何の心配もありません。ですから、ほかのものをもらわないと」

ホームズは頬骨のあたりを少し赤らめ、見るからに困惑したようすでためらっていたが、いきなり相手の肩に手を置いた。

「だったら……」

「わたしの釈放ですか」

「いや……まあ、ちょっとこの部屋を出て、ガニマールと打ち合わせてくるので……」

「そのあいだによく考えろと?」

「そういうことだ」

「ああ、そんなことしたって、何にもなりません！　このいまいましい仕掛けが動かないのに」とルパンは言って、腹立ちまぎれに暖炉の刳型《くりがた》を押した。

彼は驚きの叫びを抑えた。何の気まぐれか、今度は思いがけずチャンスがめぐってきたらしい。大理石の塊が、指の下で動いたではないか。

天の助けだ。逃げられるかもしれない。こうなれば、ホームズの出す条件なんかに従う必要はない。

ルパンは何と答えようか悩んでいるかのように、部屋を歩きまわった。それから、今度は彼がホームズの肩に手をあてた。

「よくよく考えてみましたがね、ホームズさん、自分の始末は自分ひとりでつけようと思います」

「しかし……」

「ええ、誰の力も借りません」

「ガニマールにつかまったらおしまいだ。もう逃げられないぞ」

「まだわかりません」

「どうかしてる。出口はすべてふさがれているのに」

「ひとつ、残っています」

「どこが？」

「わたしが選ぶ出口ですよ」

「何を言ってる。きみは逮捕されたも同然なんだ」

「逮捕なんかされやしない」

「だとしたら？」

「青いダイヤモンドも返しません」

ホームズは懐中時計を取り出した。

「今、三時十分前だ。三時になったら、ガニマールを呼ぶからな」

「それじゃあ、あと十分間、おしゃべりする時間があるわけだ。せいぜいそれを活用しましょう、ホームズさん。いやもう早く知りたくて、うずうずしているんでね。どうやってわたしの住所と、フェリクス・ダヴェーというわたしの名を突きとめたのか、教えてくれませんか？」

ホームズはルパンのようすを注意深くうかがった。やけに上機嫌なのが気になるが、それでも彼の質問に自尊心をくすぐられ、喜んで説明してやることにした。

「きみの住所？　それなら、金髪の女から聞いたんだ」

「クロティルドからだって」

「そう、彼女の口からね。ほら……昨日の朝……わたしは彼女を車で連れ去ろうとした。そのとき、彼女は仕立て屋に電話をした」

「たしかに」

「でも、あとになってわたしは気づいた。あの仕立て屋はきみだったんだって。そこで昨晩、船のなかで、必死に思い出してみた。記憶力のよさが、わたしの自慢のひとつでね。こうしてきみの電話番号の下二桁が、七三だったとわかった。きみが改装した建物のリストは手もとにあるのだから、あとは今朝十一時、パリに着きしだい電話帳を調べれば、フエリクス・ダヴェーという名前とこの住所は簡単に割り出せる。名前と住所がわかったところで、ガニマールに援助を求めたというわけだ」

「すばらしい！　まさに名人芸だ。脱帽するしかありません。でもわからないのは、あなたがル・アーヴルから列車に乗ったことです。いったいどうやって、ツバメ号から脱出したんですか？」

「脱出なんかしていないさ」

「しかし……」

「サウサンプトンに着くのは午前一時すぎにしろと、きみは船長に命じた。けれどもわたしは午前零時に船をおり、すぐさまル・アーヴル行きの船に乗りかえた」

「つまり船長が裏切ったと？　まさか、信じられない」

「いや、船長は裏切ったりしていない」

「だったら？」

「船長の懐中時計だよ」

「懐中時計？」

「そう、わたしは彼の懐中時計を、一時間進めたんだ」

「どうやって？」

「時計を進めるとき誰もがやるように、つまみをまわしてね。わたしと船長は隣り合って腰かけ、おしゃべりをしていた。彼が面白がるような話を聞かせているあいだに……まったく気づかなかったよ」

「ブラヴォ、ブラヴォ。見事な策略だ。よく覚えておかなくては。でもキャビンの壁にかかった時計のほうは？」

「ああ、あの掛け時計は、もう少しやっかいだったな。なにしろわたしは、足を縛られていたものでね。でも船長がいないあいだ、見張りについていた船員が、少しばかり針を動かしてくれたんだ」

「あいつが？　よく承知したもんだな」

「自分がしたことの重要性など、わかっていなかったのさ。ロンドン行きの始発列車にどうしても乗らなくちゃならないと言ったら……納得してくれたよ……」

「それだけじゃないでしょう……」

「ちょっとした贈り物も進呈したさ……なかなか見あげた男でね、それをちゃんときみに渡すつもりでいる」

「どんな贈り物を？」

「大したものじゃない」

「と言いますと？」

「青いダイヤモンドだ」

「ああ、偽物のね。きみが本物とすりかえたやつさ。伯爵夫人からあずかっていたんだ……」

ルパンはぷっと吹き出すと、大声で笑い出した。目に涙をため、息をするのも苦しそうなほどだ。

「いや、こいつは愉快だ。ぼくの偽ダイヤが船員の手に渡るなんて。そして船長の懐中時計に、掛け時計の針か……」

ホームズはこのときほど熾烈な闘いが、ルパンとのあいだで繰り広げられていると感じたことはなかった。彼は本能的に見抜いていたのだ。ルパンが陽気にはしゃぎまわっているのは、その陰で全力を傾け、恐ろしいまでの精神集中をしているからなのだと。

じわじわとルパンが近づいてくる。ホームズはあとずさりし、チョッキのポケットにさりげなく指をすべりこませた。

「三時だ」

「もう三時ですか。それは残念。せっかくいいところだったのに」

「きみの返事を待っているんだが」

「わたしの返事ですって？　やれやれ、なんてしつこいんだ。いよいよ勝負も終わりというわけか。それじゃあ、わたしの自由を賭けることにしよう」

「さもなくば青いダイヤモンドを」

「いいでしょう……お先にどうぞ。どんな手できます？」

「王手だ」とホームズは言って、一発拳銃を撃った。

「それならこっちは突きだ」とルパンは言い返し、ホームズめがけて拳を突き出した。

ホームズは急いでガニマールを呼ぶため、天井にむけて撃ったのだ。しかしルパンのパンチがみぞおちに決まり、青くなってよろめいた。ルパンは暖炉の前へひとっ飛びした。大理石の板はすでに揺れ始めている……だが、時すでに遅し！　部屋のドアがひらいた。

「おとなしくしろ、ルパン。さもないと……」

ガニマールが飛びこんでくる。どうやら、ルパンが思っていたよりも近くに待機していたらしい。がっちりとした体つきの部下たちも、十人、二十人と部屋になだれこんだ。少しでも抵抗したら、情け容赦なくぶちのめされるだろう。

ルパンは落ち着きはらって手をあげた。

「触るんじゃない。降参だ」

そして彼は胸の前で両腕を組んだ。

みんな、唖然としているようだった。家具や壁掛けが運び出されてがらんとした部屋に、アルセーヌ・ルパンの声がこだまのようにいつまでも響いた。《降参》だって？　まさか、信じられない！　きっといきなり揚げぶたがあいて、やつは姿を消すだろう。あるいは目の前の壁が崩れ落ち、またしても追手から逃れるかもしれない。みんな、そう思っていたのだ。なのに、ルパンが降参するなんて。

ガニマールは感極まって前に進み出ると、この場面にふさわしい重々しいようすでゆっくりとルパンに手を延ばし、心底嬉しそうにこう言った。

「ルパン、逮捕する」

「おい、ガニマール、そんなに凄まなくたっていいだろうに。なんだか表情がすぐれないぞ。まるで友達の墓にむかって話しかけてるみたいだ。さあ、お通夜みたいな顔しないで」

「逮捕する」

「何を驚いているんです？　忠実なる法の番人ガニマール主任警部が、司法の名において悪人ルパンを捕まえる。まさに歴史的な瞬間だ。この一瞬がどんなに重要か、あんたはよくわかっている……これで二度目だな、こんなことが起きるのは（「アルセーヌ・ルパンの逮捕」『怪盗紳士ルパン』所収」参照）。ブラヴォ、ガニマール。これで昇進、間違いなしだ」

ルパンは鋼の手錠に、両手を差し出した。

こうして粛々とことは終わった。いつもはルパンと聞いただけでいきり立つ、恨み骨髄に徹した警官たちも、神出鬼没の怪盗に触れることができるのかと思うと、驚きのあまり遠慮がちにふるまっている。

「哀れルパンよ」とルパンはため息混じりに言った。「こんな辱めを受けているおまえを見たら、お屋敷町の友人たちが何と思うことか？」

ルパンは全身の筋肉にぐっと力をこめ、手錠につながれた両の手首を引き離そうとした。額の血管が膨らみ、鎖の環が皮膚に食いこんだ。

「よしっ」と彼は叫んだ。

鎖がちぎれて飛び散った。

「別のにしてもらおう。これじゃ、役に立たない」

今度は手錠が二重にかけられた。

「これならいいだろう」ルパンはうなずいた。「用心に越したことはない」

それから彼は、警官の数を数えた。

「何人いるんだ？　二十五？　それとも三十？　ずいぶん集めたもんだ……これじゃあ、手も足も出ない。せめて十五人なら、なんとかなったのに」

まさに堂々たるものだった。才気煥発、天衣無縫に役を演じる名優を思わせる。ホームズはすばらしい舞台でも見るように、ルパンを眺めていた。その見事さ、細かな味わいが、手に取るようによくわかる。彼は奇妙な印象を抱いた。片や重装備に身をかためた三十人の警察官。片や丸腰で鎖につながれた男ひとり。それがまるで、互角に戦っているかのようだ。両者、力は拮抗している。

「さあ」とルパンがホームズに声をかけた。「これがご活躍の成果です。あなたのおかげで、ルパンは独房の湿った藁《わら》のうえで朽ち果てるというわけです。少しは良心がうずき、後悔に苛《さいな》まれているんじゃありませんか？」

《知ったことか》とでもいうように、ホームズは思わず肩をすくめた。

「いやいや、だめだ」とルパンは叫んだ。「あなたに青いダイヤモンドを渡すだって？　冗談じゃない。あれを手に入れるのに、ずいぶんと犠牲を払ったんです。絶対に手放しませんからね。わけはのちほどお話ししましょう。たぶん、来月、初めてロンドンのお宅におじゃましたときにでも……来月はロンドンにいらっしゃいますよね？　それとも、ウィーンのほうがいいですか？　サンクトペテルブルクでは？」

そのとき、ルパンははっと飛びあがった。天井で、突然ベルの音がしたのだ。それは警報ではなく、電話のベルだった。二つの窓のあいだから、電話線がこの書斎まで続いていた。受話器はまだ取りつけたままだった。

電話だって！　この忌まわしい偶然が仕掛けた罠に、いったい誰が飛びこもうとしているんだ？　ルパンは猛然と身がまえた。電話機に飛びかかって粉々にし、謎の通話相手を黙らせようとするかのように。しかしガニマールが受話器を取り、体をかがめた。

「もしもし……六四八の七三……はい、こちらです」

ホームズがさっとガニマールを押しのけ受話器を取ると、声をごまかすためにハンカチをあてた。

彼はルパンのほうを見た。目と目が合った瞬間、二人とも同じことを考えているのだとわかった。そう、おそらく間違いない。その結果、どんなことになるかまで、二人はしっかり見とおしていた。電話の主は、金髪の女だろう。彼女はフェリクス・ダヴェーにかけているつもりなのだ。というか、むしろマクシム・ベルモンに。ところが、彼女が秘密を打ち明けようとしている相手はシャーロック・ホームズだった。

ホームズはとぎれとぎれに話した。

「もしもし……もしもし……」

沈黙が続く。ホームズは続けた。

「ああ、ぼくだ、マクシムだ」

たちまちあたりに、はっきりと悲壮感が漂い始めた。いつもなら何があってもへこたれず、へらず口ばかり叩いているルパンが、不安を隠そうともせず、苦しげに顔を蒼ざめさせて、必死に耳をそばだてている。ホームズは謎の声に答えて、こう続けた。

「もしもし……もしもし……そうとも、すっかり片づいた。約束どおり、これからそっちへ行こうとしていたところだ……どこだって？　きみがいるところさ。でも、そこはまだ……」

ホームズはためらいがちに言葉を選び、そのまま黙った。自分のほうからはあまりしゃべらず、相手から聞き出そうとしているのだろう。彼女がどこにいるのか、まだわかっていないようだ。それにガニマールの前なので、やりにくそうだ……ああ、なにか奇跡でも起こって、この忌々《いまいま》しい電話線を引きちぎってやれたらいいのに。ルパンは全身全霊で、奇跡を呼び求めた。

ホームズが話を続けた。

「もしもし……もしもし……よく聞こえないって？　ぼくのほうもだ……音が遠いな……ほとんど聞き取れない……今度はどうかな……ところで……よく考えたら……きみは家にもどったほうがいい。危険って、どんな？　大丈夫さ……やつはイギリスにいる。サウサンプトンから電報が届いた。たしかに着いたそうだ」

皮肉の利いたこの言葉を、ホームズはなんとも痛快そうに口にした。

「それじゃあ、急いで。ぼくもすぐに行くから」

彼はそうつけ加えると、電話を切った。

「ガニマールさん、あなたの部下を三人お借りしたいんですが」

「金髪の女を捕えるために？」

「ええ」

「それじゃあ、あの女の正体も、どこにいるのかもご存じなんですね？」

「知ってます」

「そりゃ、すごい。大収穫だ。ルパンだけでなく……いや、まったく最高の一日です。フォランファン、部下を二名連れて、ホームズさんのお供をしたまえ」

ホームズは三人の警察官といっしょに、部屋を出ていこうとした。

もう終わりだ。金髪の女もホームズの手に落ちようとしている。ホームズの驚嘆すべき粘り強さと、いくつかの幸運な偶然が重なって、闘いは彼の勝利で終わろうとしている。そしてルパンにとっては、取り返しのつかない敗北で。

「ホームズさん」

名探偵は足をとめた。

「おや、何か?」

ルパンは最後の一撃で、大きなショックを受けたらしい。深いしわが額に刻まれ、疲れきったような暗い顔をしている。それでも彼は気力を奮い起こして立ちあがると、とにもかくにも陽気に屈託なく叫んだ。

「見てのとおり、わたしには逆風が吹いているらしい。さっきは暖炉から逃げ出すのを邪魔され、あなたに捕まってしまったし、今度はまずいときに電話がかかり、金髪の女があなたの手に落ちようとしている。こうなったらしかたない。逆風に甘んずることにします」

「つまり？」

「交渉を再開するつもりです」

ホームズはガニマールを脇に呼び、ルパンと二人きりで話したいのだがと頼んだ。もっともその口調は、有無を言わせぬものだったけれど。彼がルパンの前に戻ると、頂上会談が始まった。ホームズはそっけない、苛立ったような調子で切り出した。

「そちらの要望は？」

「デタンジュ嬢の自由」

「交換条件はわかってるな？」

「もちろん」

「受け入れるのか？」

「どんな条件でも」

「ほう」とホームズは驚いたように言った。「……でも、さっきは拒絶したじゃないか……自分のことでは……」

「自分のことだからですよ、ホームズさん。でも今は、ひとりの女性の運命がかかっている……愛する女性のね。ご存じのとおり、フランス人はこうしたことがらに、きわめて特殊な考え方をするんです。たとえその名がルパンだろうと、何の違いもありません。いや、むしろ、ルパンなればこそなんです」

彼は落ち着きはらってそう言った。ホームズは微かにうなずき、小声でたずねた。

「では、青いダイヤモンドは？」

「ステッキがあるでしょう、ほら、暖炉の脇に。片手で丸い握りを押さえ、もう片方の手で先端についた鉄の石突きをまわしてごらんなさい」

ホームズはステッキを手に取り、石突きをまわした。するとねじがはずれて握りが抜け、なかから丸めた充填材《パテ》が出てきた。そこにダイヤモンドが隠されていた。

たしかに青いダイヤモンドだ。

「デタンジュ嬢はこれで自由だ」

「これからはずっと自由なんですね？　あなたを恐れなくていいと？」

「わたしも、ほかのどんな人間も」

「何が起ころうと？」

「ええ、何が起ころうと。彼女のことはもう忘れた。名前も住所も」

「ありがとう。それではまた。きっとまた、お会いできるでしょうから。そうでしょう、ホームズさん？」

「おそらくね」

そのあとホームズとガニマールのあいだで、激しいやりとりがあった。けれどもホームズは、ぶっきらぼうにそれを打ち切った。

「ガニマールさん、申しわけないが同意できません。詳しく説明している時間はないんです。一時間後にはイギリスに戻らねばならないので」

「しかし……金髪の女のことが？」

「そんな人は知りません」

「ついさっきは……」

「ご不満なら勝手にすればいい……ルパンは引き渡したじゃないですか。それに、青いダイヤモンドも取り戻した……どうぞあなたの手から、クロゾン伯爵夫人にお返しなさい。これ以上、文句をつける筋ではないでしょう」

「でも、金髪の女は？」

「ご自分で見つけるんですね」

ホームズは帽子を目深にかぶると、足早に部屋を出ていった。自分の用事が片づいたら、長居は無用と言わんばかりに。

「よい旅を、ホームズさん」とルパンは叫んだ。「楽しいおつき合いができたこと、決して忘れませんよ。ワトスンさんにもよろしく」

しかし、返事はなかった。ルパンは苦笑いを浮かべて言った。

「これがイギリス流の別れというやつか。ああ、われわれフランス人が世に誇る、華やかな礼儀作法など、島国の御仁には縁がないらしい。なあ、ガニマール、こんなときフランス人なら、どうやって去っていくだろう？　礼儀正しい洗練された物腰の陰に、みずからの勝利を包み隠すのでは？　おいおい、ガニマール、何をやってるんだ？　ああ、家宅捜索か。でも、もう紙切れ一枚残っちゃいないぜ。大事な書類はすべて、安全な場所に保管してある」

「まだ、わからんさ」

ルパンはあきらめ顔をした。二人の警官に両側から押さえられ、さらにほかの警官たちにぐるりと取り囲まれて、忍耐強く作業を眺めている。二十分後、彼はため息混じりに言った。

「たのむよ、ガニマール、早くしてくれ。まだ終わらないのか」

「急ぎの用事でも？」

「ああ、もう時間がない。至急、人と会わねばならないんだ」

「留置場で？」

「いや、町でさ」

「ほう、何時に？」

「二時だ」

「もう三時だが」

「それじゃあ、遅刻じゃないか。約束に遅れるのは大嫌いなんだが」

「あと五分、待ってもらおう」

「それ以上は、一分だってだめだぞ」

「ご親切に……せいぜい頑張ってみるさ……」

「むだ口なんかたたいてないで……その戸棚もかい？　なかは空っぽだぞ」

「いや、手紙がある」

「古い請求書さ」

「いや、リボンで結んだ手紙の束だ」

「ピンクのリボンで？　おい、ガニマール、頼むからそれはほどくな」

「女性からの手紙だな？」

「ああ」

「上流の女性か？」

「とびきり上流さ」

「名前は？」

「ガニマール夫人」

「そいつは愉快だ！」主任警部はむっとしたように言った。

そのとき、ほかの部屋を調べていた警官たちがやって来て、何もありませんでしたと報告した。ルパンは笑い声をあげた。

「わが友人たちのリストでも見つかると思っていたのかい？　それとも、ぼくとドイツ皇帝との関係を示す証拠とか？　ガニマール、捜すべきはここに隠されたささやかな秘密さ。例えば、このガス管で通話ができるんだ。暖炉の裏には階段があるし、壁は空洞になっている。警報ベルの線だって、いたるところに張りめぐらせているしね。ほら、ガニマール、このボタンを押してみろよ……」

ガニマールは言われたとおりにした。

「何も聞こえなかったかい？」とルパンはたずねた。

「聞こえんね」

「実はぼくもだ。でも今、あんたは、気球を準備する指令を出したところなんだ。発着所を飛び立った気球が、まもなくぼくたちを空に運び去ってくれるだろうよ」

「さあ、くだらんことを言ってないで、もう行くぞ」部屋を調べ終えたガニマールは言った。

彼が数歩進むと、部下もあとに従った。

ところがルパンは、一歩も動こうとしない。

護衛の警官がいくら押しても無駄だった。

「おい」とガニマールは言った。「歩かないつもりか？」

「そうじゃないさ」

「だったら……」

「でも、ことによりけりだ」

「ことって？」

「ぼくをどこに連れていくつもりかってことさ」

「留置場に決まってるだろ」

「だったら歩く気はない。留置場なんかに用はないからな」

「ふざけるなよ」

「急ぎの約束があるって、さっき言ったはずでは？」

「いいかげんにしろ、ルパン」

「なあ、ガニマール、金髪の女が待っているんだ。ご婦人を心配させておくなんて、ぼくがそんな無作法者だと思うのか？　りっぱな紳士のすることじゃない」

「よく聞け」主任警部はルパンの減らず口に苛立ち始めていた。「これでもきみにはずっと、ずいぶん気をつかってきたつもりだ。だが、もう我慢ならん。いいからついて来い」

「できない相談だね。待ち合わせの約束があるのだから、そこへ行かなくては」

「これ以上、言わせるなよ」

「だめなものはだめです」

　ガニマールが合図をすると、二人の警官が両側からルパンを抱きかかえ、立たせようとした。ところが警官は、すぐに激痛のうめき声をあげて手を放した。ルパンが二本の長い針で、二人を突き刺したのだ。

それを目にしたほかの警官たちは、かっと頭に血をのぼらせ、ルパンに飛びかかった。ついに怒りが爆発したのだ。仲間の仕返しをしてやる。今までさんざん恥をかかされてきた恨みを晴らすのだ。彼らはわれがちにと殴りつけた。とりわけ強烈な一撃がこめかみに決まり、ルパンは倒れこんだ。

「怪我をさせるんじゃない」とガニマールが怒鳴った。「そんなことになったら、おれが許さんぞ」

床に横たわったルパンを介抱しようと、ガニマールは身をかがめた。見ると息は普通にしている。彼は足と頭を部下に持たせ、自分は腰のあたりを支えた。

「ほら、そっとだ……揺らすなよ……乱暴にやると死んでしまう。おい、ルパン、大丈夫か？」

ルパンは目をあけ、とぎれとぎれに言った。

「ひどいじゃないか、ガニマール……こんな目に遭わせるなんて」

「おまえが悪いんだぞ……強情を張るからだ」それでもガニマールは、すまなそうに言った。「痛くないか？」

階段の前まで来ると、ルパンはうめき声をあげた。

「ガニマール……エレベータを使おう……骨が折れちまう」

「ああ、そうだな、それがいい」とガニマールも賛成した。「階段は狭すぎるし……ほかに手はなさそうだ」

ガニマールはエレベータをうえに呼ぶと、慎重にルパンを乗せた。そして自分もいっしょに乗りこみ、部下に言った。

「おまえたちも遅れないよう、階段を駆けおりろ。管理人室の前で待っているんだ。わかったな？」

ガニマールはエレベータの扉を引いた。ところがまだ閉まりきらないうちに、彼は思わずあっと叫んだ。ロープを切った気球のように、いきなりエレベータが上昇し始めたのだ。嘲《あざけ》りの笑いが響いた。

「やりやがったな……」ガニマールはうめきながら、暗闇のなかで必死に下降ボタンを探した。

だめだ。見つからない。彼は大声で叫んだ。

「六階だ。六階のドアを固めろ」

警官たちは階段を駆けあがった。しかしそこで、奇怪なことが起こった。エレベータは六階で止まらず、そのまま天井を突き破るかのように警官たちの目の前から消え、さらにうえの屋根裏まであがっていったのだ。待ちかまえていたルパンの部下三人が、さっと扉をあけた。そのうち二人がガニマールを押さえているあいだに、あとのひとりがルパンを救い出した。ガニマールは身動きがとれず、驚きのあまり抵抗しようとさえしなかった。

「だから言ったじゃないか、ガニマール……気球に乗っていくって……みんな、あんたのおかげさ。次からは、あんまり同情は禁物だぜ。それから、こいつはよくおぼえておけよ。アルセーヌ・ルパンは腹にいち物がない限り、殴られたり痛めつけられたりしないってな。それじゃあ……」

エレベータの扉が閉まり、ガニマールを乗せたまま下へ降りていった。あっという間の出来事だったので、先に降りていた警官たちに管理人室の前で追いついた。

彼らはひと言も言葉を交わさず、大急ぎで中庭を横切って裏階段をのぼり始めた。使用人の部屋がある屋根裏へ行くには、この階段しかない。ルパンは屋根裏から隣の建物へ逃げたのだろう。

うえまでのぼると、くねくねと曲がる長い廊下があった。その両側には、番号のついた使用人の小部屋が並んでいる。つきあたりのドアを押しあけた先が、隣の建物だ。そこからまた、同じような小部屋の並ぶ曲がりくねった廊下が、別の裏階段まで続いていた。ガニマールは階段をおりて中庭を横切り、玄関から外に飛び出した。ピコ通りだ。そこでガニマールははっと気づいた。奥行きのある二つの建物は隣合わせに建っているが、その正面は別々の通りに面している。しかも直角に交わる通りではなく、平行して走る二本の通りに。その間の距離は、六十メートル以上あるだろう。

ガニマールは管理人室に入って警察手帳を見せた。

「今しがた、四人の男が通ったな？」

「はい、二人は五階と六階の召使いで、あとの二人は友達でしょう」

「五階と六階には誰が住んでいるんだ？」

「フォヴェルさんと、いとこのプロヴォーさんですが……今日、引っ越していかれました。残っていた二人の召使いも、出ていったところです」

《ああ！》ガニマールは管理人室のソファにへたりこんだ。《せっかくのチャンスを逃してしまった！　ルパンの一味がみんな、この一画に住んでいたのに》

四十分後、二人の男が馬車で北駅に着くと、カレー行きの急行列車へ足早にむかっていた。そのうしろを、荷物を持ったポーターがついていく。

男のひとりは片腕を包帯で吊っていた。健康がすぐれないのだろうか、顔が青白い。もうひとりの男は上機嫌そうだった。

「急ぎたまえ、ワトスン。列車に乗り遅れるわけにはいかない……ああ、この十日間のことは、決して忘れられないだろうな」

「ぼくも忘れられないさ」

「すばらしい闘いだったからな」

「実にすばらしかった」

「少しばかり、嫌な目にも遭ったがね……」

「まあ、ほんの少し」

「結局のところ、われわれの完勝だ。ルパンは逮捕されたし、青いダイヤモンドは取り戻したし」

「ついでに腕も折られたし」

「結果は大満足じゃないか、片腕を折られたくらいなんだ！」

「しかもぼくの腕だからね」

「そうとも！　おぼえているだろう、ワトスン。きみが薬局で勇敢に痛みをこらえていたまさにそのとき、ぼくは闇に引かれた導きの糸を見つけたんだ」

「本当に幸運だったな」

列車のドアが閉まり始めた。

「乗ってください。さあ、急いで」

ポーターが空いているコンパートメントのステップをよじのぼり、網棚にスーツケースを置いた。ホームズは哀れなワトスンを引っぱりあげている。

「何やってるんだ、ワトスン。ぐずぐずするな。元気を出せ」

「元気はあるんだ」

「だったらいいじゃないか」

「でも、片腕しか使えなくて」

「だからどうした」とホームズは陽気に叫んだ。「大騒ぎするな。そんな苦労は、きみだけじゃないいんだぞ。片腕の人はどうする？　本当に片腕しかない人は？　わかったな？　大したことないさ」

ホームズはポーターに五十サンチームのチップを差し出した。

「ご苦労だったね。取っておきたまえ」

「ありがとう、ホームズさん」

名探偵は顔をあげた。なんとポーターはアルセーヌ・ルパンだった！

「き……きみは」ホームズは驚きのあまり、言葉も出なかった。

ワトスンは事実をたしかめるかのように片手をふりあげ、口ごもりながら言った。

「お……おい、逮捕されたのでは？　ホームズがそう言ってたぞ。部屋を立ち去るとき、ガニマールと三十人の部下がルパンを取り囲んでいたって……」

ルパンは腕組みをし、憮然とした表情で言った。

「それじゃあこのわたしが、挨拶もしないであなたがたを発《た》たせるとでも？　お互いすばらしい友情を育んできたというのに？　そんな無作法はできませんよ。わたしを誰だと思っているんです?」

列車の汽笛が鳴った。

「まあ、それはいいでしょう……ところで、何かご入り用のものは? 煙草とか、マッチとか……夕刊はいかがです? きっとわたしの逮捕やあなたのお手柄について、詳しく載っていますよ。ここらで、お暇《いとま》いたしましょう。あなたがたと知り合えて本当によかった……心から喜んでいます。わたしにご用の節は、いつでもどうぞ……」

ルパンはホームに飛びおり、ドアを閉めた。

「さようなら」と彼はハンカチをふりながら続けた。「さようなら……手紙を書きますよ……あなたも書いてくれますよね。腕のおかげんはどうですか、ワトスンさん。お二人の便りを待ってますからね……よろしければ葉書でも……宛名はパリ、ルパンで充分です……切手はいりませんから。さようなら、また近いうちに……」

第二話　ユダヤのランプ

1

シャーロック・ホームズとワトスンは大きな暖炉の両側に腰かけ、コークスの心地よい火に脚を延ばしていた。

銀の環をはめたブライヤーの短いパイプは、すでに火が消えていた。ホームズはなかの灰を掻き出すと、葉を詰めなおして火をつけた。そして部屋着の裾を膝のうえで合わせ、ぷかぷかとパイプをふかし始めた。煙の小さな輪がなんとか天井まで届くよう、工夫を凝らしながら。

ワトスンはそんな友人をじっと見つめていた。暖炉の前のカーペットに丸くなって寝そべる犬が、ご主人の一挙手一投足を丸い目で追いながら、期待どおりのことをしてくれないかと瞬きひとつしないで待っているように。ホームズは沈黙を破るだろうか？　もの思いにふけっている秘密を明かし、ワトスンには禁じられている瞑想の王国に迎え入れてくれるのだろうか？

ホームズは黙ったままだった。

ワトスンは思いきって自分のほうから切り出してみた。

「のんびりしたもんだな。ぼくらが巻きこまれるような事件もないし」

ホームズはますます頑《かたく》なに黙り続けた。けれども煙の輪は、だんだんときれいに浮かぶようになった。ワトスン以外の人ならば、ホームズは今、満ち足りた思いでいるのだと誰しも気づいただろう。頭をからっぽにして、ただささやかな自尊心の充足に浸っているのだと。

ワトスンはがっかりして立ちあがると、窓に近づいた。

さびしい通りの両側には陰鬱な家並みが続き、暗い空からはうっとうしい雨がしとしとと降り続いていた。馬車が一台、また一台、通りすぎていく。ワトスンは用心に越したことはないと、手帳に番号をひかえた。

「おや、郵便屋が来たぞ」

召使いに案内され、郵便配達の男が入ってきた。

「書留が二通あるので……サインをお願いします」

ホームズは受取りにサインし、男を玄関まで送った。そして一通の手紙をあけながら戻ってきた。

「やけに嬉しそうじゃないか」しばらくするとワトスンが言った。

「この手紙、なかなか興味深い依頼だよ。きみは事件を待ち望んでいたんだろ。ほら、読んでみたまえ」

ワトスンは手紙を読み始めた。

拝啓
貴殿の経験におすがりしたく、お手紙いたしました。わたしは重大な盗難の被害を受けた者です。しかしこれまでの捜査では、なんの成果もあがりそうにありません。
この事件について報じた新聞記事を、いくつか別送いたします。調査をお引き受けいただけるならば、わが家をご自由にお使いください。また同封したわたしのサイン入り小切手に、必要な旅費をご記入くださるようお願いします。
ご返事は電報でいただければ幸甚に存じます。
敬具
男爵　ヴィクトール・ダンブルヴァル
パリ　ミュリヨ通り十八番

いだ」

「どうだい」とホームズは言った。「幸先がいいじゃないか……ちょっとパリへ出かけるのも悪くないだろ？　アルセーヌ・ルパンをむこうにまわした例の一騎打ち以来、再訪する機会もなかったからな。もう少し落ち着いて世界の都を見物できれば、ありがたいくら

ホームズはそう言いながら、小切手を四枚に引き裂いた。そして、まだ腕の動きがぎこちないワトスンがパリに悪態をついているあいだに、もう一通の封筒をひらいた。するとたちまちホームズは、苛立ちを露わにした。彼は額にしわを寄せながら手紙を読んでいたが、すぐそれを丸めると、力いっぱい床に叩きつけた。

「どうした？　何が書いてあったんだ？」ワトスンはぎょっとしてたずねた。

彼は丸めた手紙を拾い、広げて読み始めた。驚きの表情が顔に広がる。

親愛なる名探偵殿

わたしがどれほどあなたを称賛し、あなたの名声に関心を抱いているかはご存じのとおりです。しかしながら、あなたがこのたび助力を要請された事件はお引き受けになりませぬように。悪いことは申しません。あなたが介入すれば、よからぬ事態が多々生じるでしょう。せっかくの努力も嘆かわしい結果に終わり、あなたはみずから

の失敗をおおやけに認めねばならなくなります。

かような恥辱をあなたがこうむらずにすみますよう、心地よい炉辺でくつろいでおられることを、われらが友情の名においてお願いいたします。

ワトスン氏にもよろしくお伝えください。

敬具

アルセーヌ・ルパン

「アルセーヌ・ルパンだって！」とワトスンは啞然としたように繰り返した。

ホームズは拳でどんどんとテーブルを叩き始めた。

「あいつめ、またしても余計な口出しを始めて。このホームズを子供扱いし、馬鹿にしているんだ。失敗をおおやけに認めねばならなくなるだって！　青いダイヤモンドを返すはめになったくせして」

「やつは怖がっているのさ」とワトスンは言った。

「冗談じゃない。アルセーヌ・ルパンが怖がったりするものか。それが証拠に、やつはこうやって挑発してきたじゃないか」

「でも、ダンブルヴァル男爵が出した手紙のことを、やつはどうやって嗅ぎつけたんだろう？」

「そんなこと知るものか。くだらん質問をするんじゃない」

「でも……きみのことだから……」

「何だね？　ぼくなら魔法が使えるとでも？」

「そうは言ってないが、きみが奇跡を起こすのを何度も目にしてきたので」

「奇跡なんて、誰にも起こせやしないさ……それはぼくだって同じだ。ぼくは考え、推理し、結論を出す。ただ想像でものを言ってるんじゃない。想像に頼るのは愚か者だけだ」

ワトスンは叩かれた犬みたいにしゅんとした。でもどうしてホームズは苛ついたように、すたすたと部屋を歩きまわっているのだろう？　ワトスンは愚か者にならないよう、それは想像しないことにした。やがてホームズは呼び鈴を押し、召使いを呼んでスーツケースの準備を命じた。こんなに確固たる事実があるのだからと、今度はワトスンも自信を持って考え、推理したうえで、ホームズは旅に出るのだと結論づけた。

彼はさらに頭を働かせた結果、間違いを恐れない男としてこう断言した。

「ホームズ、きみはパリへ行くつもりだね」

「かもしれん」

「パリに行ってルパンの挑戦に応じ、ダンブルヴァル男爵に手を貸すつもりなんだろ」

「かもしれん」

「ホームズ、ぼくもいっしょに行くよ」

「なんとまあ、ワトスン」ホームズは足をとめて叫んだ。「きみは心配じゃないのか？左腕まで、右腕の二の舞を踏みやしないかって」

「ぼくの身に、何があるっていうんだ？　きみがいっしょなのに」

「いいぞ、その意気だ。われわれに挑戦するなんて、身のほど知らずの間違いだったと、あいつに思い知らせてやろうじゃないか。急げ、ワトスン。始発列車に乗るぞ」

「男爵が言っていた新聞記事を待たなくていいのかい？」

「そんなもの、どうせ役に立たん」

「ぼくが電報を送っておこうか？」

「必要ないさ。ぼくが行くことを、ルパンに知られてしまうからな。それは避けたいんだ。ワトスン、今度こそ慎重にことを運ばねば」


その日の午後、二人の友人はドーヴァーから船に乗った。カレーからパリへむかう急行列車のなかで、ホームズは三時間ほどぐっすりと眠ったが、ワトスンはコンパートメントのドアを見張りながら、ぼんやりと考えごとをしていた。

ホームズは上機嫌で、元気よく目覚めた。アルセーヌ・ルパンとの新たな一騎打ちが始まるかと思うと、気持ちが浮き立った。さあ、これからたっぷり楽しむぞとばかりに、彼は満足げな表情で両手をこすり合わせた。

「ようやく脚を伸ばせるぞ」とワトスンは声をあげた。

そして同じように、満足げに両手をこすった。

列車が駅に着くと、ホームズは二人の旅行用コートを抱え、スーツケースを運ぶワトスンを従えて——それが各自担当の荷物というわけだ——切符を駅員に渡して意気揚々と通りに出た。

「すばらしい天気じゃないか、ワトスン……明るい太陽……パリはにこやかにぼくらを迎えてくれている」

「すごい人混みだな」

「そのほうが都合がいいさ、ワトスン。目立ちすぎないからな。こんなにたくさん人がいれば、誰もぼくらに気づくまい」

「シャーロック・ホームズさんですよね？」

ホームズはいささか困惑したように足をとめた。こんなふうに名指しで呼びとめるのは、いったい何者なんだ？

傍らに若い女が立っていた。身なりは地味だが、それがかえって品の好さを際立たせている。しかし美しい顔容《かんばせ》には、不安と苦悩の表情が浮かんでいた。

女は繰り返した。

「シャーロック・ホームズさんですよね？」

ホームズは黙っていた。持ち前の警戒心もさることながら、困惑していたからだ。いつまでも返事がないので、女は三度《みたび》繰り返した。

「あなたはシャーロック・ホームズさんでいらっしゃいますね？」

「何のご用ですか？」誰だか知らないが妙だぞと思いながら、ホームズはぶっきらぼうに言った。

女はホームズの目の前に立った。

「聞いてください。とても大事なことなんです。あなたはミュリヨ通りにいらっしゃるおつもりですよね？」

「どういうことですか？」

「わかっているんです……ミュリヨ通り……十八番へ。だめです。あそこへ行ってはいけません。きっと後悔なさいます。なにも自分の損得で、こんなことを申しあげているのではありません。嘘偽りない事実だからです」

ホームズは離れようとしたが、女はなおもねばった。

「ああ、お願いです。耳をおふさぎにならないで……どうしたらわかっていただけるのか。わたしをよく見てください。わたしの目を……そうすれば、嘘ではない、本当のことだとおわかりになるはずです」

女は必死に目を見ひらいた。澄んだ、厳かな目だった。そこには、まるで彼女自身の姿が映っているかのようだった。ワトスンが大きくうなずいた。

「あなたはとても真剣そうだ」と女は懇願するように言った。「だから、ぜひ信じてください……」

「信じますとも」とワトスンは答えた。

「よかったわ。あなたのお友達もですよね？　ええ、わかります……きっと大丈夫。なんて嬉しいんでしょう。これですべてうまくいくわ……ここに来ようと思ったのは、間違いではありませんでした……カレー行きの列車が二十分後に出ます。それに乗ってください……さあ、早く。こちらです。わたしのあとを、ついてきて。あまり時間がありません……」

女はホームズを引っぱっていこうとした。けれどもホームズは彼女の腕をつかみ、できるだけやさしい声でこう言った。

「申しわけないが、あなたの望みを聞きいれるわけにはいきません。わたしはいったん請け負った仕事を、決して投げ出したりしないんです」

「お願い……お願いです……ああ、わかってください」

ホームズは女の言葉を無視して、さっさと遠ざかった。

ワトスンは彼女に言った。

「心配しないで……ホームズは最後までやり抜きます……これまで、一度も失敗したことはありません」
そしてホームズのところに駆け寄った。

シャーロック・ホームズ対アルセーヌ・ルパン

二人が歩き出すや、大きな文字で黒々と書かれたこんな言葉がくっきりと浮かんで見えた。近寄ってみると、サンドイッチマンが列をなして歩いていた。先端に鉄をはめた重いステッキで歩道をとんとんと叩き、背中に背負った大きなポスターにはこう書かれている。

シャーロック・ホームズ対アルセーヌ・ルパンの一騎打ち。イギリス・チャンピオン到着。名探偵、ミュリヨ通りの謎に挑戦。詳細は《エコー・ド・フランス》を読まれよ。

ワトスンがあきれたように首を横にふった。
「おいおい、ホームズ。隠密に仕事をするはずだったのでは？　このぶんじゃ、ミュリヨ通りで共和国衛兵隊が待っていても驚くにはあたらないぞ。公式歓迎会がひらかれ、シャンペンで乾杯とあいなるかも」

「軽口だけはひとりで二人分だな、ワトスン」ホームズは顔をしかめた。彼は男たちのひとりに近寄った。腕力にものを言わせ、男もポスターもずたずたにしてやろうというのだろう。しかしポスターのまわりには人々が群がり、笑って冗談を言っている。

ホームズはこみあげる怒りを抑えて、男に言った。

「きみはいつ雇われたんだ？」

「今朝ですが」

「こうやって通りを歩き始めたのは？」

「一時間前です」

「じゃあ、ポスターは用意してあったのか？」

「もちろんでさ……今朝、斡旋《あっせん》所へ行ったときには、もうありましたよ」

なるほど、アルセーヌ・ルパンはホームズが挑戦を受けて立つだろうと予測していたのだ。しかもあの手紙から見て、ルパンはこの闘いを望んでいる。今一度、ライバルと力比べをすることも、計画のうちらしい。でも、どうして？　何の意図があって、彼は闘いを再開しようとしているのだろう？

ホームズは一瞬、ためらった。これほど大胆な挑発を仕掛けてくるからには、ルパンは勝利を確信しているに違いない。ひと声かけられただけで駆けつけるのは、みすみす罠にかかるようなものではないか？

「さあ、行くぞ、ワトスン」とホームズは言って、辻馬車に近寄った。そして再び気力をみなぎらせて叫んだ「おい、ミュリヨ通り十八番へやってくれ」

ボクシングの試合にでも臨むように、血管を膨らませ、拳を強く握りしめ、ホームズは馬車に飛び乗った。

ミュリヨ通りには豪華な邸宅が並んでいて、裏はモンソー公園に面している。十八番にあるのは、なかでももっともすばらしい一軒だった。そこに妻子と暮らすダンブルヴァル男爵が、いかにも芸術家肌の百万長者らしく贅《ぜい》を尽くして建てさせたのだ。屋敷の前には庭が広がり、左右には付属の建物もある。裏庭のこんもりとした茂みは、公園の木々と枝を交えていた。

二人のイギリス人は門扉の呼び鈴を鳴らして前庭を抜けると、玄関で召使いに迎えられた。召使いは彼らを、裏庭に面した二階の小さな客間にとおした。

二人は腰かけると、ところ狭しと飾られた高価そうな品々にすばやく目をやった。

「こりゃすごい」とワトスンはささやいた。「なかなか独創的な、面白い趣味をしている……手間暇かけてここまで集めたからには、歳もそれなりに行っているのだろう……五十歳くらいは……」

彼が言い終えないうちにドアがあき、ダンブルヴァル氏が夫人をともない入ってきた。ワトスンの推理とは違って、夫妻はとても若かった。上品そうで、物腰も言葉づかいもきびきびしている。二人は何度も礼の言葉を繰り返した。

「ご足労いただき、本当にありがとうございます。あんな厄介事が降りかかったのが、かえって喜ばしいくらいです。おかげでこうしてあなた方と……」

《なんて魅力的な人たちなんだろう》とワトスンは思った。相手からじっくり観察されても、彼はまったく臆するところがない。

「しかし、時は金なりと言いますからね」と男爵は続けた。「特にあなたの場合は。そうでしょう、ホームズさん。ですから、さっそく本題に入りましょう。この事件について、どうお考えです？　解明できそうですか？」

「解明するには、まず事件のことを知らねばなりません」

「ご存じではないのですか？」

「ええ。ですから、詳しく説明してください。なにひとつ、省かずに。そもそも、何があったんです？」

「盗難です」

「いつのことですか？」

「先週の土曜日」と男爵は答えた。「土曜の夜から日曜にかけて」

「つまり六日前ですね。お話をうかがいましょう」

「まず初めに言っておきますが、わたしたち夫婦はめったに外出いたしません。もちろん、立場をふまえた暮らし方はしていますがね。子供の教育、来客のもてなし、邸内の飾りつけ、それが生活のすべてです。ほとんど毎晩、この部屋ですごしています。ここは妻の居間で、買い集めた芸術品もいくつか並べてあります。先週の土曜日もそうでした。夜の十一時ごろ、わたしは明かりを消し、いつものように妻といっしょに寝室に引きあげました」

「寝室はどちらに？」

「隣です。ほら、そこにドアが見えますよね。翌日、つまり日曜日、わたしは朝早く起きました。妻のシュザンヌはまだ眠っていたので、起こさないようにとできるだけ静かにこの居間に来ました。そうしたら驚いたことに、窓があいているではありませんか。前日の晩、閉めておいたはずなのに」

「もしかして、召使いが……」

「朝はわたしたちが呼び鈴を鳴らすまで、誰もここには入りません。それに控えの間に通じるもうひとつのドアには、用心のため寝る前にはいつも差し錠をかけています。つまり窓は、外からあけられたのです。証拠も見つけました。窓ガラスが一枚、切り取られていたんです。右の窓の二枚目、イスパニア錠のすぐ脇が」

「その窓は？」

「ほらそこ、窓は石の手すりに囲まれた小さなバルコニーに面しています。二階のこの部屋から、屋敷の裏に広がる庭とモンソー公園を仕切る鉄柵が見えますよね。モンソー公園から来た賊は、梯子《はしご》を使って鉄柵を乗り越え、バルコニーにのぼったのでしょう。間違いありません」

「本当に？」

「鉄柵の両側は、花壇になっています。湿ってやわらかいその土に、梯子を立てた跡が二つ残っていました。バルコニーの下にも同じような穴が二つあいていたし、手すりにはこすったような傷もありました梯子を立てかけたときにできたのでしょう」

「モンソー公園は、夜のあいだ閉まっていないのですか？」

「閉まっていませんが、十四番の建物は工事中なので、どのみち公園にはそこから簡単に入れます」

ホームズはしばらく考えてから、またたずねた。

「すると盗難は、わたしたちがいるこの部屋で起きたのですね？」

「ええ。そこにある十二世紀の聖母像と、銀細工の聖櫃のあいだに、小さなユダヤのランプが置いてありました。それがなくなったのです」

「盗まれたのはそれだけ？」

「それだけです」

「なるほど……それで、ユダヤのランプというのはどういうものですか？」

「昔使われていた銅製のランプで、支柱のうえに油を入れる器がついています。器からは芯をとおす口が二つ、あるいは数個ついています」

「要するに、大して価値のないものですね」

「たしかに、大した価値はありません。しかしランプは二重底になっていて、わたしたちはそのなかに古い見事な宝飾品を隠していたんです。ルビーとエメラルドをちりばめた、黄金製の怪獣像《キマイラ》で、とても高価なものです」

「どうしてそんなところに？」

「特にわけはないのですが、そんな秘密の隠し場所を使うのが面白かったからでしょう」

「そのことを知っている人は、ほかに誰もいないんですね？」

「ええ、誰も」

「もちろん、怪獣像《キマイラ》を盗んだ者以外は」とホームズはつけ加えた。「さもなければ、苦労してわざわざユダヤのランプなんて盗まないでしょうから」

「たしかにそのとおりです。でも、いったいどうやって知ったのでしょう。わたしたちだって、ランプの仕掛けがわかったのは偶然だったのに」

「同じように偶然、それを知った者がいたのかも……召使いか……親しいお友達か……それはともかくとして、話を続けましょう。警察には届けたんですよね？」

「もちろんです。予審判事が捜査を始めました。大新聞の事件記者たちも独自の調査をしました。しかし手紙にも書いたように、事件はいっこうに解決される気配はありません」

ホームズは立ちあがって窓に近づくと、窓ガラス、バルコニー、手すりを調べ、ルーペを使って石の手すりについた二つのすり傷をたしかめた。それから、庭に案内して欲しいとダンブルヴァル氏に言った。

外に出ると、ホームズは柳の枝で編んだ肘掛け椅子に腰かけ、もの思わしげな目で屋敷の屋根を眺めた。それから突然、二つの小さな木箱に歩み寄った。バルコニーの下に残された梯子の跡を保存するため、そうやって木箱をかぶせてあったのだ。彼は木箱をのけると、背中を丸めてひざまずき、地面すれすれまで顔を近づけて何やら長さを測っていた。鉄柵沿いでも、同じような調査をしていたが、先ほどよりも時間はかからなかった。

こうして調べは終わった。

二人はダンブルヴァル夫人が待つ居間に戻った。

ホームズはしばらく黙っていたが、やがてこう切り出した。

「あなたのお話をうかがったとき、ずっと不思議だったんですよ、男爵さん。ずいぶんとわかりやすい犯行だって。梯子をかけ、窓ガラスを切り取り、盗みの品を選んで逃げる。

いや、ものごとはこんな簡単に行くものではありません。すべてがあまりにも単純明快すぎる」

「つまり?」

「つまりユダヤのランプ盗難事件は、アルセーヌ・ルパンの指揮のもとに行なわれたということです」

「アルセーヌ・ルパンですって」と男爵は驚いたように言った。

「けれども、彼が直接手を下したわけではありません。屋敷に忍びこんだ者など、誰もいないのです……おそらく召使いのひとりが屋根裏部屋からバルコニーに降りてきたのでしょう。さっき庭から確認した雨樋をつたって」

「どんな証拠があるんです?」

「アルセーヌ・ルパン本人ならば、手ぶらでこの居間から出ていきはしませんよ」

「手ぶらですって！　ランプを盗んでいったじゃないですか?」

「ランプを盗んだからって、ダイヤモンドをちりばめた嗅ぎ煙草入れや、古いオパールのネックレスを持っていけないわけじゃない。あと二度ほど、手を延ばすだけでいいんですから。それをしなかったのは、彼がこれらの品を見ていないということです」

「でも、あんなに痕跡が」

「見せかけですよ。疑いをそらすための演出です」

「手すりの傷は」

「作り物です。紙やすりでこすったのでしょう。ほら、これは紙やすりから出た粉です。さっき集めました」

「梯子の跡は？」

「あれもインチキです。バルコニーの下に残っている四角い二つの穴と、鉄柵の近くについた二つの穴を、よく比べてごらんなさい。たしかに形はよく似ていますが、こちらでは平行なのが、あちらでは違っています。二つの穴の間隔だって、場所によって異なっています。バルコニーの下では二十三センチなのが、鉄柵沿いでは二十八センチなんですから」

「ということは？」

「思うに四つの穴は、適当な長さに切った同じ一本の角材でつけたものでしょう。穴の形は同じですから」

「その角材があれば、何よりの証拠でしょうが」

「ほら、これですよ」とホームズは言った。「さっき庭で見つけました。月桂樹のプランターの下でね」

男爵も納得するしかなかった。ホームズがこの屋敷に足を踏みいれてから、まだ四十分ほどしかたっていない。それなのに、今まで明らかな事実と信じていたことが、ことごとく覆されてしまった。そして、もうひとつ別の真実があらわれた。シャーロック・ホームズの推理という、さらに堅固な証拠に基づく真実が。

「わが家の使用人をお疑いだとは、聞き捨てなりませんよ、ホームズさん」と男爵は言った。「召使いたちは皆、ダンブルヴァル家に古くから仕えています。わたしたちを裏切るような者は、ひとりもいないはずですが」

「使用人の誰かが裏切ったのでないとしたら、あなたがお書きになった手紙と同じ日、同じ時に、どうしてこの手紙が届いたのでしょうね？」

ホームズは、アルセーヌ・ルパンから来た手紙を男爵に見せた。

ダンブルヴァル夫人は呆然としている。

「アルセーヌ・ルパン……どうして彼がこれを？」

「あなたは手紙のことを、誰にも知らせてはいませんよね？」

「ええ、誰にも」と男爵は答えた。「食事のとき、妻と相談して決めたんです」

「召使いの前で？」

「いっしょにいたのは、二人の娘だけでした。いや、待てよ……ソフィとアンリエットは、もう食事を終えていたかかな。そうだろ、シュザンヌ？」

ダンブルヴァル夫人はしばらく考えて、こう答えた。

「そうね、子供たちは先生のところへ行ってたわ」

「先生とは？」とホームズがたずねる。

「家庭教師のアリス・ドマン先生です」

「その方はあなたがたといっしょに食事をしないのですか？」

「ええ、別にお部屋にお持ちしています」

そこでワトスンが口をはさんだ。

「友人のホームズに書いた手紙は、ポストに投函したのですよね？」

「もちろんです」

「どなたが持っていったんです？」

「召使いのドミニクです。二十年もわたしに使えている男ですよ」と男爵は答えた。「彼を調べても、時間の無駄でしょう」

「何かを探すとき、時間の無駄は決してありません」ワトスンはもったいぶった口調で言った。

こうして調査の第一段階は終わり、ホームズは部屋に引きあげることにした。

一時間後、夕食のとき、ダンブルヴァル家の二人の娘、ソフィとアンリエットとホームズは顔を合わせた。八歳と六歳のかわいらしい女の子だ。男爵と夫人が愛想よく話しかけても、ホームズが気難しそうな表情で答えるものだから、二人とも結局黙ってしまった。

やがてコーヒーが出されると、ホームズはカップの中身をいっきに飲んで立ちあがった。そのとき召使いが入ってきて、ホームズ宛の電報を手渡した。ホームズはさっそくひらいて読んだ。

貴兄にはまったくもって感嘆いたしました。こんなに短時間で、驚くべき成果をあげたのですから。ただただ、驚くばかりです。

アルセーヌ・ルパン

ホームズは苛立ったような身ぶりをして、男爵に電報を見せた。
「これでおわかりになったでしょう。ここは壁に耳あり目ありだ」
「まさか。信じられません」とダンブルヴァル氏は呆気にとられたように言った。
「わたしもですよ。でも、ひとつだけたしかなのは、ここでは一挙手一投足がやつに筒抜けだということです。ひと言しゃべっただけでも、彼に知られてしまうんだ」

その晩、ワトスンは、すっきりとした気分で床に就いた。やるべきことはすべて終え、あとは寝るだけとでもいうように。たちまち眠りこむと、すばらしい夢を見始めた。ひとりでルパンを追いかけ、その手でまさに捕えようとしている夢だ。追跡の興奮がとても鮮明だったので、彼ははっと目を覚ました。

誰かがベッドの脇を通りすぎる気配を感じ、ワトスンは拳銃をつかんだ。

「とまれ、ルパン。動くと撃つぞ」

「おい、寝ぼけてるんじゃない」

「なんだ、きみか、ホームズ。ぼくに用事でも？」

「きみの目に用がある。さあ、起きて」

ホームズはワトスンを窓辺に連れていった。

「見てくれ……鉄柵のむこう側だ」

「公園のなかかい？」

「そうだ。何か見えないか？」

「見えないけど」

「ほら、よく目を凝らして」

「ああ、本当だ。人影が……しかも二人いる」

「そうだろ。鉄柵のすぐ脇だ……ほら、動き出した。一刻も無駄にできないぞ」

二人は手すりにつかまりながら階段をおりると、裏庭に続く石段に面した部屋に入った。

ドアのガラス越しに、二つの人影が並んで立っているのが見えた。

「おかしいな」とホームズは言った。「屋敷で何か音が聞こえたような気がするが」

「屋敷で？　そんなはずないだろう。みんな眠っているんだから」

「ともかく、よく聞いてみろ……」

そのとき、鉄柵のほうから微《かす》かな口笛の音が聞こえ、屋敷から発しているらしいぼんやりとした光が見えた。

「ダンブルヴァル夫妻が明かりをつけたんだ」とホームズは小声で言った。「ぼくらのすぐうえが、夫妻の寝室だからな」

「それじゃあ、さっき聞こえた音もダンブルヴァル夫妻だな」とワトスンが答える。「きっと彼らも鉄柵を見張っているんだろう」

再び口笛の音がした。さっきよりも、さらに微かな音だった。

「どういうことなんだ。わけがわからない」ホームズが苛立ったように言う。

「ぼくにもわからないな」ワトスンも正直に言った。

ホームズは庭に面したドアの鍵をまわし、差し錠をはずしてそっと押しあけた。

口笛の音が三度《みたび》鳴った。今度はもう少し強く、異なった抑揚をつけて。二人の頭上でがたがたと物音が続いた。

「どうやら居間のバルコニーらしいぞ」とホームズはささやいた。

彼はドアの隙間から出した顔を、すぐに引っこめた。罵《ののし》り声が漏れそうになるのを、必死に抑えながら。今度はワトスンがのぞいてみた。すぐ目の前に、梯子がかかっている。

バルコニーの手すりに立てかけてあるのだ。

「しまった」とホームズは舌打ちをした。「居間に誰かいる。それであんな物音がしてたんだ。急いで梯子をはずそう」

とそのとき、うえからするすると男がおりてきた。ホームズとワトスンも外へ飛び出し、男の仲間が待つ鉄柵のほうへ全速力で走り始めた。そして梯子をはずし、それを持ってあとを追った。男が鉄柵に梯子をかけたところで追いついた。すると鉄柵のむこうから、銃声が二発響いた。

「やられたのか?」とホームズが叫んだ。

「大丈夫だ」とワトスンが答える。

ワトスンは男が身動きできないよう、体を押さえつけた。ところが男はふり返り、片手でワトスンにつかみかかると、もう片方の手で彼の胸にナイフを突き立てた。ワトスンはうめき声をあげ、その場によろよろと倒れこんだ。

「やりやがったな」とホームズは叫んだ。「殺したらただじゃすまさないぞ」

彼はワトスンを芝生に寝かせると、梯子に突進した。しかし、時すでに遅し……男は梯子をよじのぼり、仲間に合流すると、茂みのなかに姿を消した。

「ワトスン、おい、ワトスン、大丈夫か? かすり傷だからしっかりしろ」

屋敷のドアがばたんとあいて、まずはダンブルヴァル氏が出てきた。そのうしろから、ロウソクを持った召使いたちがついてくる。

「どうしたんですか?」と男爵は叫んだ。「ワトスンさんがお怪我を?」

「大したことありません。ただのかすり傷です」とホームズは、自分に言い聞かせるように何度も繰り返した。

けれどもワトスンは大量に出血し、顔は真っ青だ。

二十分後、医者が確認したところによると、ナイフの切っ先は心臓から四ミリのところでからくもとまっていた。

「心臓から四ミリだって? ワトスンはいつも運が強いな」ホームズは感心したように言った。

「いや、まったく運がよかったですよ」と医者もつぶやいた。

「それに体も頑丈にできているから、あとはせいぜい……」

「せいぜい六週間の入院と、二カ月の静養で元気になるでしょう」

「それで大丈夫ですか?」

「ええ、合併症がなければね」

「何を言っているんです。合併症なんてあるわけないですよ」

ホームズはすっかり安心して、居間にいる男爵のところへ行った。今度は謎の訪問者も、前ほど控え目でなかった。ダイヤモンドをちりばめた嗅ぎ煙草入れやオパールのネックレスだけでなく、仮にも盗賊たる者のポケットに入る品はすべて、恥も外聞もなく持ち去ったのだから。

窓はまだあいていて、窓ガラスの一枚がきれいに切り取られていた。早朝、ざっと調べたところによると、梯子は建設中の屋敷から持ってきたものだとわかった。それで犯人の足どりもつかめた。

「要するに」とダンブルヴァル氏はいささか皮肉っぽい口調で言った。「ユダヤのランプが盗まれたときと、まったく同じ手口というわけですね」

「ええ、第一の事件に関する司法当局の説明を認めるなら」

「あなたはまだお認めにならないんですか？　二度目の盗みを目の当たりにしても、前の事件についてのご意見を変えるつもりはないと？」

「むしろ確信が強まったくらいですよ」

「本当ですか？　今夜の事件が外部の者の犯行なのは、たしかな証拠がありますよね。それなのに、ユダヤのランプを盗んだのはわたしたちに身近な誰かだと言い張るおつもりで？」

「この屋敷内の誰かです」

「だったら、どう説明を……」

「何も説明などしませんよ。わたしが確認したふたつの事実には、お互い表面的な関係しかありません。わたしはそれを個別に判断し、その二つがどうつながるのかを調べるだけです」

ホームズの確信が揺るぐ気配はなかった。彼のふるまいには、確固たる動機があるらしい。そう思って男爵もここは引きさがることにした。

「わかりました。では、警察に知らせましょう……」

「だめです」とホームズは大声で叫んだ。「それだけはやめてください。警察の手が必要になるときまで、彼らに知らせるつもりはありません」

「でも、銃が発射されたのに？」

「大した問題じゃない」

「お友達のことは？」

「ただの怪我です……お医者さんにも、口外しないよう頼んでおいてください。司法当局に対することは、わたしが全責任を負いますから」

何ごともなく二日間がすぎたが、そのあいだにもホームズは細心の注意を払って仕事を続けた。目の前で行なわれた大胆不敵な攻撃のことを思い出すと、自尊心が大いに傷ついた。このホームズがいながら、阻止できなかったなんてと。彼は屋敷のなかや庭を根気強く調べ、使用人たちから話を聞き、調理場や厩舎を長々と見てまわった。事件の解明につながる手がかりは何も見つからなかったけれど、彼はくじけなかった。《きっとあるはずだ》と彼は思った。《ここにはきっと手がかりがある。金髪の女の事件みたいに、ただあてもなく歩きまわればいいんじゃない。知らない道を通って、よくわからない目的に達するのを期待するのでもない。今回の闘いは、まさにここで繰り広げられる。敵はもはや神出鬼没のルパンだけではなく、この屋敷のなかに暮らす生身の共犯者だ。ほんのわずかな手がかりでも見逃すものか》

こうした状況から、やがてホームズはひとつの手がかりを見つけ出すこととなる。その見事な手際から、ユダヤのランプ事件には名探偵たる彼の才能がもっとも華々しく発揮されたと言ってもいいだろう。しかし手がかりがもたらされたきっかけは、ささいな偶然だった。

三日目の午後、ホームズが居間のちょうど上階にある部屋に入ると、二人姉妹の妹アンリエットがいた。そこは子供たちの学習室で、アンリエットはハサミを探していた。

「ねえ」と彼女はホームズに言った。「このあいだの晩、おじさんが受け取ったような紙を、わたしもハサミで作るのよ」

「このあいだの晩？」

「そうよ、夕食のあとで。おじさんはうえに帯がついた紙を受け取ったでしょ……ほら、電報っていうのを……わたしもああいうのを作るわ」

子供は部屋を出ていった。ほかの人間だったら、気にも留めなかっただろう。子供の他愛もない思いつきにすぎないと。ホームズも最初は聞き流して、調べを続けた。けれども、アンリエットが言った最後の言葉をはっと思いだし、あわててあとを追った。そして階段のうえで追いつくと、こうたずねた。

「それじゃあ、きみも紙に帯を貼るのかい？」

アンリエットは得意そうに答えた。

「ええ、単語を切り抜いて貼りつけるの」

「そんな遊び、誰に教わったのかな？」

「先生よ……家庭教師の先生……同じようにしているのを見たわ。先生は新聞から単語を切り抜いて、貼っていた……」

「先生はそれで、何を作っていたんだろうね？」

「電報や手紙にして送るのよ」

ホームズは学習室に戻ったが、アンリエットの話が気になってしかたなかった。それがどんな意味を持つのか、彼は推理を働かせ始めた。

暖炉のうえに新聞が積んである。広げてみると、たしかにいくつもの単語や文が切り抜かれていた。けれども前後の単語を見れば、ハサミででたらめに切り取っているのは明らかだ。アンリエットがやったのだろう。しかし山積みされた新聞のなかには、家庭教師の女が切り抜いた単語も、ひとつくらいあるのでは？　でもそれを、どうやってたしかめたらいいのだろう？

　ホームズは、机のうえに重ねてある教科書をぱらぱらとめくった。本棚に並んでいる本も調べた。棚の隅に積んだ古いノートの下に、アルファベットに挿絵を沿えた、子供むけの絵本があった。それをひらいて、彼は歓喜の叫びをあげた。なかの一ページに、切り取られた跡が見つかったのだ。

　それは曜日の一覧表だった。月曜、火曜、水曜と並んでいる。ところが、土曜日が欠けているではないか。ユダヤのランプが盗まれたのも、土曜の晩だった。

　ホームズは、胸がきゅっと締めつけられるような感じがした。それは謎の核心に触れたことを教えてくれる、いつもの合図だった。決して誤ることない、真実の確かな重みだ。

　彼は自信たっぷりに、すばやく絵本を繰った。すると数ページ先に、新たな驚きが待っていた。

　アルファベットの大文字と、数字が並んでいるページだ。

　九つの文字と、三つの数字がきれいに切り取られている。

　ホームズはその文字と数字を、順番どおり手帳に書き写した。

CDEHNOPRZ-237

「ふむ、一見したところ、大した意味はなさそうだが」と彼はつぶやいた。

これらの文字を並び替えて、何かきちんとした単語が作れないだろうか？

いろいろと試してみたものの、うまくいかなかった。

そうなると、考えられる答えはひとつしかない。さっきから、何度も書いては消していた答え。結局のところ、それが正解なのだろう。事実の論理にも合致しているし、一般的な状況にも即している。

このページにはアルファベットの文字が、ひとつにつき一回ずつしか出てこないので、他のページから取ってきた文字で補わなければ、きちんとした綴りにはならないのだろう。そうに違いない。すると謎の言葉はこうなる。

REPOND*Z-CH237

最初の言葉は、明らかにREPONDEZ（返事を乞う）だ。Eの文字はすでに使われているので、ひとつ欠けているけれど。

二番目の言葉も不完全だが、二三七という数字と合わせて、手紙の発信者が受信者に知らせた住所だと考えられる。まずは日にちを土曜に定め、CH二三七という住所宛に返事をするよう頼んだのだ。

CH二三七は、局留郵便の記号かもしれない。それとも不完全な単語の一部か。ホームズは絵本をめくったが、あとのページに切り取られた箇所はひとつもなかった。とりあえずは、これまで明らかになった事柄にとどめておかねばならない。

「面白いでしょ？」

アンリエットが戻ってきて、そうたずねた。

「ああ、面白いね」とホームズは答えた。「ところで、ほかに紙はないのかな？　あるいは、ぼくが使えそうな、もう切り抜いてある言葉とか」

「ほかの紙？　ええ……ないわ。それに先生が嫌がるだろうし」

「先生が？」

「ええ、叱られちゃったの」

「どうして？」

「おじさんにいろいろ話したから……好きな人のことは、決して話しちゃいけないって言ってたわ」

「本当にそのとおりだね」

アンリエットは、賛成してもらったのがよほど嬉しかったらしい。ドレスにピン止めした布の小さな袋からボロきれやボタン三つ、砂糖菓子のかけら二つを取り出したあと、ようやく四角い紙を見つけてホームズに差し出した。

「これ、やっぱりあげるわ」

そこには八二七九と、辻馬車の番号が書かれていた。

「どこにあったんだい、この番号札」

「先生の財布から落ちたの」

「いつ？」

「日曜日、ミサのときよ。募金箱に入れる小銭を取り出そうとして」

「なるほど。それじゃあ、叱られない方法を教えてあげよう。ぼくに会ったって、先生に言ってはいけないよ」

ホームズはダンブルヴァル氏のところへ行くと、家庭教師の女について単刀直入にたずねた。

男爵はびくっと体を震わせた。

「アリス・ドマンさんですって！　もしかして、あなたは……いえ、そんなはず……」

「彼女はいつからここで家庭教師を？」

「まだ一年ですが、あんなに落ち着いていて、信頼の置ける人はほかにいませんよ」

「どうして、まだ会う機会がないんですか？」

「二日ほど、留守にしていましたから」

「それで、今は？」

「戻ってくるなり、ワトスンさんの枕もとで看護をしたいと言いました。彼女は看護師にもうってつけですから……やさしくて……気が利いて……ワトスンさんも嬉しそうでしたよ」

「ああ」とホームズは声をあげた。そういえば親友の容態をたずねるのも、しばらく忘れていた。

彼は少し考えてから、こうたずねた。

「ドマンさんは日曜の朝、出かけましたか？」

「ええ」

「盗難のあった翌日に？」

男爵は夫人を呼んで、確認した。すると夫人はこう答えた。

「ドマン先生はいつものように子供たちを連れて、十一時からのミサに出かけました」

「その前は？」

「その前？いえ……でも……あの盗難騒ぎで動転していたもので……そうそう、思い出しました。日曜日の朝、外出したいと前の晩から言ってました……なんでも、従姉妹《いとこ》がパりに出てくるとかで。まさか、彼女のことをお疑いなんですか？」

「そんなことありませんが……お会いしたいですね」

ホームズはワトスンの部屋にあがった。看護師のような、丈の長い灰色の服を着た女が、怪我人のうえに身をのり出し、飲み物をあげていた。ホームズはふり返った彼女を見て、北駅の前で話しかけてきた若い女だと気づいた。

二人のあいだで、何の説明も交わされなかった。アリス・ドマンは困惑したようすもなく、厳かで魅力的な目を細め、やさしく微笑んだ。ホームズは何か言おうとしたが、言葉に詰まって黙ってしまった。するとアリスは、仕事の続きを始めた。びっくりしたように見ているホームズの目の前で静かに歩きまわったり、薬の小瓶をふったり、包帯をほどいて巻きなおしたりしながら、ときおり明るい笑顔をまた彼にむけるのだった。

ホームズは踵《きびす》を返して一階におりた。ふと見ると、ダンブルヴァル氏の自動車が庭にとまっている。彼は車に乗りこみ、ルヴァロワの辻馬車車庫まで行ってくれと運転手にたのんだ。アンリエットにもらった、辻馬車の番号札に書かれていた番地だ。日曜日の午前中、八二七九番の馬車に乗っていた御者のデュプレは、まだ来ていなかった。ホームズは自動車を屋敷に返し、御者の交替時間まで待つことにした。

デュプレはたしかにモンソー公園の近くで、女をひとり乗せたと答えた。黒い服を着た若い女で、厚いベールで顔を隠し、とても興奮したようすだったという。

「何か荷物を持っていたかい？」

「ええ、細長い包みを」

「どこまで乗せたんだ？」

「テルヌ大通りの、サン＝フェルディナン広場の脇です。彼女はそこに十分ほどいてから、また馬車に乗ってモンソー公園に戻りました」

「女が入ったテルヌ大通りの建物はわかるかね？」

「そりゃもう。お連れしましょうか？」

「その前に、まずオルフェーヴル河岸三十六番の警視庁へやってくれ」

警視庁に着くと、うまい具合にすぐさまガニマール主任警部に会うことができた。

「ガニマールさん、手は空いてますか」

「ルパンの件ならば、答えは否《ノン》だ」

「ルパンの件ですよ」

「だったら、一歩も動かんよ」

「何ですって！　あきらめたんですか？」

「どだい無理なんだから、あきらめるしかないでしょう。敵《かな》わない相手と闘うのには、もう疲れました。負けるに決まっているんです。意気地なしだろうと、愚か者だろうと、好きに言えばいい……わたしは気にしませんよ。ルパンはわたしたちよりずっと強いんだ。だから降伏するしかないんです」

「わたしは降伏なんかしません」

「やつにねじ伏せられるだけですよ、あなただって、ほかのみんなと同じように」

「だったら、それも見ものじゃないですか。きっと愉快なのでは？」

「なるほど、そうかもしれないな」とガニマールは無邪気に言った。「それにあなたは、いくらやられてもへこたれませんからね。じゃあ、お供しましょうか」

二人は馬車に乗った。御者は命じられたとおり、目ざす建物の少し手前、大通りの反対側で馬車をとめた。二人は、月桂樹とマサキに囲まれた小さなカフェのテラスに陣取った。日が暮れ始めている。

「ウェイター、何か書くものをくれ」とホームズが言った。

彼は紙切れにメモ書きすると、またウェイターを呼んだ。

「この手紙を、むかいの建物の管理人に渡してくれ。門の下で煙草を吸っている、ハンチングの男だろう」

管理人が駆けつけると、ガニマールは主任警部の肩書を名のった。日曜の朝、黒い服を着た若い女が来たのでは、とホームズがたずねる。

「黒い服ですか？ ええ、九時ごろに。三階にあがっていきました」

「よく見かける女かね？」

「いいえ、でも最近は、わりと頻繁に……ここ二週間は、ほとんど毎日でしたね」

「日曜日のあとは？」

「一度きりです……今日は別にして」

「なに、彼女が来たって！」

「今、いますよ」

「いるのか！」

「十分ほど前でした。いつものように、サン＝フェルディナン広場に馬車を待たしてあります。門の下ですれ違いました」

「三階を借りているのは、どんな人なんだ？」

「二人いるんですが、ひとりは婦人帽子屋のランジェ嬢、もうひとりは一カ月前から家具つきの部屋を二つ借りている男です。ブレッソンという名前でね」

「どうしてわざわざ、《名前で》なんて言うんだ？」

「わたしが思うに、偽名ですよ、あれは。家内が家政婦代わりをしているんですが、同じイニシャルがついたシャツを二枚と持っていないそうです」

「暮らしぶりは？」

「ああ、ほとんど外出してますね。三日前から帰ってません」

「土曜の夜から日曜は、帰ってきたかね？」

「土曜の夜から日曜ですか？　ちょっと待ってください。どうでしたかね……ああ、そうだ、土曜の晩に帰ってきて、ずっと部屋にいましたよ」

「どんな男なんだ？」

「それが何とも言いようがなくて。しょっちゅう変わるんですよ。背が高いかと思ったら小さくなり、太っているかと思ったらほっそりして……髪も褐色だったり金髪だったり。いつも誰だかわからないくらいです」

ガニマールとホームズは顔を見合わせた。

「やつだ」とガニマールがささやく。「やつに違いない」

老警官のなかには、一瞬のとまどいがあった。口をあんぐりとあけ、両手の握り拳を震わせているところからもそれがわかる。

ホームズも必死に抑えてはいるものの、胸苦しいまでに興奮していた。

「ほら」と管理人が言った。「彼女が出てきました」

たしかに家庭教師の女が戸口にあらわれ、広場を抜けていく。

「ブレッソンさんもいます」

「ブレッソン？　どいつだ？」

「腕に荷物を抱えている男です」

「女のことは知らないふりだな。彼女はひとりで馬車に乗っていくぞ」

「ええ、あの二人がいっしょにいるのを見たことがありません」

ホームズとガニマールはすばやく立ちあがった。街灯の光のなかに、広場と反対方向に遠ざかっていくブレッソンの姿が見えた。

「どちらを追いましょうか？」ガニマールがたずねる。

「もちろん、やつだ。獲物はむこうだからな」

「それならわたしは、女をつけます」とガニマールは提案した。

「いや、それはだめです」ホームズはあわてて言った。ガニマールに事件のことを明かしたくなかった。「女が戻る先はわかっています……わたしといっしょに来てください」

二人はときおり通行人やキオスクの陰に隠れながら、充分距離をとって男のあとを追った。尾行は容易だった。相手はふり返らなかったし、すばやく歩いていたから。右脚をわずかに引きずっているが、経験豊かな観察眼の持ち主でなければ気づかないだろう。ガニマールが言った。

「あいつめ、脚が不自由なふりをしているな」

そこからこう続ける。

「ああ、警官を二、三人集め、あいつをひっ捕えてやれればな。このままじゃ、見失うかもしれないぞ」

しかしテルヌ門が近づいても、警官の姿が見える気配はなかった。城壁を越えたら、応援はあてにできないだろう。

「別々に歩きましょう」とホームズは言った。「人気《ひとけ》がなくなってきました」

そこはヴィクトール＝ユゴー大通りだった。二人は左右の歩道に別れ、並木に沿って進んだ。

こうして二十分ほど行くと、ブレッソンは左に曲がった。セーヌ川沿いをしばらく歩いたあと、川辺におりていくのが見えた。何をしているのかはわからないが、一分もしないうちにまた土手にのぼり、道を引きかえし始めた。ホームズとガニマールは鉄柵の柱にぴったりと体を寄せた。その前をブレッソンが通りすぎる。もう荷物は持っていなかった。彼が遠ざかると、男がもうひとり、家の隅からあらわれて、木々のあいだにそっと身を隠した。

ホームズは小声で言った。

「あの男もやつを尾行しているらしい」

「ああ、ここへ来るときにも見かけたような気がする」

再び追跡が始まった。しかしもうひとりの男がいるせいで、やりづらくなった。ブレッソンは同じ道をそのまま引きかえし、再びテルヌ門を抜けると、サン＝フェルディナン広場の建物に戻った。

ドアを閉めようとしている管理人に、ガニマールが声をかける。

「男が帰ってくるのを見ただろ？」

「ええ、階段のガス灯を消していると、部屋の差し錠をかける音がしました」

「彼はひとりで暮らしているんだな？」

「そうですよ、使用人はいませんし……食事も決してここではしないんです」

「裏階段はあるか？」

「いいえ、ありませんが」

ガニマールはホームズに言った。

「こうしたらどうでしょう？　わたしがドアを見張りますから、あなたはドムール通りの警察署に行って、署長を連れてきてください。一筆書きましょう」

けれどもホームズは反対した。

「そのあいだに、逃げてしまうかも」

「わたしがここに残りますから……」

「やつが相手じゃ、一対一では敵わない」

「でも、部屋に踏みこむわけにはいかないし。わたしにそんな権利はありません。夜間なら、なおさらです」

ホームズは肩をすくめた。

「ルパンを捕まえたとあれば、逮捕の状況なんか誰も問題にしませんよ。なに、呼び鈴を鳴らすだけでいいんです。あとは成り行きを見ましょう」

二人は階段をのぼった。三階の左側に両開きのドアがあった。ガニマールが呼び鈴を押す。

けれども、なかからは何の物音もしなかった。再び呼び鈴を押したが、誰も出てこなかった。

「入りましょう」とホームズがささやいた。

「よし、行こう」

しかし二人ともじっとしたまま、決心をつけかねていた。決定的な一歩を踏み出すとき誰でもためらうように、彼らも行動を恐れていた。アルセーヌ・ルパンがあそこにいるはずはない。急にそんな気がしてきた。ルパンがこんな近くに、一発で叩き壊せるほど薄っぺらい壁のむこうにいるなんて、ありえないじゃないか。あの恐るべき人物のことは、二人ともよく知っている。だから彼がこんなにあっさりと捕まるなんて、とうてい信じられなかった。そうだ、そうに決まってる。やつはもうここにはいないんだ。隣の建物からか、屋根からか、前もって準備した秘密の通路からか、ともかくやつはとっくに逃げてしまったに違いない。今度もまた、ただルパンの影を追いつめただけなのだ。

二人はびくっと体を震わせた。静寂を破るかすかな物音が、ドアのむこうから聞こえたような気がしたから。彼らは感じた。いや、確信した。やはりやつはあそこにいる。薄い木の壁に隔てられた部屋から二人のようすをうかがい、話し声に聞き耳を立てているのだ。どうしたらいいだろう？　状況は切迫している。めったなことでは慌てない老練な探偵と警察官の二人だが、感情が高ぶるあまり自分の鼓動が聞こえるかと思うほどだった。

ガニマールは横目でホームズに合図すると、拳でどんどんとドアを叩き始めた。はっきりと足音が聞こえた。もう潜《ひそ》めようという気はないらしい。

ガニマールはドアを揺らした。ホームズも猛然と肩から体当たりし、二人してドアを破った。

そのとき隣室から銃声が鳴り響き、二人ははっと身を凍らせた。さらにもう一度、銃声が響いたあと、人が倒れるような音がした……

部屋に入ると、大理石の暖炉に顔を押しつけて男が倒れていた。がくっと体が震えるのと同時に、握っていた拳銃が手から離れた。

ガニマールは身をのり出し、死体の顔をうえにむけた。大きな傷が二つ、頬とこめかみに口をあけ、ほとばしる鮮血が顔を覆っている。

「これでは見わけもつかないな」とガニマールはつぶやいた。

「どうせやつじゃないさ」とホームズは言った。

「どうしてわかるんです？　まだ、調べてもいないのに」

ホームズは苦笑いをした。

「それじゃあなたは、アルセーヌ・ルパンが自殺をするような男だと思いますか？」

「でも外を歩いていたときは、てっきりやつだと……」

「ええ、やつだと思いましたよ。二人ともね。そう信じたかったからです。あの男は、わたしたちにすっかりとりついているんだ」

「だったら、手下のひとりだろうか？」

「ルパンの手下も自殺なんかしません」

「では、何者なんだ？」

二人は死体の服を探った。ホームズは片方のポケットから財布を見つけたが、なかは空っぽだった。ガニマールはもう片方のポケットからルイ金貨を数枚見つけた。下着にはなんの印もない。服も同じだった。

大きなトランクがひとつ、スーツケースが二つ置いてあったけれど、なかには衣服が詰めこまれているだけだった。暖炉のうえには新聞の束があった。ガニマールが広げてみると、どれもユダヤのランプ事件を報じた新聞だった。

一時間後、ホームズとガニマールは現場をあとにした。彼らの介入によって自殺に追いこまれた男については、結局何もわからずじまいだった。

彼は何者なんだろう？　どうして自殺したのか？　ユダヤのランプ事件とどんな関係があるんだ？　さっき、彼のあとをつけていた男の正体は？　何もかも、わからないことだらけ……謎だらけだ……

シャーロック・ホームズは床につくときも、まだ不機嫌だった。そして翌朝、目を覚ますと、次のような速達便を受け取ったのだった。

アルセーヌ・ルパンは、ブレッソン氏の名におけるわが悲劇的な死を謹んでお知らせするとともに、六月二十五日木曜日、国費で執り行なわれる葬儀および埋葬にご参列いただけるようお願いいたします。

2

「なあ、きみ」とホームズはアルセーヌ・ルパンの速達便をふりかざしながら、ワトスンに話しかけた。「この事件で何より苛立たしいのは、あの忌々しい怪盗紳士の目が絶えずぼくに注がれているような気がすることなんだ。決して他人には明かしたことのない考えも、すべて筒抜けになってしまう。ぼくは、一挙手一投足が演出家によって厳しく定められている役者のようにふるまっている。卓越した意志の望むとおりに動き、望むとおりのせりふをしゃべっているんだ。わかるだろ、ワトスン？」

ワトスンだって四十度を超える高熱に浮かされ、こんこんと眠っていなければ、友人の言うことがきっとわかっただろう。しかし彼が聞いていようがいなかろうがおかまいなく、ホームズは話し続けた。

「自分を鼓舞するためには、気力を奮い起こし、体力の限りを尽くさねばならない。でも少しからかわれるくらい、ぼくにとっては針の先でつつくみたいにいい刺激だ。ちくちくとした痛みが治まり、自尊心の傷がふさがれば、こんなふうに思えるようになる。《せいぜい楽しむがいいさ。今にみずから馬脚をあらわすことになるぞ》ってね。だってほら、ルパンが送ってきた最初の電報を見て、アンリエットは文字を切り抜く遊びのことを思い出した。そのおかげで、アリス・ドマンがルパンと密かに連絡を取り合っていることがわかったのだから。ワトスン、きみはそれを忘れているんだ」

ホームズは親友が目を覚まさないよう気をつけるふうもなく、こつこつと足音を響かせて部屋を歩きまわった。

「ともあれ、状況はそれほど悪くないさ。ぼくがたどっている道はまだ薄暗いけれど、どうやら見当がつき始めた。まずはブレッソンが何者かつきとめよう。セーヌ川の河岸でガニマールと待ち合わせてある。ブレッソンが荷物を投げ捨てた場所だ。あの男の役割がわかるだろう。それから、アリス・ドマンとも勝負をつけなければ。なに、大した敵じゃない。そうだろ、ワトスン？ ほどなくわかるだろうよ。絵本から切り取った文字で、どんな文を作ろうとしたのか、CとHという二つの文字の意味が。すべての鍵はそこにあるのだからね、ワトスン」

ちょうどそのとき、家庭教師の女が入ってきた。身ぶり手ぶりで話しているホームズを見て、彼女はやさしく言った。

「ホームズさん、いけませんよ、患者さんを起こしたりしては」

ホームズは黙ってアリスを見つめた。最初に会った日と同じように、彼女の不思議な落ち着きに驚きながら。

「どうしてそんなふうにごらんになるんですか、ホームズさん？　理由なんかないって？いえ……あなたはいつでも胸に何か隠している……何を考えているんですか？　はっきりおっしゃってください」

彼女はホームズに問いかけた。にこやかな顔と無邪気な目、口もとには笑みをたたえている。両手を組んでわずかに身を前にのり出し、とても穏やかなものごしだった。そのようすがあまりに純真そうだったので、ホームズは怒りを感じるほどだった。彼は近づき、小声で言った。

「ブレッソンは昨晩、自殺しました」

アリスはわけがわからないとでもいうように繰り返した。

「ブレッソンが自殺を……」

彼女は表情ひとつ変えなかった。嘘をつこうとしているようには見えない。

「知っていたんですね」とホームズは苛立ちながら言った。「さもなければ、少しはびっくりするはずです……ああ、あなたは思っていたよりも強い人のようだ……でも、どうして隠すんです？」

彼は隣のテーブルに置いておいた絵本を手に取り、文字が切り取られたページをひらいた。

「ここに欠けている文字を、どんな順番に並べればいいのか教えてくれませんか。ユダヤのランプ盗難事件の四日前、あなたがブレッソンにどんな手紙を送ったのかわかるように」

「文字の順番ですって？　ブレッソン？　ユダヤのランプ盗難事件？」

アリスはゆっくりと繰り返した。それがどういう意味なのか、考えているかのように。

ホームズはさらにたずねた。

「ええ、使われた文字はこれ……この紙に書いてあります。あなたはブレッソンに何と書いたのですか？」

「使われた文字……わたしが何と書いたか……」

彼女はぷっと吹き出した。

「あらまあ、そういうことなんですか。わたしが盗難事件の共犯者だと。ブレッソンという男がユダヤのランプを盗み、自殺した。わたしはその男の仲間だというんですね。面白いお話ですこと」

「それじゃあ、昨日の夕べ、テルヌ大通りの家の三階で、誰と会ったのですか？」

「誰と会ったかって？　もちろん帽子屋のランジェさんですよ。わたしの帽子屋と友人のブレッソンさんが同一人物だとでも？」

それでもホームズは疑っていた。人はどんな感情でも装うことができる。恐れ、喜び、不安。何でもごまかしは可能だ。しかし、無関心だけはそうはいかない。しあわせで屈託《くったく》のない笑みは作り物ではない。

しかしホームズは質問を続けた。

「最後にもうひとつ、どうして先日の晩、北駅で、わたしに話しかけたのですか？　この盗難事件を引き受けず、すぐに引き返して欲しいと言ったのは、なぜだったんです？」

「ああ、あなたは好奇心が強すぎますね、ホームズさん」とアリスは、あいかわらず自然な笑みを浮かべながら言った。「罰として、何も教えてはさしあげません。それから、わたしが薬局へ行ってくるあいだ、患者さんの世話をしてあげてくださいね……至急、取ってこなければならないお薬があるんです。それでは、失礼します」

彼女は部屋を出ていった。

「してやられたな」とホームズはつぶやいた。「何も聞き出せなかったばかりか、こちらの手の内まで見せてしまった」

ホームズは青いダイヤモンド事件で、クロティルド・デタンジュを問い詰めたときのことを思い出した。金髪の女もアリスと同じように、まったく平然とした態度を見せていた。アルセーヌ・ルパンの及ぼす力に守られ、迫りくる危険も恐れず驚くべき平静さを保っている者が、またしてもひとり彼の前に立ちふさがっているのではないか？

「ホームズ……ホームズ……」

ワトスンが呼んでいる。ホームズはベッドに近寄って身を乗り出した。

「おい、どうした？　苦しいのか？」

ワトスンは口を動かしたが、声にならなかった。やがて苦労の末、彼はたどたどしく言った。

「いや……ホームズ……彼女じゃない……彼女のはずがない……」

「何を言ってるんだ。いいか、彼女さ。あの女はルパンの意のままに動く、忠実な手下なんだ。おかげでぼくは度を失い、つまらない失敗をしでかして……絵本の件を彼女に話してしまった……きっと一時間もしないうちに、ルパンに知られてしまうだろう。一時間どころか、すぐにでもだ。薬局へ行くだって？　急ぎの薬？　そんなもの、どうせでたらめだろうさ」

ホームズはすばやく外に出ると、メシーヌ大通りを下り、家庭教師が薬局に入るのをたしかめた。十分後、彼女は白い紙で包んだ大小の薬瓶を何本も持って出てくると、大通りを引き返し始めた。そのとき、男がうしろから近づき彼女に話しかけた。ハンチングを手に持ち、物乞いでもするみたいにぺこぺこしている。

アリスは立ちどまって男に施しをすると、また歩き始めた。

《男に何か話してたな》とホームズは思った。たしかな根拠があるというよりむしろ直感だったけれど、彼はそれを信じて作戦を変えることにした。女のほうはあきらめて、偽の物乞いのあとをつけよう。

こうして男とホームズは前後して、サン＝フェルディナン広場に着いた。男はブレッソンの家のまわりをしばらくうろついて、ときおり三階の窓を見あげたり、建物に出入りする人々に目をむけたりしていた。

一時間後、男はヌイイ行き路面電車の屋上席に陣取った。ホームズも男から少し離れてうしろにすわった。隣には、新聞を広げて顔を隠している客がいた。城塞跡に着いたところで隣の客が新聞をおろすと、なんとそれはガニマールだった。ガニマールは男を指さしながら、ホームズの耳もとでささやいた。

「あれは昨日、ブレッソンをつけていた男です。一時間前から、広場を歩きまわっていました」

「ブレッソンについて、何か新事実は？」とホームズはたずねた。

「ありましたよ。今朝、彼の住所に手紙が届きました」

「今朝？　ということは昨日、差出人がまだブレッソンの死を知らないうちに投函されたんだな」

「そのとおり。手紙は予審判事が持っていますが、文面をひかえてあります。《むこうはいかなる取引きにも応じず、すべてを要求している。第一のものも、第二の事件のものも。要求がとおらなければ、やつは行動に出るだろう》署名はありません。見てのとおり、これだけでは、大して役に立ちそうにありませんね」

「そのご意見には賛成できかねますね、ガニマールさん。とても興味深い手紙だと思いますよ」

「それはまた、どうして？」

「いやなに、個人的な理由ですよ」とホームズは、ガニマール相手ではいつものことながら、ぶっきらぼうに答えた。

市街電車はシャトー通りの終点でとまった。男はおりて、ゆうゆうと歩いていく。ホームズはそのすぐうしろをつけ始めた。するとガニマールが心配そうに言った。

「あいつがふり返ったら、気づかれてしまうぞ」

「ふり返りませんよ」

「どうしてわかるんです？」

「あいつはアルセーヌ・ルパンの手下です。ルパンの手下があんなふうに両手をポケットに入れて歩いているのは、尾行に気づいているからです。気づいていながら、何も恐れていない証拠です」

「でも、近すぎやしませんか？」

「これでも、すぐにわれわれの手をすり抜けてしまいますよ。やつは自信たっぷりだ」

「おやおや、ご冗談を。あのカフェの入口に、自転車の警官が二人いますよね。彼らに応援を要請し、あの男に職務質問させたら、手をすり抜けたりできますかね」

「そんなことになっても、あわてやしないでしょう。ほら、自分のほうから警官に声をかけようとしている」

「あいつめ」とガニマールは叫んだ。「何てずうずうしいんだ！」

たしかに男は、自転車にまたがった二人の警官に近づいた。そして二言、三言話したかと思うと、カフェの壁に立てかけてあった三台目の自転車に飛び乗り、警官たちといっしょにたちまち走り去った。

ホームズは大笑いした。

「ほら、ごらんなさい。一、二、三で持っていかれてしまった。誰にかって、あなたのお仲間たちにね、ガニマールさん。けっこうなご身分ですよ、アルセーヌ・ルパンは。二人の自転車警官を買収するんだから。だから言ったじゃないですか。あの男は落ち着いたもんだって」

「それなら」とガニマールはむっとしたようにたずねた。「どうすればよかったんです？笑ってるだけなら、楽なもんですがね」

「まあ、そうかりかりしないで。こちらもやり返しましょう。まずは援軍が必要です」

「ヌイイ通りの端でフォランファンが待機しています」

「それじゃあ、途中で拾ってわたしに合流してください」

ガニマールが遠ざかると、ホームズは自転車のタイヤ跡を追い始めた。自転車のうち二台には溝のあるタイヤがついていたので、道路の土にくっきりと跡が残っていた。このままそれをたどっていけば、セーヌ川の河岸へむかうことになると、ホームズはほどなく気づいた。自転車の三人は、昨晩のブレッソンと同じ方向に曲がったようだ。こうしてホームズは、昨日ガニマールと身を潜めた鉄柵に着いた。少し先でタイヤの跡がもつれているのは、そこでひと休みしたからだろう。正面のセーヌ川に細長く突き出た小さな洲の先端には、古いボートがつないである。

ブレッソンはそこから荷物を川に投げこんだか落としたかしたのだろう。ホームズは土手をおりた。川岸は緩やかに傾斜し、流れは浅かった。きっと荷物は簡単に見つかる……自転車の三人に先を越されてなければ。

《いやいや、そんな時間はなかったはずだ……》とホームズは思った。《せいぜい十五分くらいだからな……それなら、どうしてここに寄ったのだろう？》

ボートのうえで釣りをしている男に、ホームズは声をかけた。

「自転車に乗った三人の男を見かけませんでしたか？」

釣り人は首を横にふった。

ホームズはなおもたずねた。

「おかしいな。三人の男ですよ……さっき、すぐそこで自転車をとめたはずなんだが……」

釣り人は竿を脇の下にはさみ、ポケットから手帳を取り出した。

ホームズは驚きのあまり、体を震わせた。手にしたページの真ん中に、絵本から切り取られた文字が書き連ねてあるのがひと目でわかった。

CDEHNOPRZEO-237

まばゆい太陽の光が、川の水面《みなも》にきらきらと輝いている。男はまた竿を手にした。つり鐘型の大きな麦わら帽子をかぶり、上着とチョッキはたたんで脇に置いてあった。男は川の流れに浮きを漂わせ、じっと釣り糸を垂れていた。

こうして一分がすぎた。重苦しい沈黙の一分が。

《やつだろうか？》とホームズは、不安に胸を掻きむしられながら思った。

それは火を見るより明らかだ。

《そう、やつに違いない。これからどうなるのか何も恐れず、こんなふうに落ち着きはらっていられるのはやつだけだ……そもそも、ほかに誰が絵本の一件を知っているっていう

んだ？　アリスが使いを出して、やつに知らせたに違いない》

ホームズは、自分の手がいつのまにか拳銃を握っているのに気づいた。目は男の背中をじっと見つめている。うなじの少し下あたりを。指を動かすだけでいい。そうすればドラマは終わりをむかえ、怪盗は無残に息絶えることになる。

釣り人は微動だにしなかった。

ホームズは苛立たしげに銃を握りしめた。引き金を引いて決着をつけたいという思いが、むらむらとこみあげてくる。と同時に、そんな忌まわしい行為を恐れてもいた。今なら確実に仕留められる。それで終わるんだ。

《ああ、立て》と彼は思った。《立って抵抗しろ……さもないと、とんでもないことになるぞ……あと一秒……そうしたらおれは撃ってしまう……》

そのとき足音がして、ホームズは思わずふり返った。ガニマールが部下の警官を連れてやって来るのが見える。

ホームズははっと思いなおし、ボートに飛び乗った。その拍子にボートが前に動き、つないであったロープが切れた。ホームズは男につかみかかってはがい絞めにし、そのまま二人とも船底を転がった。

「こんなことをしたって、何の意味もないぞ」とルパンはもがきながら叫んだ。「二人のどちらかが相手を倒しても、無駄骨折りになるだけだ。あんたはぼくの始末に困る。ぼくだって同じことさ。二人とも馬鹿みたいに、こうしているしかないんだ……」

二本のオールが川に滑り落ち、ボートは漂流し始めた。土手のあちこちから、次々に大声があがった。ルパンはまだ話している。

「なんて騒ぎだ。あんたはすっかり見境をなくしてしまったのか？　いい歳をして、こんなまねをして。少しは分別を持てよ。まったく、しょうがないな……」

ルパンは相手の手をふりほどいた。

ホームズは怒りにわれを忘れ、ポケットに手を入れた。そのとたん、彼は罵り声をあげた。何と拳銃は、いつのまにかルパンに抜き取られていた。

そこでホームズはボートを岸に戻そうと、膝をついて身を乗り出し、水に浮かんだオールに手を伸ばした。いっぽうルパンは沖に出るため、もう一本のオールをつかもうとした。

「オールがあろうがなかろうが……」とルパンは言った。「そんなこと大して重要じゃない……あんたがオールをつかんだら、使うのをじゃまするだけさ。あんただって、同じことをするだろうよ。人生何をなすべきか、みんなわけもわからず行動している。だって最後には、運命がすべてを決するのだから……そして、ほら……運命はルパンに味方すると決めたらしい……ぼくの勝ちさ。川の流れはぼくに有利だ」

たしかにボートは、岸からどんどん離れていった。

「気をつけろ」とルパンは叫んだ。

誰か川岸で、銃をかまえている。ルパンが身をかがめると銃声が鳴り響き、ボートの近くで水しぶきがあがった。ルパンは大笑いした。

「はばかりながら、あれは友人のガニマールじゃないか。おい、それはまずいぞ、ガニマール。正当防衛のときにしか、発砲は許されていないはずだろ。この哀れなアルセーヌのせいで、大事な義務を忘れるほどいきり立ってしまったのかい？　おや、あいつめ、また撃つつもりだ。だめだめ、こちらの名探偵先生に当たっちまうぞ」

ルパンはわが身を楯《たて》にしてホームズの前に立ち、ガニマールにむきあった。

「さあ、ぼくは何も恐れちゃいない……ここを狙え、ガニマール、心臓のど真ん中を……もっとうえ……左だ……外したぞ……へたくそめ……もう一発どうだ？　手が震えてるぞ、ガニマール……それでも指揮官か？　さあ、落ち着いて……一、二、三、撃て！　また、外したぞ。政府は拳銃代わりに、おもちゃを持たせているのかね？」

ルパンは銃身の長い、どっしりとした拳銃をふりかざすと、狙いも定めずに引き金を引いた。

部下の警部が帽子に手をやった。銃弾の大きな穴があいている。

「さあ、どうだ、ガニマール？　こいつは高級品だぞ。心して見ろよ。わが畏友、名探偵シャーロック・ホームズの拳銃だからな」

そして彼は腕をひとふりすると、ガニマールの足もとに銃を投げた。

ホームズは思わず賞賛の笑みを漏らした。あふれんばかりの生命感、若々しい素直な歓喜！　本当に楽しそうだ。危険が迫っていると感じただけで、ぞくぞくするような快感で体中がいっぱいになるのだろう。みずから危険を追い求め、それを巧みに切り抜ける楽しみこそが、この並はずれた男にとって生きる目的にほかならないのだ。

そうこうするうちにも、川の両岸は人でいっぱいになり、ガニマールと部下の警官たちは、沖で揺れるボートを追いかけた。こうなったら、ルパンの逮捕は確実だろう。

「さあ、正直に認めなさい」とルパンはホームズのほうをふり返って言った。「トランスヴァアル金鉱の金をすべて積まれても、その席はゆずれないって。あなたが今いるのは、特等席なんだから。でも、まずは前口上と行きましょう……そのあとはいっきに第五幕、アルセーヌ・ルパンの逮捕、あるいは逃亡の巻にまいります。そこでひとつ、おうかがいしたいのですが、あとで誤解のないように、ウイかノンか答えてくださいよ。この事件に関わるのをあきらめていただきたいんです。今ならまだ間に合う。あなたがしでかした過ちは、何とか取り繕いますから。これ以上遅くなったら、ぼくにも手の施しようがありません。承知していただけますか？」

「断わる《ノン》」

ルパンは顔をひきつらせた。ホームズの頑なな態度に、苛立っているようだ。

「もう一度、おたずねしますよ。これはぼくのためというより、あなたのためなんです。余計な手出しを後悔することになるのは、あなた自身なんですから。さあ、これで最後、ウイかノンか？」

「断わる《ノン》」

ルパンはうずくまり、ボートの底板を一枚動かし、ホームズにはよくわからない作業をしばらくごそごそやっていた。それから体を起こしてホームズの傍にすわると、こう言った。

「ところで、ぼくたちがこの川辺に来たのは同じ理由、ブレッソンが投げ捨てたものを水のなかから回収するためですよね。ぼくは仲間数人と、ここで待ち合わせをしていました。そしてセーヌ川の川底をちょっとばかり探索しようとしていたとき——だからこそ、見てのとおり簡素なかっこうをしていたんですが——あなたがやって来るという知らせが入ったんです。

でも正直言って、驚きませんでしたけどね。あなたの調査の進捗状況は、逐一把握していましたから。なに、簡単なことです。ミュリヨ通りの男爵邸で、少しでも気にかかる出来事があれば、すぐに電話で知らせが入るんです。だからおわかりでしょう。こんな状況のもとでは……」

ルパンはそこで言葉を切った。さっき動かした底板が持ちあがり、まわりから水が吹き出している。

「おやおや、何をしちまったんだろう。ボロ舟の底から水が漏ってくるようだ。どうです、怖くありませんか？」

ホームズは肩をすくめた。ルパンは話を続ける。

「こんな状況で、ぼくが闘いを避けようとすればするほど、あなたは執拗に挑んできました。そうとわかって、あなたと一戦交えるのがむしろ楽しくなってきました。でも、闘いの結果は明白です。切り札はすべて、ぼくの手の内にあるんだから。そこでぼくはあなたとの一騎打ちを、できるだけ派手に演出しようと思いました。そうやってあなたの敗北が世に広く知れわたれば、もう誰もクロゾン伯爵夫人やダンブルヴァル男爵のように、あなたに頼ってぼくの邪魔をしようとはしなくなるでしょうからね。それにほら、ホームズさん……」

ルパンはふたたび言葉を切ると、両手の指を丸くして双眼鏡のように目にあてると、岸を眺めた。

「いやはや、あいつらすごいボートを動員したもんだ。まるで軍艦じゃないか。ほら、みんなでせっせとオールを漕いでいる。このぶんじゃ、五分としないうちに乗りこんできて、ぼくは一巻の終わりだ。ホームズさん、ひとつ忠告しましょう。ぼくに飛びかかってロープで縛りあげ、わが国の司法当局に突き出したらいかがです？　お気に召しませんか、そんな段取りは？　もっともその前に、舟が沈んでしまうかもしれませんけどね。そうなると、ぼくらにはもう遺書を書く時間しか残されてません。どう思います？」

　二人の視線が交わった。ことここに至って、ホームズはルパンの作戦を理解した。彼はボートの底に穴をあけたのだ。水位がどんどんあがってくる。

　やがて水は靴底を濡らし、足を浸した。それでも二人とも、微動だにしなかった。

　水は踝の高さを越えた。ホームズは煙草入れを取り出し、紙巻を一本作ると、おもむろに火をつけた。

　ルパンはまた話を続けた。

「でもね、ホームズさん、こんなことを言うのも、ぼくがあなたの前でいかに無力かを謙虚に認めているからこそなんです。自分で場所を選べないような闘いを避け、勝利が確実な闘いだけに応じるのは、あなたに対して降伏しているのと同じですからね。ぼくが恐れる唯一の敵はシャーロック・ホームズだ。ホームズがぼくの行く手から遠ざからない限り安心できないと公言しているようなものですよ。それをぜひ申しあげたかったんです。でもひとつっかく運命のめぐり合わせで、あなたとお話できる機会が持てたんですから。でもひとつだけ残念なのは、こうして会話しているあいだも、足がびしょ濡れだってことです……おや、足だけじゃない。腰も濡れてる正直言って、いささか滑稽な状態ですからね……

ぞ」

たしかに水は二人がすわっているベンチにまで達し、ボートは徐々に沈みかけていた。ホームズは落ち着きはらい、煙草をくわえてじっと空を眺めている。つねに危険と背中合わせでいる男。群衆に囲まれ、警官に追いまわされ、それでも上機嫌を失わないこの男を前にして、ほんのわずかな動揺も決して顔にあらわすまいとしているのだ。

なんとまあ、二人はまるでこう言っているかのようだ。これしきのことで、あたふたしてどうする？　川で溺れるなんて、日常茶飯事じゃないか。びっくりするような出来事じゃないさと。ひとりはおしゃべりし、もうひとりはもの思いにふけっているけれど、二人とも同じ無頓着そうな仮面の下に、激しいプライドのぶつかり合いを隠しているのだ。

あと一分もすれば、二人とも川に流されてしまう。

「ここでもっとも重要なのは」とルパンは話をまとめた。「ぼくたちが流されるのは、司法の守り手たちが到着するより前か後かを知ることです。すべてはそこにある。なぜなら船が沈むのは、もはや決定的ですからね。さあ、厳かなる遺言のときとまいりましょう。わたしはイギリス国民シャーロック・ホームズ氏に、全財産を残すことにします。ただし、彼には……いや、すごいぞ、司法の守り手たちがどんどんと近づいてくる。なんて仕事熱心なんだ。あいつらを見てると楽しくなりますね。オールの動きもぴたりとそろってる。

おや、きみか、フォランファン巡査長。ブラボー、まさしく軍艦だ。きみのことは、上司にほめておいてやるぞ、フォランファン……勲章が欲しいかい？　よしわかった……きっともらえるようにしてやる。お仲間のディユジーはどこにいる？　左岸に百人も集まっている見物人のなかかい？　溺れ死ぬ前に左岸にたどり着けば、ディユジーと見物人たちのお出迎えが待ってるし、右岸にはガニマールとヌイイの住人たちがいる。こいつはつらい板ばさみだ……」

ボートは渦に巻きこまれ、ぐるぐるとまわり出した。ホームズはオールをとめる輪にしがみつかねばならなかった。

「ホームズさん、上着を脱いだほうがいいですよ」とルパンは言った。「そのほうが泳ぎやすいですから。いやだ、脱がないって？　それならぼくも着ることにしましょう」

ルパンは上着を着ると、ホームズと同じようにきっちりボタンもかけ、ため息をついた。

「まったく頑固なお人だ。あなたがこの事件から手を引こうとしないのは、本当に困ったもんです……たしかにあなたはすばらしい手腕を見せていますが、それはすべて無駄骨折りなんだ。せっかくの才能を、浪費しているんです……」

「ルパンさん」ずっと黙っていたホームズがようやく口をひらいた。「どうもきみはおしゃべりがすぎる。自信過剰と軽率が玉に傷だな」

「これはまた、手きびしい」

「そうさ。わたしが求めていた手がかりを、さっききみは気づかないうちに明かしてしまったんだ」

「これはなんと、手がかりをお探しだったんですか。ぼくに言ってくれればよかったのに」

「誰の手も借りる気はない。今から三時間後、わたしはダンブルヴァル夫妻の前で謎解きをする。きみに言うべきことはそれだけだが……」

ホームズは言葉を終える暇がなかった。ボートが二人を乗せたまま、突然水に沈みこんでしまったから。ひっくり返った船体が、すぐに水面に浮かび出た。川の両岸から大きな叫び声があがる。そのあと不安げな沈黙が続いたかと思うと、再びどよめきが起きた。水のなかから、ひとりが顔を出したのだ。

それはシャーロック・ホームズだった。

泳ぎの達人ホームズは大きく水をかきながら、フォランファンのボートにずんずん近づいた。

「がんばって、ホームズさん」と巡査長は呼びかけた。「ここですよ……さあ、あきらめないで……やつのことはまかせてください……あとで必ずつかまえますから……あとひと息……ロープにつかまって」

ホームズは、ボートから放られたロープに手をかけた。彼がボートによじのぼろうとしているとき、背後から呼びかける声がした。

「謎解きですって、ホームズさん。たしかにあなたは、謎を解くでしょう。今までできていなかったのが不思議なくらいだ……でも、謎が解けたからってどうなるんです？　そのときあなたは闘いに負けるのだから……」

ルパンは長広舌をふるいながら、転倒したボートによじのぼり、そこにどっかとまたがった。そして論争相手を打ち負かそうとでもいうように、重々しい身ぶり手ぶりで演説を続けた。

「わかってください、ホームズさん。もう、打つ手は何もない。何ひとつないんです……そしてあなたは、嘆かわしい状況に置かれている……」

フォランファンがルパンに狙いを定めた。

「もう逃げられんぞ、ルパン」

「無作法者だな、フォランファン巡査長。話の途中にさえぎるなんて。だからぼくは……」

「おとなしく降伏しろ、ルパン」

「おいおい、フォランファン、降伏なんて、よほどの危険が迫っているときにするものだぜ。でもぼくは、危険なんかちっとも感じちゃいないんだ。きみにはそれが、どうしても信じられないんだな」

「これが最後だぞ、ルパン。降伏しろ。命令だ」

「フォランファン巡査長、まさかきみだって、ぼくを撃ち殺す気はないだろう。怪我くらいは負わせるかもしれないが。ぼくに逃げられるのを、ずいぶん恐れているようだからな。でも、その怪我が致命傷になったらどうする？　気の毒に、寝覚めの悪い老後を送ることになるぞ……」

銃弾が発射された。

ルパンはぐらりとよろめき、一瞬難破船にしがみついたかと思うと、手を放して波間に消えた。

こうした出来事があったのが、ちょうど午後三時。そしてシャーロック・ホームズは、みずから予告したとおり午後六時ぴったりに、ミュイヨ通りにある男爵邸の居間に入った。ヌイイで宿屋の主人から借りた短すぎるズボンときつすぎる上着、ハンチング、絹の細紐がついたネルシャツというかっこうだった。ダンブルヴァル夫妻には話があると、あらかじめ連絡してあった。

ダンブルヴァル夫妻が居間にむかうと、ホームズはせかせかと歩きまわっていた。その奇妙なかっこうがあんまりおかしかったので、二人は笑いをこらえるのにひと苦労だった。ホームズは背中を丸め、もの思わしげな表情で、自動人形のように行ったり来たりを続けている。窓からドアへ、ドアから窓へ、毎回歩数も同じなら、半回転する角度も同じだった。

ホームズは立ちどまって置物を手に取り、気がなさそうに眺めるとまた歩き出した。そしてようやく夫妻の前に立つと、こうたずねた。

「家庭教師の先生はいらっしゃいますか?」

「ええ、庭で子供たちといっしょに」

「みなさんとこうしてお話するのも最後になりますから、ドマンさんにもぜひ立ち会っていただきたいのですが」

「それなら、やはり……」

「もうしばらくご辛抱を、男爵。これからあなたがたの前で、できるだけ正確に事実をお示しいたします。真実はそこから明らかになるでしょう」

「わかりました。シュザンヌ、先生をお呼びして……」

ダンブルヴァル夫人は立ちあがって部屋を出ると、ほどなくアリス・ドマンを連れて戻ってきた。アリスはいつもより少し顔が蒼ざめていた。立ったままテーブルによりかかり、どうして呼ばれたのかたずねようともしない。

ホームズは彼女のことなど、目に入っていないかのようだった。そしていきなりダンブルヴァル夫妻をふり返り、有無を言わせぬ口調でこう話し始めた。

「ここ数日、わたしは調査を続けました。途中、いくつかの事件があり、いっとき見解に変更もありましたが、結局は最初の数時間後に申しあげたことを、ここで繰り返したいと思います。ユダヤのランプを盗んだのは、この屋敷に住む何者かです」

「犯人の名前は」

「わかっています」

「証拠は？」

「犯人を追いつめるのに充分な証拠を手にしています」

「犯人を追いつめるだけでは充分じゃない。きちんと取り返してもらわないと……」

「ユダヤのランプをですか？　それならわたしが持っています」

「オパールのネックレスや嗅ぎ煙草入れも？」

「オパールのネックレス、嗅ぎ煙草入れ。要するに二度目に盗まれたものもすべて、取り返しました」

ホームズはこんなふうに芝居がかって、ややそっけなく勝利を宣言するひとときがたまらなく好きだった。

たしかに男爵夫妻は、びっくり仰天しているらしい。黙って不思議そうに見つめるさまが、彼にとっては何よりもの賛辞だった。

それからホームズは、この三日間にあった出来事を詳細に報告した。絵本を見つけた経緯を述べ、切り抜いた文字でできた文を紙に書き、ブレッソンがセーヌ川の岸辺に出かけたこと、彼の自殺、そしてルパンと繰り広げた闘いやボートの沈没、ルパンが水中に消えた顚末《てんまつ》までを語った。

彼が話し終えると、男爵が小声で言った。

「あとはもう、犯人の名前を明かすだけですね。それじゃあ、あなたは誰が犯人だと？」

「アルファベットの文字を切り抜き、それで作った手紙でアルセーヌ・ルパンと連絡を取った人物です」

「手紙の相手がアルセーヌ・ルパンだと、どうしてわかるのですか？」

「ルパンがみずから言ったんですよ」

ホームズは濡れてくしゃくしゃになった紙きれを広げた。それはルパンがボートのうえでメモ書きし、破り取った手帳のページだった。

「でも、いいですか」とホームズは満足げに言った。「なにもルパンは、この紙きれをくれる必要なんかなかったんです。その結果、自分のしわざだと認めたことになるのに。彼からすれば、単なる子供っぽい悪戯のつもりだったのでしょう。それがわたしには重要な手がかりになったのです」

「手がかりですって……」と男爵は言った。「でもわたしには、いったいどういうことだか……」

ホームズは文字と数字をもう一度鉛筆で書いた。

CDEHNOPRZEO-237

「それで？」とダンブルヴァル男爵は言った。「さっきあなたが見せてくれたものと、まったく同じですが」

「いいえ、文字をひとつひとつよく見てみれば、わたしのようにひと目でわかったはずですよ。これは前のものと違っているとね」

「どこが違うんです？」

「EとOの文字が、ひとつずつ多く入っているじゃないですか」

「たしかに。気づきませんでした……」

「REPONDEZ（返事を乞う）という言葉に使われなかったCとHに、この二文字を加えてみるなら、出来る言葉はECHO（エコー）だけです」

「というと？」

「ルパンの声明文を載せる公式機関紙、《エコー・ド・フランス》のことですよ。《エコー・ド・フランス》紙の三行広告欄、二三七宛に返事を乞う、という意味だったんです。これこそ、わたしが探し求めていた謎解きの鍵でした。ルパンはご親切にも、みずからそれを提供してくれたというわけです。わたしは《エコー・ド・フランス》紙のオフィスへ出かけました」

「それで、見つけたんですね？」

「見つけましたよ。ルパンと共犯者の、細かなやりとりの跡をすべて」

ホームズは新聞を七部、第四面をひらいて並べ、そこから次のような七行を抜き出した。

1　ARS. LUP. へ。婦人、助けを求む。五四〇。
2　五四〇へ。説明、待つ。A. L.
3　A. L. へ。敵の手中にある。破滅。
4　五四〇へ。住所、知らせよ。調査、行なう。
5　A. L. へ。ミュリヨ。
6　五四〇へ。公園、三時。スミレ。
7　二三七へ。土曜、了解。日曜、朝、公園。

「これが細かなやりとりってわけですか？」とダンブルヴァル男爵は叫んだ。

「ええ、そうですとも。少し注意深くご覧になれば、わたしの意見に賛成していただけるでしょうよ。まずは五四〇と名のる女が、アルセーヌ・ルパンに助けを求めました。それに対してルパンは、説明をするようにと答えています。そこで女は、敵の手中にあると答えました。敵というのは、もちろんブレッソンのことです。そしてルパンの助けがないと、もう身の破滅だと訴えているのです。警戒していたルパンは、この謎の女とまだ接触しようとはしませんでした。住所をたずね、調べてみると持ちかけたのです。女は四日間ためらった末——日付を見てください——心を決めました。状況が切迫し、ブレッソンの脅迫に抗しきれなくなったからでしょう、ミュリヨ通りという名前を明かしたのです。すると翌日、アルセーヌ・ルパンは、三時にモンソー公園で待っているので、目印にスミレの花を持ってくるように指示しました。もうルパンと女は、新聞の三行広告欄で連絡を取り合う必要がなくなりました。ブレッソンの要求を受け入れるため、女はユダヤのランプを盗むことにが練られました。直接会うか、手紙を書き合っていたのでしょう。こうして計画しました。あとは日取りを決めるだけです。用心のため切り抜いた文字を貼り合わせた手紙で連絡を取っていた女は、決行日を土曜と決めたあと、《エコー、二三七宛に返事を乞う》とつけ加えたのです。ルパンは了解したと答え、日曜の朝、公園で会う約束をしたのです。こうして日曜の明け方、盗みが行なわれたというわけです」

「たしかに、これですべてつじつまが合いますね。お見立ては完璧だ」

ホームズは続けた。

「こうして盗みは行なわれました。女は日曜の朝、公園に行ってルパンに首尾を報告し、ブレッソンにユダヤのランプを渡しました。ここまではすべて、ルパンのもくろみ通りことが運びました。司法当局はあいていた窓や、地面に残っていた四つの梯子の跡、バルコニーの手すりについていた二つのひっかき傷に騙され、外から泥棒が入ったのだと思いこみました。これで女は安泰です」

「なるほど」と男爵は言った。「この説明はとても論理的だ。でも、第二の盗難事件は……」

「第二の事件は、第一の事件がきっかけで引き起こされたものです。ユダヤのランプがどんなふうにして盗まれたのかを、新聞各紙が書きたてたものだから、何者かが同じ手口を使って、まだ残っている宝飾品を奪おうと思いついたのです。だから今度は見せかけではなく、本当に梯子を使って忍びこんだ盗難事件です」

「やはり、ルパンが……」

「いいえ、ルパンならあんな間の抜けたやり方はしません。やたらに銃をぶっぱなしたりするものですか」

「それじゃあ、誰です?」

「もちろん、ブレッソンですよ。脅迫相手の女も、知らなかったのでしょう。ここに押し入ったのも、わたしが追いかけたのも、わが友人ワトスンに怪我を負わせたのも、みんなブレッソンです」

「それで間違いないと？」

「絶対確実です。ブレッソンが自殺する前に、仲間のひとりが手紙を書いています。その手紙によると、ここから盗まれた品をすべて返すよう、仲間とルパンのあいだで交渉が持たれたようです。ルパンはすべてを要求しました。《第一のものも（つまりユダヤのランプです）、第二の事件のものも》それにルパンは、ブレッソンを見張っていました。昨晩、やつがセーヌ川の岸辺まで行ったとき、わたしたちのほかにもあとをつけている者がいましたからね」

「ブレッソンは何をしに、セーヌの川辺へ行ったんです？」

「わたしの調査がどこまで進んでいるかを知らされて……」

「誰に知らされたんです？」

「同じ女ですよ。ユダヤのランプが見つかったら、ブレッソンとの関係が発覚するのではないかと、彼女は恐れていたんです……ブレッソンは女の話を聞くと、身の危険につながる品をすべてひとまとめにし、川に投げこんだのです。ほとぼりが冷めたら、取りに来られる場所にね。けれども部屋に戻ったところで、わたしとガニマールとに追いつめられました。ほかにもいろいろ悪事を重ねてきたのでしょう、ついに観念してみずから命を絶ったのです」

「包みの中味は？」

「ユダヤのランプやほかの骨董品です」

「それをあなたが持っているんですね？」

「ルパンが水中に姿を消したあと、ブレッソンが包みを投げこんだ場所まで運んでもらいました。せっかくやつに、水浴びをさせられたところですからね。もう一度、水に潜ってみたところ、防水布にくるまれた盗品が見つかりましたよ。ほら、このテーブルに置いてあります」

男爵は黙って紐を切り、濡れた布を引き裂いて、ランプを取り出した。支柱の下についたネジをまわすと、両手で器の部分をつかみ、ネジをはずして二つにあける。なかから、ルビーとエメラルドのついた金の怪獣像《キマイラ》が出てきた。

怪獣像《キマイラ》はまったく無傷だった。

見た目にはただ淡々と事実を並べているだけの、とても自然な場面だが、そこには胸を締めつけるような、なにか悲痛なものがあった。ホームズがひと言ひと言のなかにこめた、アリスに対する明白で反論の余地のない非難と、アリス・ドマンの印象的な沈黙が、そんな雰囲気を醸しているのだろう。

小さな証拠がひとつ、またひとつと情け容赦なく積み重ねられていくあいだ、アリスは顔の筋ひとつ動かさなかった。澄みきったその目に、反抗や恐れの光が色を落とすこともない。何を考えているのだろう？　いよいよ答えねばならなくなった厳かな瞬間、何を言うつもりだろう？　シャーロック・ホームズが巧みに彼女を追いこんだ鉄の輪を打ち破り、わが身を守らねばならなくなったときに。

その瞬間が訪れても、彼女は黙ったままだった。

「さあ、何とか言いなさい」とダンブルヴァル男爵は叫んだ。

アリスは口をひらかない。

男爵はなおも続けた。

「ひと言でも言ってくれれば、身の証《あかし》が立つんだ……違うとひと言言えば、わたしはきみを信じる」

けれどもそのひと言を、彼女は決して言わなかった。

男爵は部屋をあわただしく横切ってはまた引きかえしを繰り返したあと、ホームズにむかってこう言った。

「いや、ホームズさん、そんなこと、とても信じられません。ありえない犯罪だ。わたしが知っていること、この一年間わたしが見てきたことと、まったく相いれません」

彼はホームズの肩に手をあてた。

「でもあなたは、自分が絶対に間違わないと言いきれるんですか？」

ホームズは不意打ちを食らって、すぐに反撃しかねているかのようにためらっていたが、やがてにっこり笑ってこう言った。

「わたしが告発している人物だけなんですよ。あなたの家で担っている立場からして、ユダヤのランプにすばらしい宝飾品が入っているのを知り得たのは」

「でも、わたしは信じたくない」と男爵はつぶやいた。

「本人にたずねたらいいでしょう」

たしかにそれだけは、どうしてもしかねていた。男爵はアリスに、盲目的な信頼をよせていたから。しかしもう、明らかな事実から目をそむけるわけにはいかなかった。

彼はアリスに近寄り、じっと目をのぞきこんだ。

「先生、あなたなんですか？　あなたが宝飾品を盗んだのですか？　あなたはアルセーヌ・ルパンと手を結び、外から泥棒が入ったように装ったのですか？」

するとアリスは答えた。

「ええ、わたしです」

彼女は顔をあげたままだった。やましさや戸惑いの色は、微塵《みじん》も浮かんでいない……

「まさか」とダンブルヴァル男爵はつぶやいた。「信じられない……あなたに限ってそんなことあるはずないと思っていたのに……どうして、そんなことを？」

「ホームズさんが説明したとおりです。土曜から日曜にかけて、夜中にこの居間におりてランプを盗み、翌朝持っていったんです……あの男のところへ」

「いや、それはおかしい」男爵は異を唱えた。「あなたの言うことには、納得がいきません」

「納得がいかないって、どうしてです？」

「だってわたしはあの朝、居間のドアには差し錠がかかっているのを確認したのですから」

アリスは困っているらしく、顔を真っ赤にさせた。そして助けを求めるかのように、ホームズのほうを見た。

男爵の反論以上にホームズを驚かせたのは、アリス・ドマンの当惑したようすだった。それでは彼女にも、答えようがないのだろうか？　ユダヤのランプ盗難事件の真相は、ホームズが説明したとおりだと認めたばかりなのに、事実をたしかめればすぐにわかる嘘が、その告白には隠されていたのだろうか？

男爵は続けた。

「このドアは閉まっていました。差し錠は、前の晩にかけたままになっていたんです。間違いありません。だからあなたが言うように、このドアからなかに入ったのだとするなら、何者かが内側から、つまり居間かわたしたち夫婦の寝室から、ドアをあけねばならなかったはずです。でも、二つの部屋には誰もいませんでした……わたしと妻をのぞいては」

ホームズはさっと身をかがめ、赤面したのを隠すために両手で顔を覆った。なにか強烈な光のようなものに打たれ、くらくらとめまいがした。突然、夜が明けて、景色が浮かびあがったように、すべてが彼の目にはっきりと映った。

アリス・ドマンは犯人ではない。

彼女は無実なのだ。それは否定のしようがない、明白な事実だった。そもそも最初から、彼女を厳しく問い詰めかねていたわけもこれでわかった。なるほど、そういうことか。すべてが明らかだ。あとひと押しで、反論の余地がない証拠がもたらされるだろう。

ホームズは顔をあげた。そして数秒、間《ま》を置き、できるだけさりげなくダンブルヴァル夫人に目をむけた。

夫人は顔を蒼ざめさせた。抜きさしならない状況に陥り、困り果てているような、異常なまでの青さだった。微かに震える両手を、必死に隠そうとしている。

《あと一秒》とホームズは思った。《そうすれば彼女は告白する》

彼は夫人と夫のあいだに入った。わたしの過ちでこの男女に迫った恐ろしい危険は、何としてでも回避せねばならない。しかし男爵に目をやったとき、ホームズは心底震えあがった。彼を打ちのめした強烈な真実の輝きが、今度はダンブルヴァル男爵を襲っている。今、男爵も同じように頭を働かせ、理解しようとしているのだ。

アリス・ドマンは明らかな真実の前で、必死の抵抗をした。

「おっしゃるとおりです。わたしの勘違いでした……本当は、このドアから入ったのではありません。玄関から庭に出て、梯子を使い……」

なんと崇高なまでの自己犠牲だろう……しかしそれも無駄な努力だった。言葉は虚しく響き、声はおどおどとしている。あの澄んだ目も、堂々とした誠実そうな態度ももはやなかった。彼女はうちひしがれたようにうなだれた。

恐ろしい沈黙が続いた。ダンブルヴァル夫人は不安と恐怖で体をこわばらせ、真っ蒼な顔でただじっと待っている。男爵はまだ葛藤しているのだろう。幸福が音を立てて崩れ落ちるのを、信じまいとするかのように。

とうとう、男爵は口をひらいた。

「どういうことなんだ？　説明しなさい……」

「説明なんてできません」夫人は苦悩に顔を歪め、小さな声で言った。

「それじゃあ……先生が……」

「先生が救ってくれたんです……身を挺して……愛情をもって……そして罪をかぶろうとしてくれた……」

「救うって、何から？　誰から？」

「あの男から」

「ブレッソンか？」

「ええ、わたしはあの男に脅されていたんです……彼とは友達の家で知り合いました……どうかしていたんです、あの男の話を信じてしまうなんて……あなたに許してもらえないようなことは、何もしていないわ……でも、手紙を二通書いてしまい……それはあとでお見せします……買い戻したんです……どのようにしてかは、おわかりでしょうが……本当に申しわけないと思ってます……わたしも苦しんだんです」

「シュザンヌ、おまえというやつは!」

男爵は妻のうえに握り拳をふりあげ、殴りつけようとした。殺してしまいかねないような勢いだった。けれども彼は腕をおろすと、もう一度小さな声で言った。

「シュザンヌ、おまえが……まさか……おまえが……」

夫人はぽつぽつと語り始めた。痛ましい、月並みな恋愛のいきさつ。相手の卑劣な行為に怯え始めたこと。後悔と動転について。アリスのすばらしいふるまいについても、彼女は語った。アリスは夫人の絶望を見てとり、わけを話すようにうながした。そしてルパンに手紙を書き、ブレッソンの毒牙から夫人を救うために、盗難事件の計画を立てたのだった。

「シュザンヌ、おまえが……」ダンブルヴァル男爵は体を二つに折り、打ちひしがれたように繰り返した。「まさかおまえが、そんなことを……」

その日の晩、カレーとドーヴァーのあいだを結ぶ汽船シティ・オブ・ロンドン号は、波ひとつない海をゆっくりと進み始めた。暗い、穏やかな夜だった。船のうえに薄雲がたなびくのが見える。あたりに漂う霧のベールが、白い月光や星明かりが射す果てしない広がりをさえぎっていた。

ほとんどの乗客たちが、船室やサロンに戻っていた。それでもまだ名残惜しそうにデッキを散歩したり、ゆったりとしたロッキングチェアに揺られながら、厚い毛布にくるまって居眠りをする者たちもいた。そこかしこで葉巻の火が小さく光り、厳かな静寂を乱すまいとするささやき声が、そよ風に混ざって聞こえた。

規則正しい歩調で手すりの脇を歩いていた男が、ベンチに横たわる女の前で立ちどまり、のぞきこんだ。彼女が少し動いたのをたしかめ、男は言った。

「眠っているのかと思いました、アリスさん」

「いいえ、ホームズさん。眠くはありません。考えごとをしていたんです」

「ほう、どんなことを？　さしつかえなければ、お聞かせください」

「ダンブルヴァル夫人のことです。きっと悲嘆に暮れていることでしょう。一生が、台なしになってしまったのですから」

「いえ、そんなことありませんよ」とホームズは力をこめて言った。「彼女の過ちは許されないものではありません。ダンブルヴァルさんだって、いつかあの失敗を忘れるでしょう。わたしたちが屋敷をあとにするときにはもう、夫人を見る目の厳しさが和らいでいましたから」

「そうかもしれません……でも、忘れるには時間がかかるでしょう……それまでダンブルヴァル夫人は苦しみ続けるのです」

「あの方のことが、とても好きだったんですね？」

「ええ、とても。だからこそ恐怖に震えているときでも、微笑む力が湧いたんです。あなたの目を避けたいと思ったときでも、正面からじっと見返すことができたんです」

「夫人のもとを離れるのは悲しいですか？」

「もちろんです。わたしには親も友達もいません……あの人だけだったんです」

「友達ならできますよ」アリスの苦しみによほど胸を痛めているのだろう、ホームズはそう言って慰めた。「わたしが保証します。これでも顔は広いし……影響力もありますから……今の身のうえを嘆かなくてもすむとお約束します」

「そうだといいのですが。でも、ダンブルヴァル夫人とはもう会えないでしょう……」

二人はそれきり言葉を交わさなかった。シャーロック・ホームズはさらにデッキを二、三周したあと、旅の道連れのそばに戻ってすわりこんだ。

霧のカーテンが晴れて、夜空の雲も切れ始めたらしい。星がきらきらと輝いている。

ホームズはインバネスの奥からパイプを取り出し、葉を詰めた。そしてマッチを次々に四本擦ったけれど、うまく火がつかなかった。もう残りはない。ホームズは立ちあがり、数歩先に腰かけている男に声をかけた。

「火をお持ちですか？」

男は耐風マッチの箱をあけ、一本擦った。ぱっと燃えあがった炎に照らしだされたのは、アルセーヌ・ルパンだった。

もしホームズがほんの少しだけ体をうしろに引かなかったなら、ルパンは自分が船に乗っていることをすでに知られていたのだと思っただろう。それほどホームズは平然とし、敵に手を伸ばすしぐさもまったく自然で落ち着いたものだった。

「あいかわらずお元気そうだね、ルパンさん」

「お見事」ルパンはホームズのすばらしい自制心に、思わず感嘆の叫び声をあげた。

「お見事だって？　それはまた、どうして？」

「決まってるじゃないですか。あなたはぼくがセーヌ川に姿を消したとき、その場にいましたよね。なのにぼくが幽霊みたいに、再び目の前にあらわれても、びっくりしたそぶりひとつ見せず、驚きの言葉ひとつ漏らさない。これぞ奇跡のごとき、イギリス的なプライドというやつだ。だから何度でも、お見事と言わせてもらいますよ。いや、じつにすばらしい」

「なにもすばらしいことなんかないさ。きみがボートから落ちるのを見て、すぐにわかったよ。ああ、あれはわざとやってるな、フォランファン巡査長が撃った弾はあたっていないって」

「なのにぼくがどうなったか見届けずに、立ち去ったというわけですか？」

「きみがどうなったかって？　それはわかっていたさ。五百人からの人間が、一キロにわたって川の両側に陣取っているんだ。きみがうまく生きのびたって、捕まることは確実だ」

「でもぼくは、こうしてここにいますよ」

「ルパンさん、この世には何があっても驚くにはあたらない人間が、二人だけいる。まずはわたし自身、それからきみだ」

　和平が成立した。

　たしかにホームズはアルセーヌ・ルパンに対し、何ひとつ有効な攻撃をなしえなかったし、未だにルパンはどうしても捕まえることのできない稀有な敵であり続けている。今回の闘いでも、彼は一貫して優位を保っていた。それでもホームズは青いダイヤモンドを見つけたのと同じように、驚くべき粘り強さでユダヤのランプを見つけたのだった。もしかしたら今回の結果は、あまり輝かしいものではないかもしれない。とりわけ一般大衆の目にはそう映っただろう。ユダヤのランプがどんな状況で見つかったのかについて、ホームズは沈黙を余儀なくされたし、犯人の名前もわからないと公言せざるをえなかったから。しかしルパン対ホームズ、怪盗対名探偵、ひとりの男対男の闘いには、公平に見て勝者も敗者もなかった。勝利はわれにありと、どちらもが等しく主張することができる。だから二人は武器を置き、敵どうし互いの真価を認めて、礼儀正しくおしゃべりに興じたのだ。

ホームズにたずねられ、ルパンは脱出の顚末を語った。

「あれを脱出と呼べるならばですがね。なに、単純なことです。あの場にはぼくの手下もいたんです。川のなかからユダヤのランプを回収するために、待ち合わせをしていましたから。ぼくはひっくり返ったボートの下に、たっぷり三十分ほど隠れていました。それからフォランファンと仲間の警官たちが、川に沿ってぼくの死体を捜している隙に、ボートのうえに這いあがりました。あとは手下がモーターボートで迎えに来るのを待つだけです。ガニマールやフォランファンを始め、五百人もの野次馬たちが啞然として見つめるなか、姿をくらましたというわけです」

「すばらしい」とホームズは叫んだ。「大したものだ……ところできみは、イギリスに何か用事でも？」

「ええ、ちょっとばかり返さねばならない借りがありまして……そうそう、ダンブルヴァル男爵は？」

「すべて知っている」

「ああ、だから言ったじゃないですか。もう修復のしようがない。ぼくの思いどおりにやらせてくれればよかったんだ。あと一日か二日あれば、ブレッソンからユダヤのランプやほかの骨董品を取り返し、ダンブルヴァル家に戻してやれたんです。そうすれば、心やさしいあの二人はお互い穏やかな一生を送ることができたのに。ところが……」

「ところが……」とホームズは苦笑いを浮かべて言った。「このわたしが余計な手出しをして、きみが守っていた一家に不和の種を蒔《ま》いてしまった」

「ええ、ぼくが守っていたんです。盗んだり、騙したり、いつもそんな悪事ばかりじゃありません」

「だったら、たまにはいいこともすると？」

「時間があればね。それに楽しいじゃないですか。この事件で、ぼくは救いの手をさしのべる正義の味方、あなたは絶望と涙をもたらす悪者だ。どうです、とっても愉快でしょ」

「涙だって！」とホームズは不満げに繰り返した。

「そうですとも。ダンブルヴァル夫妻の仲はめちゃめちゃになり、アリス・ドマンは泣いています」

「アリスもあのままではいられなかったからな……いずれガニマールは彼女に行きつき……そこからさらにダンブルヴァル夫人まで捜査の手が伸びるだろう」

「おっしゃるとおり。でも、それは誰の責任なんでしょうね？」

彼らの前を、二人の男が通りすぎた。するとホームズは、少し警戒したような口調でルパンに言った。

「あれが誰だが知っているかね？」

「たしか船長だと思いますが」

「もうひとりは？」

「わかりませんね」

「オースティン・ジレットさんさ。彼はイギリス警察のお偉方でね。きみの国で言えば、ちょうど警察部のデュドゥイ部長と同じ立場にある人物だ」

「ああ、そいつはついてる。よろしければ、紹介してください。デュドゥイ部長は親友のひとりでね。オースティン・ジレット氏とも親しくさせていただけたら嬉しいので」

二人の男がまた姿をあらわした。

「それならお望みどおり、紹介してあげよう、ルパンさん」と言ってホームズは立ちあがった。

彼はルパンの手首をつかみ、万力のような力で握りしめていた。

「どうしてそんなに強く握るんです？　ぼくは逃げも隠れもしませんよ」

たしかにルパンは、少しも抵抗せずに引っぱられていた。二人の男は遠ざかっていく。ホームズは足を速めた。握りしめた手の爪が、ルパンの皮膚に食いこんでいる。

「さあ」とホームズは小声で言った。さっさと決着をつけたいと、気が急《せ》いているのだろう。「さあ、もっと早く」

ところが彼はぴたりと足をとめた。気がつくと、アリス・ドマンがあとをついてくるではないか。

「どうしたんですか？　だめです。来てはいけません」

けれども、それに答えたのはルパンだった。

「よく見てください、ホームズさん。彼女だって好きこのんでついて来るんじゃありません。ぼくが手首を握っているんです。あなたがぼくにしているように、がっちりとね」

「どうして？」

「もちろんアリスさんも、ジレット氏に紹介して欲しいからですよ。ユダヤのランプ事件で彼女が果たした役割は、ぼくよりずっと大きいんです。アルセーヌ・ルパンの共犯者、ブレッソンの共犯者として、ダンブルヴァル男爵夫人の恋愛沙汰について語らねばなりません。司法当局は、興味津々でしょうよ……そうすれば、あなたのありがたいお節介もめでたく完成です、寛大なるホームズさん」

ホームズが握っていた手を放すと、ルパンもアリス・ドマンを自由にした。

三人はしばらくじっとにらみ合っていたが、ホームズがベンチに戻ると、ルパンとアリスももとの椅子に腰かけた。

長い沈黙が続いた。やがてルパンが口をひらいた。

「何があってもぼくたちは、同じ側には立てそうもありませんね。あなたは溝のむこうに、ぼくはこちらにいる。挨拶したり握手したり、ときにはおしゃべりもするけれど、溝はいつも二人のあいだにある。どこまで行ってもあなたは名探偵シャーロック・ホームズで、ぼくは怪盗ルパンなんです。シャーロック・ホームズはいつだってその場に応じ、おのずと探偵の本能にしたがっている。泥棒のあとをしつこく追い続け、できれば《牢屋にぶちこんで》やりたいという本能に。アルセーヌ・ルパンのほうはと言えば、そんな探偵の手を逃れ、できれば笑いものにしてやりたいという泥棒の本能にいつも忠実なんです。今回は、首尾よくいきましたよ。いや、本当に愉快だ」

ルパンは声をあげて笑った。皮肉っぽく相手をやりこめる、辛辣な笑いだった。

それから突然、真顔になって、彼はアリスのほうに身を乗り出した。

「ご安心ください。たとえこの身がどうなろうとも、あなたを裏切りはしません。アルセーヌ・ルパンは決して裏切ったりしないのです。とりわけ愛する人、称賛に値するひとたちのことは。どうかこう言わせてください。あなたのように勇敢で魅力的な女性をわたしは愛している、心から称賛を惜しまないと」

ルパンは財布から名刺を取り出し、二枚に引き裂いて、そして片方をアリスに差し出すと、うやうやしい口調で続けた。

「もしホームズさんのお力添えでもうまくいかないときは、ストロングバラー夫人をお訪ねなさい。住所はすぐにわかります。そしてこの名刺の半分を渡し、《変わらぬ思い出をこめて》と言い添えてください。ストロングバラー夫人はきっと実の姉のように、あなたに尽くしてくれるはずです」

「ありがとうございます。明日にでも、この方のところへ行ってみます」とアリスは答えた。

「さて、ホームズさん」とルパンは、なすべきことをし終えた男の晴れ晴れとした口調で言った。「どうかよい夜を。到着までまだ一時間ありますから、ぼくもひと休みさせていただきます」

彼はごろりと横になると、頭の下で両手を組んだ。

晴れわたった夜空に月が浮かび、星々のまわりから海のうえまで皓々《こうこう》と照らしていた。水面《みなも》にも、月影がゆらゆらと揺れている。雲が消えたあとの広大な夜景を、月はすべてわがものとしているかのようだった。

はるか彼方にかすむ水平線に、陸地が見えてきた。下の船室から戻ってきた乗客たちで、デッキはいっぱいになっている。オースティン・ジレット氏が、二人の男を連れてとおりすぎた。あれはイギリス警察の警官だな、とホームズは思った。

ベンチでは、ルパンがまだすやすやと眠っていた……

解説

作家・翻訳家
北原尚彦

フランスを騒がす世紀の大怪盗アルセーヌ・ルパンと、英国を代表する名探偵シャーロック・ホームズが、正面から対決。これが面白くならないはずがない。

本書『ルパン対ホームズ』（Arsène Lupin contre Herlock Sholmès）は、「金髪の女」及び「ユダヤのランプ」の二中篇から成る。と言ってもバランスは半々ではなく、前者は長めの中篇（≒短めの長篇）、後者は短めの中篇（≒長めの短篇）である。

「金髪の女」（La dame blonde）は〈ジュ・セ・トゥ〉誌一九〇六年十一月号から〇七年四月号に、「ユダヤのランプ」（La lampe juive）は同誌一九〇七年九月号から十月号に連載され、併せて一九〇八年に単行本が刊行された。それまでは短篇連作の形で一号一話の読みきりだったルパン・シリーズだが、ここから長い作品が書かれていくようになるのである。

ルパンとホームズが対決するのは、これが初めてではない。シリーズ第一単行本たる短篇集『怪盗紳士ルパン』の、掉尾を飾る「遅かりしシャーロック・ホームズ」が初顔合わせである。

とはいえ、「遅かりしシャーロック・ホームズ」では、ホームズはルパンと入れ違いになり、出会ったのは一瞬のことだった。怪盗と名探偵が、遂に真っ向勝負をするのが本書『ルパン対ホームズ』となる。

本書より後のエピソードとなる『奇岩城』にもシャーロック・ホームズは登場するが、ルパンとメインで戦うのは少年探偵ボートルレだし、ホームズの出番は少ない。なので、ルパンとホームズの〝対決〟のメインは、本書における二篇なのだ。

ちなみにルブランのルパン物において、『奇岩城』以降では『813』&『続813』にもシャーロック・ホームズは登場するが、ルパンと直接相対することはなく、ストーリーの表には出てこない。また近年ルブランの遺族によって発表され話題になった『ルパン、最後の恋』にも、名前だけホームズは登場する。

しかし我が国では慣習的に「シャーロック・ホームズ」として訳されているが、実は原文では探偵の名前は違う。Sherlock Holmes のファースト・ネームのSをラスト・ネームに移動したアナグラム Herlock Sholmes（正確にはアクサンが付く Herlock Sholmès）になっている。つまりホームズ「もどき」なのだ。発音はフランス語ではHを発音せずエルロック・ショルメ（もしくはエルロック・ショルメス）と読むが、英国人なのでハーロック・ショームズと英語読みしておく。

「遅かりしシャーロック・ホームズ」では、最初はそのままシャーロック・ホームズで発表されたが、アーサー・コナン・ドイルの許可が出ず、「金髪の女」からハーロック・ショームズと表記される。相棒も原文では「ウィルソン」。また住居も翻訳では「ベイカー街二百二十一番のB」に直してあるが、原文では「パーカー街二百十九番」である。あくまで「慣習」であって、ホームズに変更していない翻訳もある。また、ショームズはホームズに変更してあるけれども、ウィルソンはウィルソンのまま、という変則パターンもある。

そんなわけなので、本作におけるシャーロック・ホームズのキャラクターがコナン・ドイルの原作版と同じか、というとちょっと違う。かっとなりやすいところもあるようだし、ワトスンに対する接し方が荒っぽい時もある。

更に違うのが、ワトスン（ウィルソン）だ。かなり間抜けで、ホームズとの関係も相棒というより〝助手〟という方がふさわしかろう。ここが、コナン・ドイルの原作と最も違う点かもしれない。

二大巨頭の対決ではあるものの、ルパンの方ばかりカッコ良く描きすぎ、というきらいはある。これはあくまでアルセーヌ・ルパン・シリーズ中の作品である以上、いたし方あるまい。ちなみにルパン・シリーズを読んでホームズが嫌いになった、という方に話を聞いてみると、それは大体『奇岩城』を読んでのことのようだ。あの作品でのホームズの扱いを考えると、無理からぬことではある。

とはいえ、本書中におけるルパンとホームズ顔合わせのシーンなどは、『〇〇対××』のような全「対決物」の中でも、屈指の名場面だと言えよう。

コナン・ドイル以外の作家が書いた作品はパスティーシュ／パロディと呼ばれ、現代でも次々に発表されている。しかし『ルパン対ホームズ』は、まだコナン・ドイルが生きている時代に書かれたものだ（正確には、第三短篇集『シャーロック・ホームズの復活』収録の「第二の血痕」と第四短篇集『シャーロック・ホームズ最後の挨拶』収録の「ウィスタリア荘」との狭間の時期に当たる）。

『ルパン対ホームズ』が最初に我が国へ紹介されたのは、もう百年以上前となる大正元年（一九一二年）のこと。「ユダヤのランプ」が、『春日燈籠』の邦題で翻案され「やまと新聞」に連載されたのである。これは同時に、我が国における初めてのホームズ・パロディ／パスティーシュでもある。その翌年の大正二年（一九一三年）、「金髪の女」が『神出鬼没金髪美人』の邦題で明治出版社から刊行される。翻案者（訳者）はどちらも「清風草堂主人」となっているが、これは複数の人間が用いていたペンネーム、つまりハウスネームである。ただこの二作に関しては、安成貞雄（一八八五—一九二四）の筆によることは判明している。

昔の翻案では、ストーリーが改変されることもあるし、地名や人名が日本のものに置き換えられる場合もある。『春日燈籠』ではアルセーヌ・ルパンは「有村龍雄」、シャーロック・ホームズは「堀田三郎」となっている。一方『金髪美人』では、ルパンは同じく「有村龍雄」だが、ホームズは「シャーロック・ホームズ」になっている。ハーロック・ショームズではなくホームズと改変する嚆矢《こうし》が、『金髪美人』ということになる。

この二篇は「遅かりしシャーロック・ホームズ」及び『奇岩城』の初訳と併せて『怪盗対名探偵 初期翻案集』（論創社／二〇一二年）としてまとめたので、興味のある方はお読み頂きたい。

日本はマンガ王国なので（ルパン三世でなく）アルセーヌ・ルパンも繰り返しマンガ化されている。直近では、森田崇『怪盗ルパン伝 アバンチュリエ』がルパン・シリーズを順にマンガ化しているが、『ルパン対ホームズ』も含まれている。ホームズとの対決はルパンの活躍の中でも前期に当たるため、名声高い（おじさん）ホームズに（若造）ルパンが挑む……という解釈で描かれているが、これは確かにその通りで、年齢によってルパン像が少しずつ変わっていくという当然のことに気付かされた。なので、『アバンチュリエ』は最初から通してお読みになることをお勧めする。

若者の怪盗対熟練の探偵、という構図を念頭において『ルパン対ホームズ』を読んでみると、なるほど、シャーロック・ホームズがルパンの行動を「あふれんばかりの生命感、若々しい素直な歓喜！」と評しているシーンがあるではないか（「ユダヤのランプ」2章）。そして、そんなルパンが今度は年下の少年探偵と対決することになるのが初長篇『奇岩城』というわけである。

一九七〇年代にはフランスほか数カ国合作で『怪盗紳士アルセーヌ・ルパン』というドラマ・シリーズが製作されている（主演ジョルジュ・デクリエール）が、第三話「ルパン対ホームズ」が原作「金髪の女」、第九話「カリフの怪獣」が原作「ユダヤのランプ」である。これは日本でもソフトがリリースされたので、容易に観ることができる。

我が国でも「金髪の女」が、『ルパン対ホームズ』としてTVアニメ化している（東映動画／一九八一年）。ルパンが気球や潜水艦に乗るシーンが付け加えられているが、基本的なストーリーはそのままである。

ルパンとホームズの対決というのは魅力的なテーマであり、原作そのままでなくても様々な形で繰り返し新たな作品が生み出されている。PCゲーム（『Sherlock Holmes versus Arsène Lupin』）や、ドラマCD『シャーロック・ホームズ』など、現代的なメディアにおいてまで。

コナン・ドイルによるシャーロック・ホームズ物を全く知らずに本作を読んだ方がいら

したら、「ホームズ&ワトスン、本当はもうちょっとカッコイイから、原作を読んでみて下さい」と申し上げたい。

〝対決〟パスティーシュ小説が気に入った、という方は、『シャーロック・ホームズ対ドラキュラ』（ローレン・D・エスルマン）とか『シャーロック・ホームズ対切り裂きジャック』（マイケル・ディブディン）とか『シャーロック・ホームズの宇宙戦争』（マンリー・W・ウェルマン&ウェイド・ウェルマン）とか色々ありますので、是非是非。

そして、タイトルに惹かれて初めてルパン物を読んだという方。『怪盗紳士ルパン』『奇岩城』ほか、まだまだ面白い作品がたくさんありますから！

二〇一五年七月

話題作

二流小説家
デイヴィッド・ゴードン／青木千鶴訳
しがない作家に舞い込んだ最高のチャンス。年末ミステリ・ベストテンで三冠達成の傑作

解錠師
スティーヴ・ハミルトン／越前敏弥訳
プロ犯罪者として非情な世界を生きる少年の光と影を描き世界を感動させた傑作ミステリ

ルパン、最後の恋
モーリス・ルブラン／平岡敦訳
永遠のヒーローと姿なき強敵との死闘！　封印されてきた正統ルパン・シリーズ最終作！

ようこそグリニッジ警察へ
マレー・デイヴィス／林香織訳
セレブな凄腕女性刑事が難事件の解決目指して一直線！　痛快無比のポリス・サスペンス

消えゆくものへの怒り
ベッキー・マスターマン／嵯峨静江訳
ＦＢＩを退職した女性捜査官が怒りの炎を燃やして殺人鬼を追う。期待の新鋭デビュー作

ハヤカワ文庫

新訳で読む名作ミステリ

火刑法廷〔新訳版〕
ジョン・ディクスン・カー／加賀山卓朗訳
《ミステリマガジン》オールタイム・ベスト第二位！　本格黄金時代の巨匠、最大の傑作

ヒルダよ眠れ
アンドリュウ・ガーヴ／宇佐川晶子訳
今は死して横たわり、何も語らぬ妻。その真実の姿とは。世界に衝撃を与えたサスペンス

マルタの鷹〔改訳決定版〕
ダシール・ハメット／小鷹信光訳
私立探偵サム・スペードが改訳決定版で大復活！　ハードボイルド史上に残る不朽の名作

スイート・ホーム殺人事件〔新訳版〕
クレイグ・ライス／羽田詩津子訳
子どもだって探偵できます！　ほのぼのユーモアの本格ミステリが読みやすくなって登場

あなたに似た人〔新訳版〕Ⅰ Ⅱ
ロアルド・ダール／田口俊樹訳
短篇の名手が贈る、時代を超え、世界で読まれる傑作集！　初収録作品を加えた決定版！

レイモンド・チャンドラー

長いお別れ
清水俊二訳

殺害容疑のかかった友を救う私立探偵フィリップ・マーロウの熱き闘い。MWA賞受賞作

さらば愛しき女よ
清水俊二訳

出所した男がまたも犯した殺人。偶然居合わせたマーロウは警察に取り調べられてしまう

プレイバック
清水俊二訳

女を尾行するマーロウは彼女につきまとう男に気づく。二人を追ううち第二の事件が……

湖中の女
清水俊二訳

湖面に浮かぶ灰色の塊と化した女の死体。マーロウはその謎に挑むが……巨匠の異色大作

高い窓
清水俊二訳

消えた家宝の金貨の捜索依頼を受けたマーローウ。調査の先々で発見される死体の謎とは?

チャンドラー短篇集

キラー・イン・ザ・レイン
レイモンド・チャンドラー／小鷹信光・他訳

チャンドラー短篇全集1　著者の全中短篇作品を、当代一流の翻訳者による新訳でお届け

トライ・ザ・ガール
レイモンド・チャンドラー／木村二郎・他訳

チャンドラー短篇全集2　『さらば愛しき女よ』の原型となった表題作ほか全七篇を収録

レイディ・イン・ザ・レイク
レイモンド・チャンドラー／小林宏明・他訳

チャンドラー短篇全集3　伝説のヒーロー誕生前夜の熱気を伝える、五篇の中短篇を収録

トラブル・イズ・マイ・ビジネス
レイモンド・チャンドラー／田口俊樹・他訳

チャンドラー短篇全集4　「マーロウ最後の事件」など十篇を収録する画期的全集最終巻

フィリップ・マーロウの事件
レイモンド・チャンドラー・他／稲葉明雄・他訳

時代を超えて支持されてきたヒーローを現代の作家たちが甦らせる、画期的アンソロジー

スペンサー・シリーズ完結！

昔日
ロバート・B・パーカー／加賀山卓朗訳

妻の浮気相手は、危険人物だった。許しがたい敵を相手に、スペンサーの怒りが炸裂する

灰色の嵐
ロバート・B・パーカー／加賀山卓朗訳

花嫁誘拐を指揮していたのは、因縁ある相手グレイ・マン。スペンサーは調査を始める！

プロフェッショナル
ロバート・B・パーカー／加賀山卓朗訳

スペンサー強請屋を追う！　流儀を曲げぬ男との対決で、破局へ向かう男女を救えるか？

盗まれた貴婦人
ロバート・B・パーカー／加賀山卓朗訳

消えた名画の身代金取引の護衛に失敗したスペンサーは、雪辱のために事件の真相を追う

春嵐
ロバート・B・パーカー／加賀山卓朗訳

人気俳優の部屋で、若い女性が変死した。圧倒的な人気を誇った、人気シリーズの最終作

さらばディック・フランシス

再起
ディック・フランシス／北野寿美枝訳

競馬の八百長疑惑の裏には一体何が？　不屈の男シッド・ハレーが四たび登場する話題作

祝宴
ディック・フランシス&フェリックス・フランシス／北野寿美枝訳

汚名返上を誓った若きシェフが難事件に挑む！　各界の著名人の追悼メッセージを収録

審判
ディック・フランシス&フェリックス・フランシス／北野寿美枝訳

窮地に立った弁護士が打つ奇策とは？　リーガル・スリラーの醍醐味を盛り込んだ意欲作

拮抗
ディック・フランシス&フェリックス・フランシス／北野寿美枝訳

殺されたのは、死んだはずの父だった。ブックメーカー業界の内幕と、錯綜する謎を描く

矜持
ディック・フランシス&フェリックス・フランシス／北野寿美枝訳

右足を失った陸軍大尉は、誇りを賭けて姿なき敵と対決する。感動の競馬シリーズ最終作

アーロン・エルキンズ／スケルトン探偵

水《みな》底《そこ》の骨
嵯峨静江訳

ごく普通の骨に思えたが、やがてその骨の異常さが明らかに……ギデオンの推理が冴える

骨の城
嵯峨静江訳

古城で発見された骨はあぐらをかく職業の人物とわかるが……ギデオンが暴く意外な真相

密林の骨
青木久惠訳

アマゾンを旅する格安ツアーでもめぐりあうのは怪事件だった。密林の闇に挑むギデオン

原始の骨
嵯峨静江訳

世紀の発見の周辺で次々と不審な事故が……物言わぬ一片の骨に語らせるギデオンの推理

騙す骨
青木久惠訳

メキシコの田舎を訪れたギデオン夫婦。だが平和なはずの村では不審な死体が二体も……

世界が注目する北欧ミステリ

催眠 上下
ラーシュ・ケプレル／ヘレンハルメ美穂訳
催眠術によって一家惨殺事件の証言を得た精神科医は恐るべき出来事に巻き込まれてゆく

契約 上下
ラーシュ・ケプレル／ヘレンハルメ美穂訳
漂流するクルーザーから発見された若い女の不可解な死体。その影には国際規模の陰謀が

キリング（全四巻）
D・ヒューソン&S・スヴァイストロップ／山本やよい訳
少女殺害事件の真相を追う白熱の捜査！　デンマーク史上最高視聴率ドラマを完全小説化

静かな水のなかで
ヴィヴェカ・ステン／三谷武司訳
風光明媚な島で起きる事件の謎に警部と法律家が挑む。幼馴染コンビ・シリーズ第一作

黄昏に眠る秋
ヨハン・テオリン／三角和代訳
CWA賞・スウェーデン推理作家アカデミー賞受賞。行方不明の少年を探す母が知る真相

世界が注目する北欧ミステリ

ミレニアム1 ドラゴン・タトゥーの女 上下
スティーグ・ラーソン／ヘレンハルメ美穂・他訳
孤島に消えた少女の謎。全世界でベストセラーを記録した、驚異のミステリ三部作第一部

ミレニアム2 火と戯れる女 上下
スティーグ・ラーソン／ヘレンハルメ美穂・他訳
復讐の標的になってしまったリスベット。彼女の衝撃の過去が明らかになる激動の第二部

ミレニアム3 眠れる女と狂卓の騎士 上下
スティーグ・ラーソン／ヘレンハルメ美穂・他訳
重大な秘密を守るため、関係者の抹殺を始める闇の組織。世界を沸かせた三部作、完結！

特捜部Q—檻の中の女—
ユッシ・エーズラ・オールスン／吉田奈保子訳
新設された未解決事件捜査チームが女性国会議員失踪事件を追う。人気シリーズ第1弾

特捜部Q—キジ殺し—
ユッシ・エーズラ・オールスン／吉田・福原訳
特捜部に届いたのは、なぜか未解決ではない事件のファイル。新メンバーを加えた第2弾

ロング・グッドバイ

The Long Goodbye

レイモンド・チャンドラー

村上春樹訳

私立探偵フィリップ・マーロウは、億万長者の娘シルヴィアの夫テリー・レノックスと知り合う。あり余る富に囲まれていながら、男はどこか暗い陰を宿していた。何度か会って杯を重ねるうち、互いに友情を覚えはじめた二人。しかし、やがてレノックスは妻殺しの容疑をかけられ自殺を遂げてしまう。その裏には哀しくも奥深い真相が隠されていた。新時代の『長いお別れ』が文庫で登場

ハヤカワ文庫

訳者略歴　1955年生，早稲田大学文学部卒，中央大学大学院修了，フランス文学翻訳家，中央大学講師　訳書『殺す手紙』アルテ，『ルパン、最後の恋』ルブラン，『オマル』ジュヌフォール（以上早川書房刊）他多数

HM=Hayakawa Mystery
SF=Science Fiction
JA=Japanese Author
NV=Novel
NF=Nonfiction
FT=Fantasy

ルパン対《たい》ホームズ

〈HM312-6〉

二〇一五年八月二十日　印刷
二〇一五年八月二十五日　発行
（定価はカバーに表示してあります）

著者　モーリス・ルブラン
訳者　平《ひら》岡《おか》敦《あつし》
発行者　早川浩
発行所　株式会社　早川書房

郵便番号　一〇一 - 〇〇四六
東京都千代田区神田多町二ノ二
電話　〇三 - 三二五二 - 三一一一（大代表）
振替　〇〇一六〇 - 三 - 四七七九九
http://www.hayakawa-online.co.jp

乱丁・落丁本は小社制作部宛お送り下さい。
送料小社負担にてお取りかえいたします。

印刷・三松堂株式会社　製本・株式会社川島製本所
Printed and bound in Japan
ISBN978-4-15-175756-3 C0197

本書は活字が大きく読みやすい〈トールサイズ〉です。